LA TEMPÊTE

DU MÊME AUTEUR

CHEZ POCKET

LES MOISSONS DÉLAISSÉES

LES FRUITS DE LA VILLE

LE BOUQUET DE SAINT-JEAN

JULIE DE BONNE ESPÉRANCE

LA BELLE ROCHELAISE

LES AFFLUENTS DU CIEL

RENDEZ-VOUS SUR L'AUTRE RIVE

UN FEU BRÛLAIT EN ELLES

JEAN-GUY SOUMY

LA TEMPÊTE

ROBERT LAFFONT

ISBN 2-266-14456-1

À Cécile

1.

Grace regarde par la vitre latérale de la voiture. Depuis quelques kilomètres, la route s'élève sur les contreforts du plateau de Millevaches, sinueuse, hésitante, cabrée en raidillons qui contraignent Christopher à changer de vitesse. Sous la pluie, les virages sans parapet surplombent des ravins déjà plongés dans le crépuscule. Des massifs forestiers impénétrables et sombres comme des abysses engloutissent le peu de clarté qui reste accrochée au ciel. Aucun point de lumière dans cette immensité douloureuse, aucune étoile, aucun village, nulle fenêtre. Grace est absorbée dans la contemplation de ce vide. Insidieusement, un abîme se creuse en elle.

Voilà deux jours qu'ils sont en France. Paris entrevu, Paris rapidement quitté par le sud dans une voiture de location. La première étape de leur voyage, qui débute comme un pèlerinage, les a menés à Châteauroux et à son aérodrome. Grace ne désirait pas vraiment visiter l'ancienne base de l'OTAN où son père, sergent dans les *Marines*, a séjourné quatre ans à la fin des années 1950. C'est Christopher qui a insisté. Il sait que l'enfance de sa femme a été bercée par les souvenirs d'une *douce France* qu'ils n'ont guère reconnue en traversant le plat pays berrichon aux eaux dormantes. D'ailleurs, Grace n'est pas une femme nostalgique. Et si jamais il lui arrive de l'être, elle fait en sorte que rien ne transparaisse.

Christopher a laissé Grace visiter seule les bâtiments cubiques qui dominent les pistes. Au bout d'une heure, il l'a vue revenir de sa démarche rapide et altière, les traits chiffonnés par le froid. Chaque fois qu'il le peut, Christopher cherche dans cette femme de trente ans l'étudiante qui un jour s'est assise dans l'amphithéâtre où il catéchisait un cours de droit comparé. L'image de son visage mêlé à trois cents autres est demeurée intacte. C'était comme un caillou brillant sur le sable au fond d'une rivière. Rien d'aguichant pourtant, un air de sérieux, de retenue, une attention exempte de bassesse, un peu trop lisse pour ne pas être singulière. Un de ces gracieux visages de jeune fille américaine au bord de la maturité. Une beauté d'aujourd'hui aux limites de la sophistication. Mais une vibration émanait de Grace. C'est ce qui a frappé Christopher lorsque son regard, touché par cet ennui propre aux enseignants qui ne parviennent plus à s'étonner eux-mêmes, s'est posé sur elle. Peut-être l'attendait-il secrètement depuis des années ? Peut-être n'avait-il enseigné le droit à des générations d'étudiants morfondus que pour, un jour, la voir s'asseoir à dix mètres de lui, le dominant dans la contre-plongée des gradins du grand amphithéâtre. Ce jour-là, deux yeux gris l'observaient avec attention et un rien d'amusement. Christopher s'était senti enfin démasqué. Ce souvenir est resté dans toute sa netteté, mémoire précieuse d'une joie déjà teintée d'appréhension. Des souvenirs de cette limpidité, à cinquante ans, Christopher en possède peu. Il tient à les conserver.

Ce matin à Châteauroux, de manière fugace, il a retrouvé dans l'allure de Grace, embobelinée dans les pans de son manteau battant au vent, l'étudiante en maîtrise dont il était tombé éperdument amoureux huit ans plus tôt. Ses yeux se sont attardés sur sa démarche énergique, rendue funambulesque par le port de talons hauts, sa chevelure noire dansant sur ses épaules, sa silhouette svelte aux formes bien marquées. Et la manière aussi, se sachant observée, de relever brusquement son grand front et de projeter en avant le vertige de ses deux yeux gris posés à fleur d'un visage où les lèvres sont la seule tache de couleur.

Christopher est sorti de la voiture et s'est avancé à sa rencontre. Dans un geste qu'ils n'avaient plus depuis des mois, il l'a prise dans ses bras et l'a serrée contre lui comme on presserait une image de son passé pour ne pas laisser le temps et le vent l'emporter. Il sait maintenant que le pouvoir du savoir est aussi fort que celui du sang. Que la conquête d'une femme, quand on possède sur elle le privilège de la connaissance, a quelque chose d'incestueux.

Sur les hautes terres, la route s'apaise en de longues lignes droites qui cadastrent un espace de landes à peine vallonnées. Derrière l'averse, Grace devine un pays sans vignes, sans fruits, avec si peu de labours. Un pays, brouté par le vent, lavé à grande eau par une pluie tenace, pillé par la grêle, glané par la neige. Une terre d'épreuves. Des roches affleurent au pied d'éperons de granit sur lesquels s'empalent les nuages bas et rapides de décembre. Dans l'obscurité qui gagne, on aperçoit parfois, dans une boucle en contrebas, les toitures d'un mas à l'abri des vents d'ouest. Mais la vision est fugace, les façades fermées comme des visages hostiles. Une tension monte à la contemplation de ce désert. Pour la première fois depuis qu'ils ont quitté l'autoroute à hauteur de Limoges, l'envie de parler étreint Grace. Elle se sent prise au piège sur cette route à peine plus large que leur voiture, jetée dans un vide qu'elle redoute. Par la faute de Christopher, naturellement.

Lorsque Christopher a une idée en tête, il n'en dévie jamais. C'est lui qui a organisé ce voyage. Lui qui a insisté pour ce détour par Châteauroux, médiocre étape sur les traces d'un père décédé peu après que la mère de Grace l'avait quitté pour refaire sa vie en Floride. C'était il y a vingt-deux ans. Grace avait alors huit ans et devant elle une éternité d'incompréhension. Pourquoi fallait-il ce matin faire resurgir tant de blessures en s'arrêtant au bord des pistes désertes ? Si encore elle avait perçu une présence diffuse, entr'aperçu l'ombre du jeune soldat qui avait hanté les lieux. Mais il n'en avait rien été. Seul demeure en elle le souvenir aigre des paroles du directeur de l'aérodrome lui rappelant qu'au moment de vider les lieux, les Américains avaient coulé du béton dans les canalisations. Et elle, si prompte à répliquer, l'avocate redoutée, elle s'était tue comme une petite fille à qui on reprocherait une mauvaise action commise par un père absent.

Grace ne quitte pas la route des yeux. On pourrait croire qu'elle sourit. Mais c'est une expression malgré elle, une de ces expressions mélancoliques qui échappent, fêlure imperceptible sur la faïence d'un visage habitué à se contrôler. Le plateau s'étend à perte de vue dans le crépuscule qui gagne. Chaque tour de roue l'éloigne de ce qu'elle aime, la ville, sa densité, sa chaleur, le mouvement, son éternelle lumière, ses profusions, ses ombres, ses possibles. Chaque mètre parcouru l'est vers un mystère. Pourquoi donc s'entêter à vouloir rallier ce relais château au cœur du plateau de

Millevaches, que Christopher a retenu sur Internet trois mois plus tôt ? Pourquoi ? Il y a tant d'hôtels sur les bords des autoroutes, bien suffisants pour y bâtir des souvenirs de fortune. Tant d'auberges qui, à la faveur d'éclairages parcimonieux, peuvent donner l'illusion pour un soir d'un tête-à-tête romantique. Tant d'autres lieux que ce désert noir, ce pays sans asphalte, sans immeubles, sans *drive-in*, sans bureaux, sans sirènes de police et d'ambulances. Ce pays sans Dieu. Et puis, cet acharnement agaçant de Christopher à vouloir que tout soit parfait. Qu'aucun instant de leur voyage ne soit indifférent, qu'aucune escale ne soit médiocre. Comme si leur vie à tous les deux en dépendait.

— À six cents mètres, tourner à droite.

La voix de synthèse a rompu le silence. Grace baisse les yeux vers l'écran du système de guidage par satellite. Sur le tableau de bord, une nouvelle carte en couleurs s'affiche avec des informations qu'elle ne cherche pas à retenir, indiquant la position précise du véhicule dans cet abîme qu'elle croyait sans nom. Une cartographie venue de l'espace guide leur dérive. L'étau qui oppressait Grace se desserre. Elle respire mieux. Grace voue aux dernières technologies une confiance absolue qui fait sourire son mari. Christopher ne voit là qu'une croyance naïve en des talismans aux formes de téléphones cellulaires ou de portables *high-tech*. D'ailleurs, sans le GPS à bord, elle aurait refusé cette escapade en dehors des chemins balisés. Non qu'elle soit peureuse ou timorée, Grace. Certes non ! Mais l'idée de ne pas contrôler l'espace et le temps lui est odieuse. Son existence tient dans cette maîtrise. Il est là, son secret. La survie de l'avocate d'affaires new-yorkaise repose sur un principe élémentaire.

Ce soir, dans le ciel, un œil électronique est braqué sur Christopher et Grace Dempsey, décidant à leur place de la meilleure route à suivre. Rien, pense Grace, ne ressemble moins au voyage d'Ulysse que leur errance.

Christopher ralentit. Sous les coups de vent en rafales qui balaient le plateau, la grosse berline dévie mollement de sa trajectoire. Des branches mortes glissent sur le sol dans la lumière des phares. La conduite devient délicate mais Grace fait mine de ne pas s'en apercevoir. Elle est ainsi. Elle adopte toujours l'attitude juste lorsque les choses deviennent difficiles. Il suffit d'un obstacle pour qu'elle se hisse à son niveau. Christopher avait déjà observé ce trait chez la jeune étudiante, et l'expérience de leur vie commune n'a fait que le confirmer. Les épreuves démultiplient ses facultés. Faire remarquer la violence des bourrasques ne servirait d'ailleurs qu'à fatiguer davantage Christopher qui conduit depuis le matin. Paradoxalement, l'angoisse diffuse qui les touche tous deux leur laisse l'impression agréable d'un partage. Depuis combien de temps ne se sont-ils pas sentis ainsi menacés ensemble ?

Ils pensent tous deux, sans oser l'avouer, à l'extravagance de cette expédition, quand bien même l'étape de ce soir les rapprochera de Clermont-Ferrand où ils retrouveront le lendemain un couple ami. Lui est un chercheur qui travaille avec Christopher sur un vaste chantier juridique cofinancé par leurs universités respectives et des organisations non gouvernementales dépendant de l'UNESCO. Les deux hommes correspondent depuis cinq ans, s'échangent des étudiants, se voient au hasard de congrès internationaux. Grace et

Christopher seront leurs hôtes au moment du basculement dans le nouveau millénaire. C'est du moins ce que prétend ingénument Christopher. Grace a renoncé à lui faire admettre que c'est seulement l'année suivante que le millénaire changera. En toute mauvaise foi, Christopher rétorque que les mathématiciens sont des ânes. Qu'il changera de millénaire quand, à la place d'un 1, il écrira un 2. Que c'est aussi simple que cela. Elle a fini par en sourire. La perspective de se trouver sur le Vieux Continent, au pied d'un volcan éteint, au moment de ce basculement qu'elle s'est résolue à admettre symboliquement, n'est pas indifférente. Ne sont-elles pas là, les racines du Nouveau Monde ? Dès le 2 janvier, ils prendront l'autoroute en direction de Genève où, le 5, Grace doit négocier la signature d'un important contrat.

— À cinq cents mètres, quitter la départementale 992. Prendre à droite, direction Faux-la-Montagne.

Le détachement de la voix de synthèse les rassure. La pluie cesse brutalement. Grace est brisée. Elle rêve de pousser la porte d'une chambre, d'être seule. Sans rien à dire, sans tribut d'aucune sorte. Sans autre geste à accomplir que se lover dans des draps.

— Tu es fatiguée ?

— Ça va...

Le vent se calme. Christopher hésite. Il regarde avec insistance la carte sur l'écran à cristaux liquides. De la main droite, sans lâcher le volant, il tape sur le clavier et questionne le navigateur qui lui répond avec la même assurance :

— À quatre cents mètres, quitter la départementale 992. Prendre à droite, direction Faux-la-Montagne.

Christopher recommence. Grace, qui se laisse conduire, n'intervient pas. Elle regarde seulement les mains de Christopher, ses belles mains dont la délicatesse exprime à elle seule un certain rapport distant au monde. Christopher est un homme mûr et raffiné. Grace aime sa douceur, le gris de ses tempes, sa mise impeccable si rassurante, cette allure terriblement séduisante d'un héros à la Hitchcock. Et aussi son ironie suave d'homme choyé par le destin. Mais, pour l'heure, l'hésitation de Christopher donne raison à Grace et alimente le ressentiment qu'elle sent monter en elle. Le mieux est l'ennemi du bien. Il était si sage de faire étape à Limoges et de rejoindre directement Clermont. Elle laisse Christopher patauger dans sa mauvaise humeur. Il grommelle. Elle ne cherche pas à comprendre, elle ne le veut pas. Elle regarde devant elle, les lèvres pincées, immobile, le profil éclairé par les lumières du tableau de bord. Il est tard. Elle n'a pas faim. Seulement sommeil.

La voiture roule doucement. Arrivé au croisement annoncé, Christopher s'arrête, scrute les panneaux indicateurs et détaille la carte affichée sur l'écran. Grace aperçoit sur le talus une croix de mission. Christopher doute toujours de l'itinéraire indiqué par le navigateur.

— Tu peux lui faire confiance, finit-elle par dire. Ça ne se trompe pas, un ordinateur.

Christopher a compris l'allusion. Il sourit. En dehors du dédale des couloirs de son université et de quelques lieux bien précis dans New York, il n'est guère habile à se repérer. Christopher n'est pas aussi totalement que Grace un être dédié à la ville. Il est né et a vécu une partie de son enfance à Malden, sur la côte est, non loin de Boston. New York l'a toujours un peu désorienté. Que de fois se sont-ils donné rendez-vous, et tandis qu'elle l'attendait au bon endroit, il faisait les cent pas, trois rues plus loin.

— Je sais... Tu as raison, murmure-t-il sur un ton enjoué. Entre lui et moi, ton choix est fait.

— C'est lui, Chris. Sans hésitation. Lui.

La voiture tourne et s'engage sur une ligne droite qui plonge dans la nuit. Pourtant, un instant Grace a partagé le doute de Christopher. Elle aimerait à présent qu'il lui dise quelque chose de rassurant : nous ne sommes pas loin, plus qu'un quart d'heure, et je te promets, tu vas être surprise par le cadre. Un feu dans la cheminée, un dîner aux chandelles, une hôtesse aimable, un lit à baldaquin. Nous serons récompensés de nos efforts. J'ai manigancé tout ça pour toi, pour nous.

Et puis, sa rationalité balaie l'incertitude. Là-haut dans le ciel, perdus dans les étoiles, veillent des ordinateurs. Que deviendrait un monde sans repères ?

Le paysage change. À peine ont-ils quitté le croisement que la route s'enfonce en forêt. Dans la lumière blanche des phares, on devine des milliers de troncs noirs alignés dans un ordre trop rigoureux pour ne pas être artificiel. Ce sont des sapins. Grace en est certaine, bien qu'elle n'y connaisse rien, à l'odeur de résine qui lui parvient par l'air recyclé de la voiture. Lorsqu'elle court, les dimanches matin dans Central Park, elle est sensible à ce qui émane des arbres. Leur couleur de feu en automne, leur ombre au printemps, la paix qui s'en dégage à quelques centaines de mètres seulement des automobiles. Ce sont des arbres domestiqués, des arbres en cage dans un décor, cernés d'allées et de bancs publics, sous la surveillance des jardiniers. Ici, c'est différent, infiniment sauvage, et Grace a l'impression de se glisser entre les rangs serrés d'une armée de géants. Ici, la nuit est plus sombre, les ténèbres menaçantes. À tout instant pourraient surgir de cette multitude des créatures étranges. Grace tend la main vers la commande de la climatisation et remonte la température. Et cette envie de dire à Christopher : faisons demi-tour.

Mais elle se tait. Christopher est soucieux. La route n'est plus qu'un sillon sur la Terre, l'écorchure laissée par une drague géante dans des grands fonds tapissés de résineux. La voiture avance au creux de cette fissure. Grace lève les yeux vers le ciel comme pour y chercher le satellite qui les guide et auquel sont accrochées leurs vies. Elle ne voit rien.

Le temps paraît long. Grace ne quitte pas la route du regard, comme si elle conduisait aussi, et l'attention qu'elle déploie lui brûle les paupières. Le vent a repris par bourrasques. Des branches glissent sur le sol, d'un talus l'autre, rampant comme des formes vivantes. Christopher va lentement, contournant les plus grosses. Grace songe à son père. Est-ce ce pays qu'il a aimé au point d'imposer, lui qui ne s'était jamais préoccupé de ses études, qu'elle apprenne le français ? Elle en doute. Et pourtant si elle se trouve là, c'est un peu à cause de lui. L'étape de Châteauroux les a déviés de l'itinéraire naturel vers Clermont. Sans oublier Christopher, obnubilé par le projet de dormir dans un relais château, corps de logis du XVIIe siècle, dépendances du XVIIIe... Grace remue ces idées tout en les sachant vaines et peu objectives. Son pouvoir d'analyser les situations complexes, qui lui permet d'ordinaire de démêler n'importe quel dossier tordu et de rendre des conclusions impeccables, lui fait défaut. Elle est désarmée.

Soudain, dans l'incertain des phares, ils aperçoivent quelque chose. Grace retient une exclamation sourde, un petit bruit de gorge. La voiture ralentit. Là-bas, à cinquante mètres, des formes s'agitent.

— Ferme la voiture, demande Grace. Ferme-la, je t'en prie !

Christopher actionne le verrouillage automatique. Ce n'est pas grand-chose, mais le bruit des serrures électriques les rassure. La voiture avance lentement. Christopher déclenche les antibrouillards qui éclairent les bas-côtés d'une lumière blanche. Finalement, les phares percent l'obscurité. C'est une harde de sangliers. Leur démarche sautillante, leurs dos cintrés, la mère devant, les marcassins à la traîne, le dernier, le plus petit, en retard comme dans chaque famille. Grace et Christopher observent en silence. Ils voudraient exprimer leur amusement, de la curiosité, froisser la tension qui les gagne. Ils n'y parviennent pas vraiment.

— La sortie des écoles est terminée ? Je peux y aller, madame sanglier ? plaisante quand même Christopher.

— Attention ! Il y en a encore, s'exclame Grace.

D'autres ombres surgissent du talus. D'autres sangliers. Et puis, un peu plus loin, à une trentaine de mètres, des chevreuils. Grace et Christopher n'en croient pas leurs yeux.

Les silhouettes massives ou élancées, bondissent ou trottinent. Des croupes s'envolent d'un coup de reins sur le talus de gauche pour disparaître. Des masses noirâtres escaladent les remblais sans ralentir, le groin au ras du sol. Cela dure. Grace et Christopher ne parlent pas, respirent à peine, captivés par ce spectacle. Ils sentent bien qu'ils vivent quelque chose d'exceptionnel. Ils cherchent dans leur mémoire l'évocation d'un cas semblable, dans un magazine ou à la télévision. Ils ne trouvent rien.

— Incroyable, murmure-t-il. Je n'avais pas imaginé que cette forêt recelait autant de gros gibier.

L'angoisse les étreint. Les animaux sont passés. Derrière les vitres de la voiture immobilisée, une nuit de catafalque. Grace n'ose regarder sur le côté de peur de se découvrir observée. Christopher embraye.

— Encore ! s'exclame Grace.

Des animaux plus petits, des écureuils, des lapins traversent la route. Et d'autres qu'ils ne reconnaissent pas. Plus loin, un renard franchit la chaussée en trois bonds. Christopher décide de passer quand même. Il va doucement. Il lui répugnerait d'écraser une de ces bêtes, mais il ne supporte pas l'idée de rester plus longtemps ici. Il pressent un danger. Il serait bien incapable de dire lequel. Mais il reçoit un signal adressé depuis chaque cellule de son corps. Le cerveau n'y est pas pour grand-chose et se contente de transmettre. C'est le corps qui parle et qui lui dit de ficher le camp au risque même d'écraser quelques animaux. À ce moment, Christopher et Grace parviennent à la même conclusion. Ensemble.

— Ils fuient une menace qui vient de ce côté de la forêt, dit Grace en indiquant sa droite. Les bêtes ont un sens pour cela, c'est bien connu.

Christopher emballe le moteur. La voiture bondit. En quelques secondes, elle parcourt une centaine de mètres. La vitesse desserre la peur qui les gagne. Les phares creusent la perspective d'un ruban noirâtre cerné par deux murs d'arbres et qui s'enfonce à l'infini. Grace respire mieux. Parfois, dans les phares, ils aperçoivent encore une silhouette qui traverse.

— Freine ! s'écrie Grace.

Une bête, qu'ils ne connaissent pas, s'immobilise au milieu de la chaussée et les fixe. Deux points rouges brillent dans les phares.

— Tant pis !

Christopher ne ralentit pas. Grace l'approuve. Elle

ferme les yeux au moment du choc. Un choc mou. La voiture passe. Sortir de là, fuir au plus vite.

— Attention. Vous êtes sortis de la zone cartographiée. Veuillez regagner une position cartographiée et réinitialiser le système de guidage.

La voix synthétique est la même, mais ils lui trouvent un ton différent, moins neutre. Sur l'écran, la carte s'efface. À la place, apparaissent les références du système, son copyright, l'adresse à Amsterdam où se procurer le disque de guidage, ainsi que la date : 27 décembre 1999. Grace regarde l'écran avec effroi. Elle ne peut admettre que le navigateur les abandonne. Qu'il y ait, quelque part dans ce pays, une zone non cartographiée. Au Burkina Faso, en Amazonie, sur les rives du Yang-Tsé-kiang, elle serait prête à admettre. Mais pas en France ! Il existe un trou dans cet espace qu'elle croyait civilisé. Un abîme qui a échappé aux programmeurs. Par association, elle songe au triangle des Bermudes. L'idée est ridicule, elle le sait, mais elle lui est venue comme ça, spontanément. Cette pensée aberrante lui fait mesurer la tension qui est en elle.

— Chris, faisons demi-tour...

Elle ajoute :

— Je préférerais. Tant pis pour le relais château.

— Impossible. La route est trop étroite. Regarde la profondeur des fossés. Et puis je n'y vois rien dans cette purée de pois. On est dans le cul du monde ici !

Christopher est rarement grossier. Elle se tait. Finalement, elle n'a pas très envie qu'il manœuvre sur place. Il lui aurait peut-être demandé de descendre pour le guider. Quand on se trouve dans une nasse, il ne faut pas s'arrêter si on veut conserver une chance d'atteindre la sortie. Depuis que l'écran du navigateur s'est mis en veille, Christopher a accéléré. Les phares taillent dans les rangées de sapins plantés serré. Le paysage change. Des ondulations apparaissent. Sur la gauche, les arbres plongent dans une pente. Toujours aussi impénétrable, toujours obscure.

Un grondement les contraint à ralentir. Une vibration fait trembler le soubassement de la voiture.

— Nous avons crevé ! s'exclame Christopher.

Il réduit la vitesse, mais la rumeur s'accentue. Très vite, ils réalisent que le bruit ne provient pas de leur véhicule. Sa source est ailleurs, dans la forêt. Ils se dévisagent. Christopher lit l'étendue de sa propre inquiétude dans la pâleur de Grace. Pour mieux comprendre ce qui se passe, il abaisse la vitre de son côté. Le roulement s'amplifie.

— Ça vient de notre droite, dit-il au bout d'un moment.

Le souffle d'une explosion arrive sur eux. Les aiguilles de sapin crissent comme des lames. Les premières grosses branches passent devant les phares, zigzaguant sur le sol, poussées par une force prodigieuse.

— Partons !

Christopher démarre. Mais un coup violent est porté sur le capot. Le pare-brise s'est fendu sous le choc. Grace hurle.

— Qu'est-ce que c'était !

— Je n'en sais fichtrement rien !

Un mouvement agite la voiture comme si des milliers de mains secouaient l'habitacle. Soudain, des détonations. Ils songent à la foudre mais le ciel est d'un noir absolu. Christopher et Grace contiennent difficilement la panique qui les gagne. Ils ont encore l'espoir de voir le bout de ce tunnel, l'espoir d'une échappée. Toutes les forêts ont une lisière, tous les océans finissent sur une grève.

C'est alors qu'ils voient, au loin, l'extrémité de la route qui se comble. Leur unique point de fuite se mure. Ils ne comprennent pas. Une déferlante arrive droit sur eux. C'est une vague aussi haute que celles qu'affrontent les surfeurs à Hawaï, quelque chose qui évoque davantage l'océan furieux que la terre et les forêts.

— Les arbres ! gronde Christopher.

Devant eux, à soixante-dix mètres, les sapins explosent, sectionnés à mi-hauteur comme sous les rafales d'un tir de barrage. Des milliers d'éclats fusent dans la lumière des phares. La guerre. Après l'océan démonté, c'est l'idée qui leur vient. La forêt est prise sous le feu d'une artillerie qui hache les branches et les cimes. C'est un cataclysme. Des craintes enfouies du temps de la guerre froide leur reviennent. Ils imaginent le souffle d'une explosion nucléaire qui avancerait droit sur eux pour les engloutir. Ils ont vu des documents à la télévision, des reconstitutions ou des films de l'armée, ils ne savent plus. Tout autour, les troncs se soulèvent, s'envolent, s'écroulent, s'entremêlent. L'avalanche de sapins déboule dans leur direction. Sans perdre son sang-froid, Christopher enclenche la marche arrière et se retourne. Dans les phares de recul, il distingue d'énormes troncs qui barrent la route.

— Accroche-toi, serre ta ceinture ! hurle-t-il.

Les choses vont trop vite pour prier. L'écroulement gigantesque des arbres avance mécaniquement avec une régularité qui puise sa source dans leur alignement. Grace et Christopher sont face au mugissement d'une barre. Ils vont être engloutis, broyés sous les rouleaux. Des branches frappent le pare-brise, cinglent le toit. La voiture est agitée comme un esquif. Lorsque l'amoncellement fantastique n'est plus qu'à quelques mètres, Christopher tente désespérément une manœuvre sur le côté. Mais un sapin s'abat sur le capot, soulevant les roues arrière. Simultanément, un autre fouette une portière qui s'ouvre sous l'impact du choc. La voiture est projetée dans le ravin, glisse sur le côté. Un bruit de tôles, des branches qui brisent les vitres et entrent leurs têtes pour fouiller l'habitacle comme des créatures monstrueuses. Une odeur de terre, d'humus, de champignon. La pluie qui ruisselle. Le froid qui pénètre à pleins poumons. Des milliers de déflagrations. Grace hurle. Christopher tente de l'agripper par les épaules pour la protéger. La chute s'accélère. La voiture heurte un écueil avant de partir en tonneaux. Ses phares éclairent le ciel, le moteur gronde follement. Une odeur d'essence et de caoutchouc brûlé. L'engloutissement corps et âme dans un océan naufrageur à l'écume de résine.

2.

Une lumière incandescente, d'un blanc tirant sur le bleu, traverse les paupières de Grace. La jeune femme ne réagit pas. Cette lueur, qui l'atteint dans sa demi-inconscience, la fascine. Elle n'a pas peur.

Elle est étendue sur le sol, le visage enfoncé dans la mousse. Une odeur d'humus, de champignon et de bois imprègne ses lèvres, ses narines, sa gorge, tout son être. Elle est devenue un élément de la forêt, un de ses rameaux, une branche morte jetée sur le sol. Un sentiment de vide l'habite et aussi l'incertitude d'être toujours en vie. Elle entrouvre les yeux. Une douleur la gagne, partant des chevilles et remontant jusqu'à la nuque, lui rappelant la réalité de son corps. Là-bas, entre les branchages, le ciel est embrasé. Grace tourne la tête vers cette lueur boréale qui illumine l'enchevêtrement des arbres martyrisés. Elle aussi a été martyrisée. Elle aussi a été brisée. Elle tremble.

Il fait nuit. La tempête gronde, terrifiante, effaçant un peu plus la conviction d'exister encore. Un fluide glacé monte de la terre. Grace songe alors à Christopher, à la voiture, à l'accident. À cet immense gâchis vers lequel ils se sont précipités avec tant d'application et de constance.

Elle redresse la tête sans rien distinguer d'autre que la masse oppressante des branchages. Elle voudrait se faire une représentation de la réalité. La réalité ! Sa présence ici tient-elle de la réalité ? Une vague de colère la submerge.

— Merde ! Merde alors !

Cette colère est le signal de la vie.

Ses jambes et ses bras obéissent aux ordres du cerveau. Elle passe les doigts sur son visage, inquiète d'y découvrir une plaie. Mais elle ne trouve rien qu'une légère égratignure dans le cuir chevelu d'où s'est écoulé un mince filet de sang séché par le froid. Des paroles oubliées de son père lui reviennent : « Tu es forte, ma petite Grace. Je le sais. Rien ne peut t'atteindre, ne l'oublie jamais... » Rien, sinon sa propre mort quelques mois plus tard. Il était si fragile, ce géant qu'elle croyait invulnérable.

— Père, murmure-t-elle. Aide-moi...

Grace prend son temps. Elle pense à Christopher. Le sort de son mari relève d'une inquiétude sourde qu'il est encore possible de différer de quelques secondes, de quelques minutes, peut-être davantage, elle ne saurait dire. D'abord, il lui faut se protéger pour se reconstruire. Les éclairs dans le ciel s'espacent, plongeant la forêt dans une obscurité oppressante qui amplifie le roulement du vent. Bientôt, Grace n'y verra plus rien. Elle lève les bras et atteint le tronc d'un sapin déraciné sous lequel elle est étendue. Ses mains effleurent l'écorce rugueuse comme un cuir couturé de cicatrices. Sa tête repose au pied de l'énorme motte de terre basculée avec les racines. Cet abri providentiel l'a sauvée de la chute des autres arbres. C'est ainsi. Grace va survivre à ce désastre. Elle le sait. Elle le désire.

L'énergie, irrépressible, qui lui a fait triompher de toutes ses guerres, coule de nouveau dans ses veines.

Dégagée du tronc, elle tente de s'asseoir. Son crâne bute contre des branchages inextricablement mêlés. Elle a soudain le sentiment d'étouffer, de se noyer dans un abîme végétal. Elle se redresse, écarte les rameaux à pleines mains, les enfourche, se faufile, glisse hors de l'écheveau. Elle est un écureuil dans les branches d'un sapin.

— Quel bel écureuil je fais !

Sa voix, emportée par le vent, la rassure.

Elle se retrouve dans un espace libre, moins grand que l'ascenseur qu'elle emprunte pour monter à ses bureaux au quatre-vingt-troisième étage. Des souvenirs de New York lui reviennent par bribes, des images de rues, la stridulation des sirènes, la foule, les prétoires, le dossier Russell, si difficile à plaider devant les avocats du fisc... Un rendez-vous au tribunal de commerce. Une vie trépidante, à mille à l'heure, réservée à ceux qu'enivrent l'urgence des décisions, l'âpreté des négociations et les enjeux exorbitants. Grace aime cette existence à haute tension.

Mais ce monde n'a plus cours. Ou alors à trois mille kilomètres d'ici. Elle tente de se dégager de l'enceinte où elle est retenue prisonnière, mais des bourrasques l'obligent à s'accroupir. Elle attend. Que peut-on contre les éléments, sinon courber l'échine et respirer dans le creux de ses bras en pliant la nuque ?

Grace ne peut rien entreprendre. Elle reste plaquée au sol, terrifiée à l'idée qu'un arbre s'abatte sur elle. Parfois, le vent plonge dans la cavité où elle est tapie comme pour se saisir d'elle et l'extirper furieusement. Elle s'accroche, serre les dents. Elle ne sursaute plus lorsque des détonations violentes foudroient des branches à quelques mètres. Lentement, les charges s'espacent. Même les tempêtes s'essoufflent. Alors, Grace se relève.

La voiture est en contrebas, les roues en l'air, le capot dans le sens de la pente, emprisonnée sous un amoncellement d'arbres brisés.

— Christopher ! Chris, tu es là ?

Le vent rugit et Grace est trop faible pour que sa voix porte plus loin que ses lèvres. Elle saisit la poignée d'une portière bloquée, se penche sur le pare-brise fendu, scrute l'intérieur de la berline. Il fait noir. Elle ne voit rien.

— Grace, c'est toi ?

— Chris ! Tu es blessé ?

— Je dois avoir une jambe fracturée. Je ne peux pas bouger le pied. Sinon, rien de sérieux... Et toi ?

— Je vais bien. Rassure-toi. Plus de peur que de mal.

Ils ne reconnaissent pas leurs voix.

Seule, Grace n'a aucune chance d'extraire Christopher de l'habitacle.

— Dès qu'il fera jour, tu iras chercher des secours. Ils me désincarcéreront. Ils doivent bien avoir le matériel pour ça, dit-il en affichant une confiance teintée d'humour. À moins que l'agence de voyages ne nous ait trompés. Rassure-moi. Nous ne sommes pas en Ouzbékistan, n'est-ce pas ? Nous sommes bien en France ?

Grace apprécie cette manière de réagir. Soudain, elle s'exclame :

— Je vais les appeler !

— Qui ça ? demande Christopher.

— Les secouristes ! Les pompiers, les fédéraux...

— Les gendarmes.
— Ne discute pas du vocabulaire ! Passe-moi mon sac !
— Ton sac ?
— Oui ! Mon téléphone est dans mon sac. Tu sais, un téléphone portable, avec un petit écran et des touches. Tu as déjà oublié ? essaie-t-elle de plaisanter à son tour.
— Attends, je cherche...
Elle entend Christopher qui s'agite.
— Sur le siège arrière, précise-t-elle en levant les yeux au ciel.
— Je ne trouve pas...
Elle se contient de dire ce qui lui brûle les lèvres, que cela ne l'étonne guère, qu'il ne trouverait pas...
— Il y est pourtant ! Cherche encore.
Finalement, ils se rendent à l'évidence. Le sac de Grace a été projeté hors de la voiture.
— Il doit être quelque part sous les arbres...
Grace accuse le coup. Plus rien ne la rattache au monde. Elle est sans lien avec la civilisation, plus démunie qu'un enfant à la naissance. En milieu hostile.
— Je le trouverai dès qu'il fera jour, dit-elle.
— C'est impossible maintenant.
— Dussé-je retourner chaque branche et finir de casser ce qui reste debout dans cette foutue forêt, je le retrouverai !

Prisonnier de l'habitacle, Christopher s'est installé une position où il ne souffre pas trop. Chaque fois qu'un éclair illumine la forêt, Grace observe le masque douloureux posé sur le visage de son mari. Pour la première fois en huit années de vie commune, la beauté aristocratique de Christopher est altérée. La distance que l'universitaire s'est toujours ingénié à conserver avec les incidents de l'existence, les questions d'intendance et même certains points dérangeants, ce détachement qui est sa marque au point d'atteindre parfois à la légèreté, ont tout à coup fondu. Christopher souffre et cela se voit. Son visage est marqué par une ombre. C'est Christopher tel qu'il sera dans quinze ans. La douleur révèle, sous les traits du quinquagénaire soigné, le masque de la vieillesse. Une tendresse submerge Grace, une tendresse qui lui fait horreur.

Grace est agenouillée près du pare-brise, à travers lequel elle aperçoit son mari. Ses genoux font une proue racée s'élargissant sous l'ombre du manteau. Lorsqu'un éclair flamboie, la masse de ses cheveux se détache en contre-jour. En plein chaos, Grace conserve une allure inimitable.

— Il faut t'abriter, dit Christopher.

— Je ne veux pas te laisser.

— Il ne peut plus rien m'arriver, Grace. Cherche un repli sous les branches, enroule-toi dans ton manteau. Prenons patience...

Elle cède. Elle revient vers le gros sapin qui l'a protégée. Les racines ont excavé un vide dans le terrain en pente, une sorte de tanière tapissée de pierrailles sèches. Grace, trébuchant sur ses hauts talons, s'y glisse à reculons.

— Je suis à côté ! crie-t-elle. Est-ce que tu m'entends ?

— Oui, chérie. Je t'entends parfaitement.

Après un silence.

— Je t'aime !

— Moi aussi, je t'aime.

Elle est recroquevillée au fond de la bauge. La tête enfouie dans les genoux, elle est précipitée dans l'aube de l'humanité. Elle est redevenue une ombre aux aguets, apeurée, scrutant la forêt du fond d'un trou, les nerfs à vif, les muscles bandés. Et pourtant, malgré l'inquiétude et le froid, la douleur, elle est touchée par la joie d'être en vie. C'est une jubilation violente venue tout droit de l'enfance et qui s'enfonce tel un coin dans son désarroi. Grace souffle dans ses doigts. Tant qu'il restera en elle la moindre parcelle de chaleur, le néant glacé qui l'entoure ne l'absorbera pas, ne la digérera pas. Ne l'anéantira pas.

— Résister. Résister, murmure-t-elle comme s'il lui était nécessaire de se convaincre.

Ses yeux s'habituent à l'obscurité. Le vent s'est atténué en même temps que la rumeur assourdissante. Là-bas, des éclairs illuminent la forêt de manière sporadique. Des explosions ponctuent les derniers brasillements. Grace est terrée au milieu d'un désastre. Elle sait qu'elle ne sera plus jamais la même. Malgré tous les efforts qu'elle déploiera pour oublier cette nuit, il lui restera une amertume qui altérera chaque moment de sa vie. Chaque 27 décembre sera pour elle une date anniversaire qu'elle devra taire, car c'est celle d'un accident. Elle s'en veut d'avoir été au mauvais endroit au mauvais moment. Cela ne lui ressemble pas. Ne pas avoir de chance à ce point a quelque chose d'inqualifiable qui n'est pas cohérent avec son histoire, ni même avec celle de Christopher. Sans être superstitieuse, Grace est attentive aux signes.

Survivre ne lui a jamais suffi. Elle désire davantage. Et voilà qu'elle redoute qu'une cicatrice lui demeure. Cela la dérange et l'angoisse. Il doit en être ainsi, songe-t-elle, pour les victimes des attentats. L'idée qu'elle a été l'objet d'une agression injuste et lâche fait son chemin. Un acte de guerre de la nature, une violation des principes météorologiques qui veulent qu'aucune tempête de cette force, aucun cyclone, n'ait jamais frappé des terres aussi reculées, tempérées et sages. Elle n'a rien fait pour mériter ce sort. Ni elle ni son mari. Brusquement, elle réalise l'absurde de ses pensées.

Tout autour, les arbres sont brisés, broyés, cassés, éclatés. Leur sang coule. La scène du massacre est poisseuse et odorante. Grace que l'idée, quelques heures plus tôt, de passer un week-end chez des amis vivant à la campagne, terrifiait d'ennui, Grace magnifiquement adaptée à l'asphalte, aux gratte-ciel, aux vapeurs d'essence, aux déjeuners avalés sur le pouce, aux rendez-vous qui se télescopent, aux compagnies aériennes en grève, aux téléphones cellulaires qui sonnent en même temps dans plusieurs poches, Grace se terre comme du gibier dans une forêt démantelée par une tempête furieuse. En France. À l'âge de la guerre du feu. Elle en rirait presque. De rage.

— Tu vas bien ?

— Ça va...

— Tu as froid ?

— Un peu. Et toi ?

Silence. Elle guette une réponse. Un balancement agite les branches restées accrochées aux troncs brisés à mi-hauteur.

— Qu'est-ce qui nous arrive, Grace ? dit une voix.

Elle frissonne.

— Je ne sais pas. Non, Chris, je ne sais vraiment pas...

L'odeur de sapinière entêtante lui rappelle soudain le parfum qui envahissait l'appartement, lorsque s'y trouvait dressé l'arbre de Noël. C'est si loin, l'enfance.

— Noël, *happy Christmas*, murmure-t-elle.

Prise par un pressentiment, elle lève les yeux vers la brèche qui s'ouvre sur le ciel, entre les racines dressées et l'excavation. Elle ne voit rien mais elle devine. Des flocons voltigent sur ce désastre. Elle en est certaine. Il neige.

Longue nuit glacée. À plusieurs reprises, Grace et Christopher se parlent, s'assurent que l'autre est toujours vivant, se rassurent. Contre toute attente, par bribes, Grace a dormi. Ce sont des moments d'abandon dont elle ne saurait dire s'ils durent quelques minutes ou davantage. Elle est enroulée dans son manteau, adossée à même la terre, encore heureuse d'avoir un creux pour se protéger. Elle se surprend à songer aux clochards affalés dans les rues sombres, repliés sur eux-mêmes ou dormant ivres sur le dos comme des anges déchus. L'idée la trouble de partager leur sort à la belle étoile. Est-il possible que cet accident soit un signe ? Tout ce capital de bonheur, de rencontres, de réussite, d'argent, cette fortune reçue jusqu'alors comme un don et parfois comme un dû, pourraient-ils lui être ôtés ?

Le vent a cessé. Grace entend des plaintes. Tout d'abord elle croit que c'est Christopher qui geint et son sang se fige. Puis elle réalise que les appels viennent d'un peu partout. Des sanglots, des râles, des pleurs. Elle ne comprend pas.

À l'aube, elle découvre l'étendue du chaos. Une hécatombe régulière d'alignements d'arbres brisés évoque l'écroulement d'un jeu de dominos géant. Les conséquences sont à l'échelle de l'ordre et de la logique industriels. Un sapin tombe et entraîne le suivant qui abat l'autre. Grace se redresse. Ses muscles lui font mal.

— Tu as pu te reposer ? demande-t-elle en s'agenouillant près de la voiture.

— Moins bien que dans le relais château.

Elle rit. Un rire salvateur. Le rappel du projet la ramène à la normalité de leur existence.

— Je suppose que c'était moins... Que m'avais-tu promis, au juste ?

— Romantique. C'est *romantique* que je t'avais promis.

Ils cherchent anxieusement dans le visage de l'autre un signe qui pourrait trahir l'épuisement, une blessure cachée, le début d'un renoncement.

— Comment va ta jambe ?

— Tant que je ne bouge pas...

— Et la radio. Tu as essayé la radio ?

— La batterie est coupée. Plus de courant.

Grace abandonne sa main à Christopher. À l'intérieur de l'habitacle, il s'est aménagé une sorte de campement. Le levier de changement de vitesses est au plafond, le plafonnier lui est rentré dans les reins toute la nuit. C'est le monde à l'envers.

Grace établit un plan.

— Je vais remonter jusqu'à la route. Une fois là-haut, j'aviserai.

— Parfait, répond Christopher.

Elle devine l'épuisement dans sa voix.

— Ne t'inquiète pas. Je serai de retour très vite.

— Prends soin de toi.

Elle lui sourit et se redresse. Christopher n'entrevoit plus que ses chevilles. Il les regarde avec attention, comme si c'était pour la dernière fois, fines, nerveuses, sanglées dans des chaussures Gucci achetées sur Madison Avenue. Des chaussures pour arpenter la vie en claquant des talons.

— Je reviens ! crie-t-elle.

Les escarpins escaladent un tronc, dérapent. Un juron. Et puis plus rien. Christopher ferme les yeux, au bord de l'évanouissement.

Les troncs abattus sont recouverts d'un voile blanc qui rend leur escalade glissante. Après bien des efforts, Grace gravit la vingtaine de mètres qui sépare la voiture de la route en contre-haut. Il est huit heures, le jour pointe. Ses genoux sont écorchés, ses mains griffées. L'une des poches de son manteau est décousue et pend. Des branchages lui fouettent le visage. Sous les gifles, les yeux de Grace s'ourlent de larmes.

La route goudronnée a totalement disparu sous les arbres. Malgré la lassitude, Grace s'applique à raisonner. Prendre la direction par laquelle ils sont arrivés la veille n'a aucun sens, la lisière étant éloignée de plusieurs kilomètres. À l'opposé, au bout de la ligne droite qu'ils découvraient dans les phares au moment de l'accident, l'amoncellement est infranchissable. Par contre, de l'autre côté du ravin, Grace distingue des passages entre lesquels elle pense pouvoir se faufiler. C'est là sa seule issue.

Soudain, le vrombissement d'une turbine déchire le silence. Grace n'hésite pas un instant. Après tout, elle est fille d'un sergent des *Marines*. C'est un hélicoptère. Elle grimpe sur un tronc et repère l'appareil en position stationnaire à l'aplomb de la route, à huit cents mètres environ. De cette position, l'équipage prend toute la ligne droite en enfilade. Elle agite les bras, crie, hurle. Malgré les branches qui la dissimulent, il lui semble avoir été aperçue. L'hélicoptère avance, glisse à l'opposé de la pente où gît la voiture, revient dans l'axe. Et repart vers le nord.

— Damnés imbéciles !

C'est fini. Un sentiment d'abandon se saisit de la jeune femme. Et de la colère aussi.

La marche entre les arbres brisés est difficile et dangereuse. Grace passe sous des troncs cassés en biseau qui craquent tels d'immenses pièges tendus. Son visage est fermé par l'attention qu'elle déploie. Elle s'applique. À son passage, des branches cèdent dans un claquement sec, fouettant l'espace comme les lames d'une machine de guerre. Des images du Vietnam lui reviennent, du temps où son père se battait là-bas tandis qu'elle vivait chez sa tante Jude à New York. Chère tante Jude, qui voulut bien jouer le rôle d'une mère absente pendant toutes ces années. Les flocons voltigent, plus serrés. Grace avance péniblement, trébuche, se relève. Elle enrage, elle peste. Elle maudit cette nature stupidement hostile. Le trottoir le plus infâme du Bronx lui paraîtrait un havre. Elle a faim, elle a froid. Tout à coup, elle entend une plainte. Elle retient son souffle. Les pleurs viennent de sa droite. Son cœur cogne. Cela ressemble aux larmes d'un enfant.

Deux yeux brillants la contemplent derrière des branchages. Grace s'avance. Une biche est là, les reins brisés par la chute d'un sapin. Grace a la poitrine broyée. Son regard croise le noir des pupilles dilatées. La biche penche la tête et, dans un mouvement plein de détachement et de douceur, lèche ses avant-pattes. La jeune femme détourne le regard et s'éloigne. Cette nuit est maudite. Les arbres ont rattrapé les créatures les plus rapides et les plus gracieuses de la forêt. Pour les tuer.

Dominant l'amoncellement des troncs brisés, Grace aperçoit au loin une ligne de sapins intacts. Et derrière cette rangée épargnée par la tempête, le gris clair d'un faux jour de lisière. Elle parvient enfin au pied des résineux encore debout, se protège le visage de ses bras, ferme les yeux et traverse l'écran des branches basses.

Elle émerge en pleine lumière. Son cœur s'apaise,

elle est sauvée. Un espace nu s'étend en pente douce vers le sommet d'un puy râpé. C'est une terre à moutons, ingrate, ouverte aux morsures du vent, une pauvre terre sans clôture. À quelques centaines de mètres, des pylônes métalliques gisent dans un entremêlement de ferrailles renversées et de câbles à haute tension dont les courts-circuits ont illuminé la nuit. Sortant de la sapinière où a eu lieu l'accident, une route étroite traverse ce paysage hors du temps.

À mi-pente, Grace se retourne. Les quelques mètres gagnés en altitude lui permettent d'embrasser un horizon cerné de forêts. Son regard cherche une échappée mais ne trouve qu'un océan de sapins, à perte de vue. La terre abordée est une île.

La neige se fait plus dense. Les flocons voltigent et la lande prend une blancheur soyeuse. Sur la crête, la route, rendue impraticable par la chute d'une ligne téléphonique et d'un alignement de chênes de bordure, bascule en sinuant dans un vallonnement. Grace aperçoit des toitures. À leur vue, elle s'arrête. Elle va enfin trouver des secours. Cette nuit ne sera bientôt plus qu'un mauvais souvenir. L'espérance est naturelle chez Grace. Christopher s'y est souvent désaltéré.

Dix minutes plus tard, la jeune femme parvient à l'entrée d'un village de quatre ou cinq maisons serrées les unes contre les autres sans souci d'alignement. Un chêne s'est abattu sur la première habitation, éventrant la toiture. Les hautes pièces de charpente encore en place entre des pignons branlants évoquent l'image d'un bombardement. Grace relève le col de son manteau et s'avance. Elle est frappée par un silence écrasant.

Devant elle s'élève une façade aux fenêtres crevées. La porte entrebâillée s'effondre sur un seuil envahi par les ronces. Dans la cour, une charrette pourrit sur ses grandes roues assaillies de mauvaises herbes. Sous un hangar, rouille un vieux tracteur. Près d'un muret effondré, dans un bac aux dimensions de sarcophage taillé à même la pierre, croupit une eau noire.

La route goudronnée contourne la masure, se faufile entre d'autres fermes dans le même état d'abandon et s'interrompt devant une croix. Au-delà, une allée herbeuse, bordée de chênes, longe des pacages. Grace hésite. Elle s'arrête sur cette esquisse de place, pousse jusqu'à la margelle brisée d'un puits sans treuil, revient sur ses pas. C'est évident, il n'y a personne ici. Le lieu est aussi vide qu'une cité fantôme de l'Ouest désertée par des pionniers. Pourtant, Grace sent une présence. On l'observe. Elle revient jusqu'à la croix, s'attarde sur le Christ sculpté dans un granit brut rongé par les siècles, retourne sur ses pas, pivote brusquement sur ses talons.

— Il y a quelqu'un ?

Les façades lui renvoient l'écho d'une voix tremblée.

— Je suis égarée ! Mon mari est blessé. Nous avons eu un accident, là-bas...

Elle tend le bras dans la direction d'où elle vient. Elle se veut modeste, presque suppliante.

— Nous avons besoin d'aide. S'il vous plaît !

Elle attend. Des corbeaux traversent le ciel. La sensation d'un regard posé sur elle ne s'est pas dissipée.

Grace tressaille. Elle a entendu un bruit à l'intérieur des étables aux portes grandes ouvertes. Elle s'approche et franchit prudemment le seuil. Cela fait des années certainement qu'aucune bête n'a dormi là, qu'aucun sabot n'a résonné sur le pavé, bien qu'une odeur de paille imprègne encore les lieux. Les poutres sont couvertes de nids d'hirondelles abandonnés et de toiles d'araignée. Soudain, Grace distingue dans l'ombre une forme tapie contre le mur du fond, recroquevillée sur elle-même.

— Qui êtes-vous ? demande-t-elle.

Deux yeux clairs la fixent.

— Aidez-moi. Je suis perdue. J'ai eu un accident hier au soir avec mon mari. Notre voiture...

Dans le silence, elle perçoit le souffle d'une respiration rauque.

— Vous êtes blessé ? Je peux vous aider...

Elle n'achève pas sa phrase. La forme a bondi. Une fraction de seconde, elle distingue une bouche édentée prise dans une barbe grise, des yeux exorbités. L'apparition n'a pas cherché à la blesser, seulement à se dégager pour passer coûte que coûte. Sous la bourrade, Grace tombe. Le temps d'entrevoir une silhouette coiffée d'un vieux casque de motocycliste et qui détale à grandes enjambées.

3.

Grace se relève. L'agression a été si inattendue qu'elle n'a pas eu le temps de réagir. Elle avance en titubant jusqu'à la porte des étables. En cet instant, elle ne désire qu'une chose. Rencontrer un être à son image, un homme, une femme qu'importe, muni d'un téléphone de préférence, et capable de lui dire quel genre de cataclysme s'est abattu sur sa vie. Adossée à l'encadrement de granit, enroulée dans son manteau déchiré, elle croise les bras sur sa poitrine, les mains sous les aisselles et appuie la tête contre la pierre. Elle est calme, les traits tirés par la fatigue. Son souffle régulier givre dans l'air glacé. Près du socle de la croix, une source macule de vert foncé l'herbe blanchie par la neige. Grace, qui a cessé de fumer depuis cinq ans lorsqu'il était question d'avoir un enfant, accepterait volontiers une cigarette.

Un sortilège fige le hameau dans une paix surnaturelle. À New York, le mouvement et le bruit se déversent sur la ville comme la pluie ou le soleil, ajoutant à la tension qui électrise les êtres. Ici, le silence revêt une consistance que Grace peut comparer, pour l'avoir éprouvée, à celle de l'absence. C'est un élément aussi palpable que le gros mur de pierres en face, qui ceint un jardin abandonné. Ou que cette ferme au toit fichu par terre, découvrant le grand appareillage d'une cheminée éteinte depuis longtemps.

Grace attend que son cœur cesse de battre trop vite. Elle attend de renouer avec la femme qu'elle sait être. Elle respire profondément. Elle ne pense pas précisément à Christopher. D'ailleurs, elle ne sait pas à quoi elle pense. Les soucis professionnels qui ne l'avaient pas quittée depuis l'aéroport John Fitzgerald Kennedy ont perdu sa trace. Leur désertion est un vide qui la laisse chancelante. Au fond de cet abandon, curieusement, il y a comme une liberté.

En levant le visage vers le ciel où voltigent les flocons, elle remarque un fil. Un simple fil de téléphone.

— Suivre la ligne qui continue après les maisons... C'est aussi simple que ça !

Au-delà de la croix, les poteaux filent au long d'une allée entre deux rangées de grands chênes. Grace s'y engage. Sur la gauche, les arbres longent une clôture qui borde un pacage traversé par un ruisseau. Trois cents mètres plus loin, le chemin monte et tourne brusquement. La protection des arbres s'interrompt et Grace débouche sur un méplat couvert de genêts brûlés par le gel. Les poteaux téléphoniques plongent dans une descente raide, au fond d'un vallon perdu. Et, sur la pente la mieux exposée, au-delà d'un petit pont de pierres plates enjambant un filet d'eau, une ferme.

Ferme. C'est le mot qui vient à Grace, faute de mieux, par manque de familiarité avec l'architecture du vieux continent. Mais il ne convient pas, tant l'ensemble est saisissant de puissance et de rudesse. Si ce n'était sa rusticité, *château* pourrait s'appliquer, à cause de la tour dans l'angle de la façade, une tour carrée, primitive, solide, posée sur le rocher. *Ferme fortifiée* rend finalement mieux compte des murs massifs sortis de la nuit des temps. Une porte étroite, deux étages de fenêtres dissemblables, certaines à meneaux, des reprises partout sur la muraille couturée de cicatrices, une toiture pentue blanchie par la neige, d'énormes cheminées faisant émerger vers le ciel leurs goules de granit. La demeure laisse à Grace l'impression d'une barbarie à peine contenue.

Grace quitte son poste d'observation, franchit le pont et s'approche de la bâtisse. À quelques mètres de la façade, elle contourne les racines à nu et l'impressionnante ramure d'un tilleul qui s'est abattu. Dans sa chute, l'arbre a écrasé une voiture tout terrain. Le spectacle du 4×4 au toit et au capot enfoncés la renvoie à Christopher.

— Il y a quelqu'un ? Nous avons eu un accident ! Mon mari est...

Personne. La porte est grande ouverte. Grace pénètre dans une entrée plongée dans la pénombre, qui donne sur un escalier en colimaçon tout en pierre.

— Il y a quelqu'un ? S'il vous plaît !

Plusieurs paires de chaussures d'hommes, des pantoufles, des bottes, jonchent le dallage. À leur aplomb, accrochés à des patères, des vêtements d'hiver, un long imperméable anglais de chasse, en mauvais état, un vieux gilet troué aux manches, un fusil négligemment pendu par la bride... Sur la droite, une vaste cuisine offre le spectacle d'un désordre prodigieux. La vaisselle s'amoncelle dans un évier, des sacs de courses sont posés en vrac sur une grosse table de ferme, du bois sec est entassé à la diable à côté d'une cuisinière éteinte qui répand dans la pièce une odeur de suie humide.

— Il y a quelqu'un ?

De l'autre côté du vestibule, s'ouvre une salle à manger dans le goût provincial du XIXe siècle, confortable, les murs boisés à mi-hauteur de panneaux peints, agrémentée d'une cheminée surmontée de trophées de chasse. Des rangées de poutres ainsi que trois lourdes armoires de chêne noircies par la patine du temps assombrissent une clarté déjà chiche. Du linge est empilé entre les accoudoirs de deux fauteuils, attendant un repassage hypothétique. Sur un bureau placé devant une fenêtre à petits carreaux s'entassent des livres. Et un téléphone. Grace se saisit du combiné, décroche et compose le numéro des secours, le 18, mémorisé dès son arrivée en France. Mais le téléphone demeure silencieux. Grace le repose, recommence, tente l'international, son appartement à New York, fait un essai au hasard...

Grace se doutait bien qu'il n'y avait guère de chance qu'on lui réponde. N'a-t-elle pas vu tout à l'heure la ligne renversée et le fil traînant au milieu des branches ? Mais Grace ne désespère jamais. Jusqu'à la dernière seconde, elle pense que rien n'est joué. Que tant que les dés oscillent, personne ne peut dire sur quelle face ils s'immobiliseront. Elle repose le combiné. Un froid insupportable règne dans la maison. Elle regarde sa montre. Dix heures. Voilà près de deux heures qu'elle a quitté Christopher.

Grace va à la cuisine et déniche une tourte et un couteau. Elle a faim. Dans un placard, elle découvre un pot de confiture qu'elle finit par juger comestible après l'avoir soigneusement senti. Attirée par la pâle lumière des carreaux incroyablement sales, elle s'approche d'une fenêtre. Le pain a un goût qu'elle ne connaît pas, fade, épais, rugueux. Le pain français commercialisé par les boulangeries branchées de New York ne ressemble en rien à celui-là. Malgré ses préventions, elle mord à pleines dents. La confiture lui fait une moustache, qui la renvoie à l'enfance et à l'insouciance qui s'y attache. A-t-elle jamais été insouciante, Grace ? Depuis ce jour où sa mère a fait sa valise et où elle a vu son père pleurer seul dans sa chambre ? Elle avait cinq ans.

Elle observe le chemin par lequel elle est arrivée. Tout en mastiquant lentement, elle suit le trajet qui l'a menée jusque-là avec la précision d'une fatalité guidant ses pas. Elle aimerait réagir, elle a été éduquée pour cela, remuer ciel et terre, donner des ordres précis, efficaces. Mais à qui ? Pianoter sur son portable, terroriser quelques collaborateurs, histoire de galvaniser les énergies, trouver une solution. À la rigueur, prier. Elle ne peut pas. La nourriture lentement fait son œuvre. Grace se sent plus sûre sur ses jambes. Ses doigts qui tiennent la tartine ont cessé de trembler. Une chaleur se diffuse en elle, accompagnée de la surprise désabusée de se retrouver ici.

— Nous y sommes, Chris, dans ton relais château, murmure-t-elle. Tu avais raison. Je ne suis pas déçue.

Le ton de sa voix n'est pas à l'apitoiement, cette forme d'acceptation que Grace déteste par-dessus tout. Il est ironique comme à chaque fois qu'elle est secrètement blessée et qu'elle se trouve en difficulté.

Grace suce le bout de ses ongles sucrés. Son souffle a laissé sur les carreaux une buée qui la contraint à se déplacer de quelques centimètres. Ça va mieux. Elle va repartir, reprendre le chemin, explorer cet univers incompréhensible. La tempête l'a précipitée dans l'an mille, quelque part en Barbarie. Elle va assumer et remonter la pente... Soudain, elle pousse un cri. Une langue humide court sur ses jambes. Un chien, un gros chien frisé danse à ses pieds en remuant la queue.

Grace a peur des chiens. Les gros, les petits, poils courts, poils longs, oreilles rondes ou pointues, surtout les pointues. Elle est capable de rentrer dans n'importe quelle boutique pour ne pas avoir à croiser sur le trottoir une de ces créatures imprévisibles, même tenue en laisse. Elle bondit, se replie vers le fond de la cuisine et voit l'animal débonnaire venir vers elle en se dandinant.

— Laisse-moi !

Il est énorme. C'est un griffon, mais Grace l'ignore. Elle le voit avancer avec des intentions qu'elle n'est pas en mesure d'apprécier.

— Fiche le camp !

Le chien s'immobilise, penche la tête d'un air à vouloir comprendre, et fait demi-tour. À peine a-t-il franchi le seuil de la cuisine, que la jeune femme se précipite et referme la porte. Adossée contre le panneau de chêne, la tête renversée en arrière, livide, elle pince la bouche. Un parfum de confiture est resté sur ses lèvres.

Afin de s'assurer que le chien est parti, Grace revient à la fenêtre. Dehors, le berger renifle les racines du tilleul, hume l'air où voltigent des flocons, et s'engage en trottant sur le chemin qui mène au pont. Grace le voit s'éloigner, lorsqu'elle comprend que l'animal s'en va probablement retrouver ses maîtres. Sans hésiter, elle se précipite à ses trousses.

Elle franchit au pas de course le petit pont et prend par un chemin de terre sur la gauche. À peine a-t-elle parcouru quelques centaines de mètres que lui parviennent des claquements réguliers et secs. Le col de son manteau relevé, trébuchant sur ses chaussures ruinées, elle se hâte. Les martèlements redoublent. Leur écho résonne dans les gorges du vallon.

Brusquement, elle aperçoit le gros chien qui revient vers elle en jappant.

— Va-t'en !

L'animal fait mine d'avoir peur, tape le sol de ses pattes avant, le fouet battant, paraît ne pas vouloir céder un pouce de terrain. Et repart d'où il est venu.

Grace lève les yeux. Le chemin l'a conduite en vue d'une chapelle bâtie sur une arête rocheuse. C'est un lieu de prière modeste et rude, comme il s'en trouve partout, semé dans les campagnes. Dans le prolongement du clocher-mur, à quelques mètres du parvis, une croix est scellée dans le granit. À son pied, un bac creusé dans la pierre, couvert d'une lèpre de mousses grises et or, évoque les fonts baptismaux des origines. En arrière, un éboulis de rochers mangé par des bouleaux rejoint en contrebas une étroite vallée glaciaire flanquée de sapinières. C'est alors qu'un spectacle insolite laisse Grace interloquée. Sur la toiture emportée par la tempête, un individu s'évertue, malgré le vent, à fixer une bâche. L'homme, emmitouflé dans une canadienne, se démène comme un gabier au sommet du grand mât. Si sa situation ne prêtait pas au tragique, la jeune femme s'amuserait du numéro désopilant du gaillard courant en équilibre sur les chevrons, d'un bord à l'autre, clouant une grosse toile aussitôt arrachée par sa partie laissée libre et battant dans le vide, telle une voile déchirée.

Le chien sur les talons, Grace s'approche de l'échelle.

— Monsieur !

L'autre n'entend pas.

— Ho !

Grace escalade avec précaution les premiers échelons. Son visage arrive au ras des tuiles. Au sommet du toit, l'homme a bloqué la bâche entre ses genoux. D'une main, il tient fermement son marteau. De l'autre, il maintient un liteau qui, une fois cloué, va immobiliser la toile. Son regard se porte alors sur la boîte de pointes hors de sa portée. Un désappointement comique le fait grimacer. Il tourne la tête et découvre Grace. Une surprise fugace. Aussitôt, des mots qui jaillissent :

— Passez-moi les clous !

Grace reste interloquée.

— Là ! Devant vous... Allez !

Grace voit la boîte à deux mètres. Pour s'en saisir, il lui faudrait grimper encore sur l'échelle qu'elle sent vibrer sous ses escarpins, s'avancer à quatre pattes sur les quelques tuiles en équilibre au bord du vide. Tout cela à cinq mètres du sol...

— Je ne peux pas !

L'autre la dévisage. Après la surprise, Grace sent monter en lui de l'exaspération. Engoncé dans son vêtement rustique, avec ses grosses bottes en caoutchouc, son bonnet de laine grise sur la tête et une barbe de trois jours, l'homme a quelque chose de mal léché.

— On peut toujours ! Faites un effort.

Il lève son marteau dans un geste d'impuissance, pour montrer qu'il lui manque des clous et qu'il ne peut lâcher la toile. Le gros chien jappe au pied de l'échelle. Le vent fait claquer la bâche. Grace ne comprend pas ce qu'elle fait là, quelle fatalité a conduit ses pas ici. Jamais elle ne s'est retrouvée précipitée de manière aussi absurde dans un milieu aussi bizarre. Pourtant, contre toute attente, contre sa propre volonté peut-être, elle grimpe trois barreaux de plus. À présent il lui faut passer un genou sur le rebord des tuiles. La jupe de son tailleur est trop étroite. D'un geste rapide, elle la remonte pour dégager sa jambe. La voilà à quatre pattes sur le toit. Elle tremble.

— Dépêchez-vous ! La neige va tourner à la pluie.

Elle est sur le point de renoncer. Elle n'est pas venue là pour funambuler sur une toiture alanguie par les siècles. Elle n'est pas venue en France pour réparer des monuments historiques malmenés par une tempête qui s'est trompée de latitude. D'ailleurs, elle n'aurait jamais dû venir, voilà tout.

— Faites un effort !

Grace saisit la boîte de clous et avance en prenant appui sur les chevrons. Sous ses genoux, elle observe avec horreur les nids des rats et des chauves-souris qui ont trouvé refuge entre les tuiles et les planches qui supportent la voûte en bois peint de la nef. C'est un cauchemar, un chemin de croix. Elle parvient à l'angle du clocher-mur et tend le casier. L'homme se penche, s'en saisit et se met aussitôt à taper à pleines volées de marteau.

— J'ai besoin de votre aide, murmure Grace d'une voix tremblée.

Sans se retourner :

— Vous êtes montée, vous descendrez bien seule. Ce n'est pas difficile. Vous voyez bien que je suis occupé.

— J'ai besoin d'aide, espèce d'imbécile !

Les coups de marteau s'interrompent. Grace, tétanisée par le vertige, découvre deux yeux bleus qui la dévisagent.

— Vous ne vous demandez pas ce que je fais sur cette toiture à passer des clous à un forcené ? Cela ne vous intrigue pas ? Ai-je l'air d'un charpentier ? En ai-je les attributs, le casque, la salopette bleue, le mètre qui dépasse de la poche ? Que faut-il faire pour que vous compreniez ?

Il jette un coup d'œil ennuyé sur la lande. Les paroles de Grace l'ont troublé.

— J'ai besoin d'aide, reprend-elle. Et pas seulement pour descendre.

Il va parler lorsque Grace éclate en sanglots. Les larmes jaillissent. Des pleurs inextinguibles. Voilà que c'est elle qui est gênée à présent.

— Ça va, dit-il. Qu'est-ce que vous voulez ?

Elle ne peut pas répondre. Elle hoquète, des spasmes soulèvent ses épaules, une de ses mains dissimule sa bouche, l'autre restant cramponnée à un chevron. Grace n'a jamais pleuré devant un homme, elle méprise trop celles qui chialent pour un oui ou un non. Elle juge ce procédé parfaitement déloyal. Ou si elle a pleuré, c'était il y a longtemps.

— Avec mon mari, nous avons eu un accident, là-bas sur la route, dans la forêt de sapins en direction de Faux-la-Montagne...

— Dans la forêt des Grandes Combes ?

Grace se calme, heureuse d'apprendre que le lieu possède un nom.

— Et alors ?

Grace n'en croit pas ses oreilles. D'un coup, la vivacité lui revient.

— Il est prisonnier de notre voiture ! Il faut le secourir.

L'autre jette un regard contrarié sur le chantier. Le vent s'engouffre dans la bâche qui menace à tout instant de s'envoler. Il observe Grace avec une insistance d'anthropologue et, sans un mot, en équilibre debout sur les chevrons, descend jusqu'à l'échelle. Il a les pieds sur les barreaux du haut, lorsqu'il entend un cri.

— Hé !

Exaspéré, il lève la tête vers Grace. Ses yeux glissent sur les genoux de la jeune femme.

— Il faut m'aider ! Vous n'imaginez pas, après m'avoir fait grimper jusque-là pour vous passer des pointes, que vous allez m'abandonner ici !

Il y a de la colère dans sa voix. L'homme se résout à remonter d'un échelon, embarrassé non pas par la situation de Grace, mais par tous ces imprévus, ce temps perdu. Il scrute le ciel, l'air soucieux.

— Avancez jusqu'au bord du toit.

Il tend le bras.

Grace descend sur les fesses. Elle a conscience d'être ridicule. La jupe de son tailleur dévoile ses cuisses. Lui, il détourne le regard. Elle est au bord de la toiture. Les tuiles descellées s'entrechoquent et menacent de tomber en contrebas sur le rocher.

— Je ne peux plus avancer, balbutie la jeune femme.

— Faites un effort... Attrapez le montant de l'échelle.

— Je vous dis que je ne peux pas !

Grace passe une main dans sa chevelure, la rejette en arrière. Elle est furieuse. Si elle était sur la terre ferme, elle saurait lui faire comprendre que jamais aucun homme ne s'est conduit ainsi avec elle. Dans son job, on la respecte. Aux États-Unis, les femmes sont les égales des hommes. Il existe des lois pour ramener à la raison les barbares et policer les brutes.

— Donnez-moi la main...

Grace tend le bras mais elle est encore trop loin. À l'horizon, elle aperçoit la ferme à la tour carrée, le ruisseau, les toits du village abandonné émergeant de l'allée de chênes. Le monde oscille, les images se déforment, le vertige la paralyse.

— N'ayez pas peur. Je suis là...

Avec vivacité, l'homme remonte les derniers degrés de l'échelle et rejoint Grace. Sans un mot, il la saisit par la taille, d'un coup de reins la soulève contre sa hanche et revient près du bord.

— Accrochez-vous à moi.

Au-dessus du vide, Grace ne se débat plus. Les yeux fermés, elle étreint les épaules de l'homme, le visage enfoui dans sa nuque. Une odeur de tabac et de laine mouillée lui parvient. La vieille échelle tremble. La descente est interminable. Grace s'agrippe de toutes ses forces. Un bras puissant la porte comme une fillette.

Lorsqu'elle touche le sol, sa main s'envole et claque sur la joue de son sauveur. Sous la barbe, le visage est anguleux. Un éclair d'amusement traverse l'ennui des yeux bleus.

4.

Grace n'a jamais giflé personne. Elle est sidérée par son geste. Sa violence la trouble. La paume de sa main reste brûlante, avec le souvenir de la dureté du visage de l'inconnu, une dureté de bois. Elle aimerait dire quelque chose. Non pas s'excuser, car la colère est toujours en elle, mais expliquer sa réaction par la somme des vexations endurées sur le toit de l'église, par l'épuisement aussi. Mais l'autre est déjà parti vers la ferme à la tour carrée, son chien sur les talons, la plantant au pied de l'échelle.

— Attendez-moi ! s'écrie Grace.

Elle accélère le pas, se met à courir et parvient à sa hauteur.

— Je sais, depuis le début nous ne nous sommes pas compris. Tout ce que je vous demande, c'est de m'aider. Et après, mon mari et moi, nous vous laisserons en paix.

L'homme ne répond pas.

— Je ne voulais pas vous gifler.

Silence.

— Enfin, je... Il n'y avait pas d'intention. Je veux dire que je n'étais pas montée sur le toit avec l'intention de...

À côté de lui, Grace se sent toute petite. Il est immense, taillé en *quarterback*, peut-être la quarantaine. Son pas a perdu la légèreté de la jeunesse et acquis ce balancement propre aux hommes mûrs. Quant au visage, Grace n'en voit presque rien. Non qu'elle désire vraiment distinguer les traits du seul être capable de les secourir à des lieues à la ronde. Mais savoir à qui ressemble celui dont elle dépend est important, presque vital. Un bonnet coiffe le crâne. La barbe mange le reste de ce qui serait visible. Le profil est tranchant, le nez aquilin, les pommettes saillantes. Un visage de guerrier. Une odeur de tabac, cette odeur que Grace déteste à présent qu'elle ne fume plus, imprègne les vêtements. Quant aux mains... Grace lance un regard en coin. Elles sont enfouies au fond des poches de la canadienne mitée.

Tout en marchant, Grace réalise l'étendue du cataclysme qui a balayé la campagne, cette nuit. Partout, des arbres à terre ou brisés. Là-bas, à flanc de coteau, un verger anéanti. Grace est insensible aux questions agricoles, au végétal, à ces vies silencieuses si lentes à croître et à mourir, chargées d'une part de mémoire insondable. Mais ce désordre, qu'elle confond avec du gâchis, la dérange. Ce bouleversement lui semble contraire à ce qu'elle attend des paysages, un ordonnancement soumis à l'intérêt des hommes. Grace préfère les jardins à la française à l'embrouillamini savant des parcs anglais, les campagnes sages aux terres rebelles. Son idéal, c'est le green, dix-huit trous posés comme un voile sur le sol sans un brin qui dépasse, avec quelques bunkers parfaitement circonscrits.

Sous le petit pont de pierres plates, le ruisseau se faufile au ras des herbes folles, gonflé par la pluie et la neige, rageur entre ses rives blanches ensauvagées d'ajoncs. Les eaux sont d'un bleu d'acier. Leur roulement est le seul bruit dans ce vide glacé déserté par les oiseaux.

— Vous avez un autre véhicule ? demande Grace en indiquant le 4×4.

— Non.

La voix a changé. L'impatience ne sonne plus au bout des mots comme sur le toit de la chapelle. Le timbre traduit de l'indifférence. Il a dit *non* le plus naturellement du monde et Grace réalise que le sauvetage de Christopher devient problématique.

— Vous avez une idée sur la manière de sortir mon mari de là-bas ? reprend Grace, essoufflée par le pas de charge imposé par l'homme.

Comme il ne répond toujours pas, elle poursuit :

— J'ai compris ! Vous avez un téléphone portable et vous allez appeler les secours.

Là, il s'arrête.

— Un téléphone portable ?

Il lui fait face, l'air sincèrement étonné. Grace passe nerveusement la main dans sa chevelure, se redresse malgré la fatigue qui broie ses reins, endolorit ses jambes. Elle est confrontée au regard trop bleu d'un inconnu qu'elle vient de gifler après s'être accrochée désespérément à son cou et qu'elle suit à présent comme une pauvre fille. C'est un regard faussement paisible. Grace se sent observée comme elle n'a pas coutume de l'être. D'habitude, il lui suffit de correspondre à l'image que ses interlocuteurs se font d'elle pour être acceptée au premier coup d'œil. Il y a toujours dans ces regards de boursicoteurs et d'avocats un mélange de professionnalisme et de sexe. Grace s'y est habituée et ne s'en trouve plus gênée. En ce sens, elle a fait un pas vers la mentalité des hommes en admettant que la concupiscence et le goût des affaires ont quelque chose en commun. Là, c'est différent. L'homme prend son temps. Il s'intéresse en elle à ce que les autres n'ont pas l'habitude de scruter.

— Je m'appelle Grace. Grace Dempsey, dit-elle en tendant la main avec cette brusquerie propre aux femmes actives qui saluent avec un rien de vivacité dans le bras et un balancement dans les épaules qui dit tout à la fois l'engagement et l'inaccessible.

— Thomas.

La main de Grace se perd dans celle de Thomas. Ils sont au pied du tilleul abattu. Devant eux, les racines gigantesques se détachent dans le ciel comme pour y puiser leur substance. Thomas se tourne vers les branches qui écrasent le 4×4, et Grace surprend sur son visage l'expression fugace d'une tristesse.

— Il faut faire vite, insiste-t-elle.

Il la dévisage, comme surpris de la trouver encore là, et hoche la tête.

— Venez, dit-il.

Et pour la première fois, elle se sent invitée à partager une des idées qui trottent dans la cervelle de cet homme étrange.

Ils contournent la ferme, passent au pied de la tour carrée et grimpent un raidillon détrempé qui conduit à des dépendances. Une des granges est entièrement décoiffée. Grace recherche les vestiges de la toiture au pied des bâtiments, des tuiles brisées, des poutres. Mais aucune trace n'est en vue. Sur le côté, une écurie, dans le prolongement de l'habitation principale, est miraculeusement intacte. La neige s'est remise à moucheter. Grace a froid. Elle saute entre les flaques. Les bottes de Thomas laissent sur le sol couvert de boue des empreintes larges et régulières.

C'est une écurie minuscule qui sent le foin et la paille, attenante à une sellerie aux murs chaulés. Dans une stalle, un petit cheval à la robe rousse, à peine plus haut qu'un poney.

— Doux..., murmure Thomas en flattant l'animal qui observe les visiteurs.

Une fois sorti, le cheval secoue la tête. La neige

floconne sur son dos et fond aussitôt. Thomas retourne à la sellerie d'où il rapporte un harnachement.

— Qu'est-ce que vous faites ? demande Grace.

— J'attelle Fandango.

— Fandango ?

— Le cheval. Le cheval s'appelle Fandango.

Grace n'en revient pas.

— Vous n'avez rien trouvé de mieux pour aller désincarcérer mon mari que d'atteler ce canasson ? Mais à quelle époque vivez-vous ?

Il la dévisage.

— Comment voulez-vous que nous ramenions votre mari jusqu'ici ? C'est encore une chance que je dispose d'un attelage.

— Une chance de disposer d'un attelage !

Une sainte colère reprend Grace. Elle avait tout imaginé, partir chercher des voisins disposant d'un véhicule, téléphoner, mobiliser des secours... Tout. Elle va pour dire sa stupéfaction, mais il a déjà saisi Fandango par la bride et le conduit vers la grange où est remisée une petite carriole du genre de celles dans lesquelles les Amish se rendent à la ville.

— J'espère qu'il va bien vouloir se laisser encore atteler, murmure Thomas.

Il y a une inquiétude dans le ton. Et Grace comprend que Thomas, sous son air de tranquillité, accomplit là des gestes redoutés.

Fandango n'a pas oublié la manœuvre. Il recule docilement entre les brancards. Grace n'en croit toujours pas ses yeux.

— Tenez-le par le mors ! lance Thomas en repartant vers la grange.

Le visage blême, les yeux cernés, les cheveux collés sur le front, furieuse, Grace s'approche de l'attelage.

— Doucement, Fandango, dit-elle en caressant le chanfrein du petit cheval.

Grace connaît un peu les chevaux. Ceux que l'on monte dans les clubs très privés qu'elle fréquentait au début de leur mariage pour trotter dans les allées de Central Park. Elle est anéantie par la tournure des événements. Thomas ressort d'une remise, équipé d'une tronçonneuse, d'un bidon d'essence, d'une masse et d'une barre à mine.

— Allons-y !

Il place le matériel à l'arrière de la carriole et grimpe sur le petit siège en bois, à l'avant. Il se saisit des rênes.

— Qu'est-ce que vous attendez ?

Grace hésite. Elle se demande si elle ne devrait pas planter là ce fou et poursuivre par le petit chemin qui continue au-delà de la chapelle. Que peut-elle attendre de cette expédition ? Et puis, l'image de Christopher s'impose. Elle n'a pas le choix et monte dans le buggy qui a commencé de rouler.

Ils prennent la direction du village fantôme. Bientôt, au fond de l'allée de chênes, Grace aperçoit la croix baignée dans une lumière grise, posée devant le décor des maisons aux toitures éventrées. Le spectacle a quelque chose d'étrange. Thomas se tait, seulement attentif à l'allure de Fandango qui a pris un petit trot régulier. Une odeur de cuir, de bois et d'essence parvient à Grace, qui se tient accrochée aux ridelles de la carriole malmenée dans les ornières. Parfois, son épaule heurte le corps massif de Thomas.

Lorsqu'ils passent devant les fermes, Grace tourne la tête vers les étables d'où a jailli l'homme égaré, coiffé d'un casque. L'espace d'un instant, elle a envie de confier son aventure. Mais il lui paraît inutile de parler, de rompre le silence, de dire une expérience insolite qui a peu de chance d'étonner son compagnon.

Bientôt l'attelage débouche au sommet du puy, en vue des Grandes Combes où a eu lieu l'accident. La sensation d'être prisonnière sur une île ceinte de forêts frappe de nouveau Grace.

— Là-bas ! Je suis sortie par là.

Grace tend le bras vers un point de la lisière.

Thomas met Fandango au pas. Il est onze heures. Un ciel neigeux couvre l'horizon d'une chape de marbre gris.

Après avoir entravé Fandango, Thomas récupère ses outils. Il hisse la barre à mine et la masse à l'épaule, se saisit de la tronçonneuse.

— Prenez le bidon d'essence, commande-t-il.

Grace s'exécute.

— Surtout, restez derrière. Faites comme moi. Mettez vos pas dans les miens.

Grace, agacée par le ton de commandement, réplique :

— J'ai déjà traversé cette forêt au petit jour.

— Vous avez simplement eu de la chance.

Ils s'engagent avec prudence. Lorsqu'il s'agit de passer sous des troncs en équilibre, Thomas inspecte la position des arbres, l'ampleur des brisures, la pression exercée par les autres résineux sur les fibres tendues. Plusieurs fois, il doit s'arrêter et mettre en marche la tronçonneuse. Avant de commencer à scier, Thomas se retourne et Grace se recule. Avec d'infinies précautions qui n'empêchent pas que la lame reste souvent bloquée entre les ligaments du bois soumis à des tensions extrêmes, il travaille intensément. Bientôt, il est couvert de sciure. Grace admet qu'il sait s'y prendre, que cet homme n'est peut-être pas capable de faire grand-chose d'autre, mais qu'il est un véritable bûcheron. Bûcheron, ce doit être son métier.

Ils atteignent enfin la route sur laquelle a eu lieu l'accident. L'enchevêtrement est tel que Grace ne reconnaît plus rien. Elle croit retrouver le tronc sur lequel elle s'était perchée pour se signaler à l'hélicoptère. Mais elle se trompe et ils doivent marcher près d'un quart d'heure avant de repérer le talus qui surplombe le ravin où gît la voiture.

— C'est là !

Grace s'élance dans la descente lorsqu'une main s'abat sur le revers de son manteau et la ramène en arrière, les pieds décollés du sol.

— Nous nous sommes mal compris. J'ai dit : derrière moi.

Grace se sent humiliée.

— Ne me touchez jamais plus, espèce de brute ! Mon mari est prisonnier de notre voiture et vous ne m'empêcherez pas de le rejoindre.

Thomas hausse les épaules et s'engage dans le dévers. Au moment de passer sous un arbre en équilibre instable, il hésite, alerté par des grincements comme à l'intérieur de la coque d'un navire échoué. Sans un mot, il contourne le danger. Grace le suit. Elle a encore dans le corps la marque de la poigne qui s'est saisie d'elle.

En apercevant la voiture, Grace ne peut retenir un cri.

— Christopher ! Je suis là !

Personne ne répond. Grace est déjà à genoux près de la seule portière accessible.

— Christopher ?

— Grace...

— C'est moi.

Elle découvre un homme au visage ravagé par le froid et la douleur.

— Nous allons te sortir de là, mon chéri. Ne t'inquiète pas...

— Faites vite, dit Christopher. Combien sont-ils ?

— Il est tout seul. Je n'ai trouvé qu'un... Je n'en ai trouvé qu'un, Chris.

— Il a ce qu'il faut, des outils ?

— Oui, répond Grace sans trop d'assurance.

Thomas s'agenouille à côté de Grace.

— Bonjour, dit-il. La voiture est instable et risque de verser dans le ravin. Il faut être prudent.

— Je sais, répond Christopher. Des troncs qui la retenaient dans la pente ont glissé tout à l'heure.

Thomas démarre la tronçonneuse et débite les sapins qui condamnent le seul côté accessible du véhicule. Ce travail dans le dévers, éreintant et dangereux, lui prend près d'une demi-heure. Pendant ce temps, Grace se tient près de son mari. Soudain, il lui vient l'idée de chercher son téléphone.

— Ne vous éloignez pas ! crie Thomas qui s'interrompt, exaspéré de voir la jeune femme fouiller les branches.

— Mon sac était rouge. J'ai une chance de le retrouver avec cette neige.

— Ça ne sert à rien !

Grace ne répond pas. Elle cherche autour des ornières laissées par la voiture lorsque celle-ci a basculé. Thomas la surveille du coin de l'œil. Il sait que des glissements peuvent se produire à tout moment, que les arbres sous pression peuvent se détendre comme des ressorts et tuer.

Un cri.

— Je l'ai ! J'ai retrouvé mon sac !

Thomas relève la lame de la tronçonneuse. En haut, Grace lui montre triomphalement un objet brillant.

— Intact. Pas une bosse !

Transfigurée, radieuse, elle dévale vers la voiture. Thomas n'a pas repris son travail de coupe. Il contemple Grace avec une curiosité étrange. Elle s'en aperçoit et tend le boîtier de son Nokia vers lui, à bout de bras, comme un talisman qui la protégerait.

— Ça vous étonne, hein ! Vous pensiez que je n'aurais pas assez de persévérance pour le retrouver !

Elle a dit persévérance, mais elle a pensé chance. C'est la chance qui lui importe. La persévérance est en elle, inépuisable, depuis toujours. Grace a trop vécu de situations tendues pour ne pas savoir que ce qui distingue les gagnants des autres, c'est la chance, la bonne étoile. La baraka. Depuis l'accident, elle est tourmentée à l'idée d'être abandonnée par la réussite.

Elle entre du bout des doigts son code secret. La tronçonneuse se remet à vrombir. Grace jette un regard furieux à Thomas. Elle a oublié Christopher. Elle ne pense qu'à cette masse de mauvaise volonté qui la bringuebale au gré de son humeur détestable. Elle se rue vers Thomas et lui tape violemment sur l'épaule. L'autre se relève.

— Ne comprenez-vous pas que ce petit objet va nous sauver ? Je vais prévenir des sauveteurs... mieux équipés !

Il la regarde avec distance.

— Je vous ai dit que c'était inutile.

Mais Grace compose déjà le 18. Elle colle l'appareil à son oreille. Thomas la voit pâlir.

— Rien...

Elle recommence. Elle attend un signal. L'appareil reste muet.

— Que se passe-t-il ? demande Christopher.

— Ce foutu téléphone ne fonctionne pas ! Pourtant j'ai accès à mes agendas, mes répertoires...

Elle réfléchit, évalue la pente.

— C'est parce que nous sommes dans un trou ! Je vais grimper sur la route. De là-haut, je suis sûre que ça passe.

— Ça ne sert à rien, je vous dis !

Elle n'écoute pas et s'élance. Thomas s'est arrêté de travailler et la regarde escalader l'éboulis de troncs et de branches. La vigueur incroyable de cette femme le met mal à l'aise. Il se dit que cette énergie est mal employée. Qu'elle incarne une civilisation fébrile et impulsive. Quelques minutes s'écoulent. Thomas a repris son travail. Il ne voit pas Grace qui redescend, défaite. À présent, elle est à trois mètres derrière lui. Peut-être sent-il une présence, un regard posé sur sa nuque. Il se tourne et arrête la machine.

— Vous le saviez ?

Son regard est chargé de colère.

— Vous le saviez depuis le début, hein, que ça ne marcherait pas ?

Il opine. Elle ne lit dans son attitude aucune moquerie. De la curiosité un peu déconcertée.

— Espèce de salaud. Vous saviez que le téléphone ne passerait pas. Les relais ont été cassés par la tempête, c'est cela ?

— Non.

— Comment, non ?

— Les relais n'ont pas été mis par terre par la tempête.

— Alors ?

— Il n'y en a jamais eu.

Grace pâlit.

— Vous êtes en train de me dire que le téléphone ne fonctionne pas parce qu'il n'y a pas de relais terrestres dans ce trou perdu ?

À ces mots, il se durcit. Mais elle ne le comprend pas. Elle a envie de lui faire mal, de le brutaliser avec des paroles, puisqu'elle ne peut cogner avec ses poings.

— Vous m'avez laissée courir comme une folle pour tester un truc qui n'avait aucune chance de marcher.

Il ne répond pas. Elle se tait. Quelque chose vient de se briser en elle, qu'elle ignorait porter. Elle est vidée, exténuée. Ses yeux gris glissent sur Thomas et vont à Christopher qui ne l'a pas soutenue. Thomas relance la tronçonneuse dont la lame coupe dans les arbres. Les stridulations de la chaîne taillent dans les chairs.

Thomas tente de forcer la seule portière par laquelle il est possible d'extraire le blessé. Il se met à cogner violemment, à coups de masse et de barre à mine pour défoncer le bas de la caisse. Christopher s'est réfugié au fond de l'habitacle. Par moments, Thomas s'interrompt et regarde le ciel. Grace devine qu'il songe à la toiture de la chapelle. Cette idée la rend folle.

En nage, Thomas pose sa canadienne et reprend en chemise malgré le froid vif. C'est une chemise à carreaux, élimée et pelucheuse, d'une couleur violacée comme il s'en vend sur les marchés de province. Grace en a vu une semblable, froissée sur un fauteuil de la salle à manger de la ferme à la tour carrée, sur une montagne de linge à repasser. Elle s'est reculée, effrayée par les coups portés. Parce que Thomas cogne sur une voiture, il lui semble assister à une effraction. Mais ce n'est pas cela. Thomas combat cette tôle qui résiste comme s'il affrontait un animal légendaire, un taureau, le Minotaure, une créature mythologique. Thomas aux épaules lourdes de muscles qui roulent sous l'étoffe grossière de sa chemise, Thomas qui porte des chocs terribles, les mâchoires serrées, le front, la barbe, le menton ruisselants de sueur. Thomas qu'elle détestait quelques minutes plus tôt et qui l'impressionne malgré tout. La fascination qu'elle éprouve lui fait horreur. La brutalité physique est un aspect qu'elle s'est toujours ingéniée à contourner, croyant à son inutilité foncière, à sa désuétude. Elle, la fille d'un soldat.

Soudain, la portière cède. Thomas prend appui sur la barre à mine comme sur un harpon et projette toutes ses forces dans la partie faible des charnières. Un craquement de vertèbres comme un râle et la voiture éventrée délivre son prisonnier.

Grace se précipite vers Christopher, le prend dans ses bras, embrasse son visage, saisit ses mains, palpe son corps pour s'assurer qu'il ne lui a pas caché une blessure. Le sentir contre elle lui redonne conscience de sa propre identité. Son eau de toilette Guerlain la ramène à New York, dans une boutique de luxe où elle l'avait achetée quelques jours avant leur départ.

Thomas reste en retrait pendant ces instants d'intimité. Il rassemble la barre à mine, la masse, le bidon d'essence, la tronçonneuse. Il a des gestes que l'épuisement rend plus lents, plus doux. Mais son regard est encore enfiévré par la lutte contre la grosse berline aux flancs si durs.

— Attention à ma cheville !

Christopher a crié. Grace s'est vivement retirée.

— Je crois qu'elle est brisée, ajoute Christopher.

Grace s'est redressée et cherche Thomas.

— Comment allons-nous faire ? Pour le remonter en lisière ?

Thomas hoche la tête. Depuis le début, il a son idée. Il faut le laisser faire, Grace n'a pas le choix. Cette perspective l'exaspère.

— Je vais le porter sur mes épaules. Voilà comment nous allons faire.

Une fille de *Marines* peut comprendre cela, bien que son père ait soigneusement évité de la mettre en contact avec le monde de la guerre. Des images vues à la télévision lui reviennent, de soldats évacuant leurs frères d'armes blessés sur leur dos, dans les rizières ou dans la jungle. Elle imagine Christopher agrippé à Thomas. Il n'est plus question d'hélicoptère, d'équipe de secouristes professionnels, d'approche médicalisée et de soutien psychologique. Ici, tout est ramené à l'échelle de l'homme seul.

Thomas s'approche. Christopher attend, pâle, les traits tirés, l'air inquiet.

— Vous allez vous accrocher à mes épaules.
— Et à mi-côte on échange.
Le sourire de Christopher est un rictus.
Il s'agrippe à Thomas qui se remet debout en cherchant son équilibre. Christopher est plus lourd qu'il ne l'avait imaginé. Grace enrage de la prise de poids de son mari, comme si elle avait une part de responsabilité. Quatre-vingts kilos, c'est à peu près ce qu'il pèse. Thomas a quatre-vingts kilos sur le dos et une pente raide à gravir, en prenant soin de ne pas esquinter la cheville du blessé.
— Prenez la tronçonneuse.
— Comment ?
— Prenez la tronçonneuse !
— Mais on s'en moque de la tronçonneuse !
Thomas soutient son regard.
— Je ne partirai pas d'ici sans la tronçonneuse. On laisse les outils mais pas la tronçonneuse ! On n'est plus rien dans ce foutoir si on ne peut pas se tailler son chemin.
Grace jette un coup d'œil à Christopher, mais son mari reste de marbre. Alors, elle se saisit de la machine. La chose sent l'essence et la sciure, un mélange lourd et poisseux qu'elle doit prendre à pleines mains et se colleter. La mesure est comble et, pourtant, elle se tait. Cet homme est un tyran, une brute. Elle ne cède que par crainte qu'il les abandonne tous les deux. Il en serait capable. Elle entreprend l'ascension de la côte. Trois mètres devant, arc-bouté, Thomas hisse Christopher sur son dos.

Il faut près d'une heure à Thomas pour ramener Christopher en lisière. À plusieurs reprises, il dépose le blessé sur un tronc et coupe des branches menaçantes. Chaque fois, dans les rugissements de la machine, Grace prend son mari entre ses bras, l'enveloppe de sa propre détresse, le réchauffe à sa fureur. Elle se veut consolatrice et silencieuse. Ils ne parlent plus. L'épreuve les a débarrassés de l'écume des mots vides qui faisaient leurs dialogues. Il ne leur reste que l'essentiel posé sur le fond inquiet de leurs gestes gauches.

Lorsqu'il aperçoit la lande, la lumière sur l'herbe blanchie par la neige, Christopher reprend courage. Dans la côte, il a cru que Thomas ne parviendrait pas à le porter jusqu'à la route, qu'il allait céder et s'écrouler. Christopher est honteux de tant devoir à un seul homme. Au cours de sa vie, à bien des reprises, il a rendu des services. Mais il s'agissait de dépannages d'intellectuels, des manières d'obliger propres aux relations entre gens d'un même monde, de ces passe-droits qui ne lui coûtaient, au fond, pas tant que cela d'obtenir. Aujourd'hui, cramponné aux épaules de Thomas, un lien physique s'est établi avec cet inconnu. L'autre a payé de sa personne. Pour lui, il a sué, s'est échiné, a puisé dans ses ressources physiques. Personne d'autre que ce colosse ne serait parvenu à le sortir de là. Quelque chose de charnel est passé entre eux comme entre un malade et l'infirmière qui procède à des soins intimes. Cela dérange Christopher de se savoir débiteur à ce point. Il s'en trouve gêné et ridicule. Car il ne tient pas le beau rôle, et Grace est trop intelligente pour lui pardonner ce contre-emploi. Passé le moment de compassion, Grace se souviendra du rustre silencieux qui traînait sur son dos un mari empâté.

Fandango est là, attelé à la carriole. Grace lit de l'ahurissement sur le visage de Christopher et sa surprise l'amuserait presque, elle qui possède une ou deux leçons d'avance sur la connaissance du monde dans lequel ils ont échoué. Ce que Christopher ressent à cet instant, Grace l'a déjà éprouvé. Le sentiment d'une chute dans le temps. La trappe des siècles s'est ouverte sous leurs pieds et ils sont tombés dans un espace qui s'est stabilisé au niveau d'une technologie du XIXe siècle. Il n'en demeure pas moins que Christopher est soulagé lorsque Thomas le dépose sur la plate-forme arrière de la voiture à cheval. Il étend sa jambe dans la position la moins douloureuse possible. Grace le recouvre d'une couverture qui sent l'essence et l'huile.

— Montez, dit Thomas en chargeant la tronçonneuse.

Il est à côté de Grace, contre une des roues près du marchepied. La jeune femme hésite un instant. L'idée, fugace et absurde, qu'il va lui donner la main pour l'aider à s'installer, lui passe par la tête. Comme si un homme tel que celui-là pouvait faire preuve de civilité. Déjà, Thomas contourne l'attelage. Grace s'en veut. Elle a trop regardé *La Petite Maison dans la prairie* ou ce genre de films qui racontent des histoires mièvres dans un Ouest de guimauve. Elle, qui n'admet pas qu'on lui tienne la porte ou qu'on s'efface devant elle dans l'ascenseur, elle ne se reconnaît pas.

Thomas s'est saisi de la bride de Fandango et marche à côté du cheval. Régulièrement, Grace se retourne pour s'assurer de Christopher. Elle en profite pour lancer à son mari des regards irrités et interrogatifs auxquels il répond avec une complaisance qui la dérange. Ils se taisent. Depuis l'accident, les gestes reprennent le pas sur les mots. Il leur vient à l'esprit des idées dérangeantes. Et eux qui, jusqu'à présent, ne tenaient en équilibre que par la vitesse imposée à leurs existences, à présent que le temps s'est ralenti, perdent leur équilibre, oscillent et comprennent qu'ils vont chuter.

5.

L'équipage traverse le village abandonné, *le village fantôme* comme le nomme Grace dans ses pensées, sans apercevoir le vieux fou au casque de motocycliste. Cette absence la soulage. Elle redoutait d'affronter la silhouette dégingandée au visage à l'air dément qui l'avait effrayée dans l'étable. À hauteur de Fandango, Thomas va d'un pas tranquille. La neige poudre à frimas le dos roux du petit cheval. Il va être midi. Le ciel est si sombre que la lumière du printemps est inconcevable.

La carriole contourne le tilleul abattu et s'immobilise au pied des marches basses de l'entrée. Thomas s'approche de Christopher.

— Superbe demeure, remarque l'universitaire. Aux États-Unis, nous n'avons rien de comparable...

Thomas le dévisage sans répondre. Grace regrette aussitôt la maladresse de son mari. Il ne lui serait jamais venu à l'esprit d'adopter ce ton de courtoisie. Pour une fois, Christopher n'a pas la manière. Il s'accroche aux épaules de Thomas et boitille vers l'entrée. C'est alors que le chien déboule de la cuisine. Il évite les deux hommes, se précipite vers Grace et pose les deux pattes avant sur sa poitrine. Elle hurle. Désappointé, il se laisse retomber.

— Miranda ! Laisse-nous passer, s'écrie Thomas.

Au premier étage, un large couloir parqueté, ondulant sous l'effet d'un tassement des murs, traverse de bout en bout le corps d'habitation. Une enfilade de portes rythment de leurs panneaux de bois lourds et moulurés la monotonie du corridor. Thomas s'arrête devant l'une d'elles et l'ouvre. Christopher et Grace découvrent une chambre de vastes proportions, à l'aplomb de la salle à manger, ouvrant en façade par deux fenêtres aux carreaux minuscules.

Christopher, qui clopine en se tenant à l'épaule de Thomas, se laisse tomber sur le lit.

— Merci, souffle l'Américain. Merci pour tout.

— Pouvez-vous mettre du chauffage, s'il vous plaît ? demande Grace.

Elle pointe du regard un gros radiateur ouvragé d'arabesques coulées dans la fonte.

— Il n'y a pas de chauffage, répond Thomas.

Grace se redresse comme sous l'effet d'un coup cinglant.

— Comment cela, pas de chauffage ? Et ce radiateur ?

Le ton est agressif. Elle le regrette mais elle n'y peut rien. Christopher lui adresse un regard chargé de reproches qui finit de l'exaspérer.

— Pour le chauffage central, il faut de l'électricité.

Les paroles de Thomas font lentement leur chemin. Lorsqu'elle pénètre dans une chambre d'hôtel, Grace prend toujours soin d'allumer les lampes et d'inspecter les lieux avec méticulosité. Elle se précipite vers le commutateur de porcelaine, à droite de la porte. Rien.

— Pas d'électricité, pas de chauffage, conclut Thomas.

Elle le regarde, effarée. Le vertige, qui s'était saisi d'elle en abordant ces terres retranchées du monde, continue à la ravager. Le compteur du temps s'affole de nouveau et repart en arrière.

— Mais ce foyer tire très bien, dit Thomas.

Il a fait quelques pas au fond de la chambre vers la cheminée.

— Une cheminée ? reprend Grace tout à fait groggy.

— Cela nous changera de la climatisation, concède Christopher qui souhaite arrondir les angles. C'est plus sain, paraît-il.

Grace se tourne vers son mari. À l'instant, il ne lui inspire aucune compassion, seulement de la colère à ne pas vouloir comprendre que cet inconfort est le signe d'un changement radical.

— Le bois sec est dans la remise, à côté de l'écurie, poursuit Thomas. Vous connaissez le chemin. Je vous conseille les fagots de genêt pour démarrer le feu.

Avant d'ajouter, en les déposant sur le manteau de la cheminée :

— Voilà des allumettes.

Grace reste muette. Son regard va de la cheminée au lustre.

— Parfait ! s'exclame Christopher. C'est parfait... Vraiment désolés de vous causer autant de soucis.

Thomas part sans un mot. Les Dempsey entendent son pas dans le couloir. Puis, plus rien. Grace s'approche du lit où Christopher est resté assis. Debout devant lui, bien campée sur ses jambes, elle prend son visage à pleines mains et l'attire contre elle. Elle a besoin de ce contact avec l'homme dont elle partage la vie. Elle sent le front de son mari comme une boule qu'elle presse sur son ventre. Ils restent ainsi, accablés par ce qui leur arrive.

— Tu souffres ? demande-t-elle.

Christopher saisit les mains qui lui enserrent les tempes et caressent ses cheveux. Il lève le visage vers son épouse.

— Quel drôle de type, tout de même. Où l'as-tu déniché, Grace ?

Grace sourit. Elle regarde la cheminée éteinte, le papier peint désuet, l'armoire ancienne, l'homme-debout en merisier entre les deux fenêtres. Il s'en faudrait de peu que cette chambre soit *romantique*. Le mot, à présent, lui inspire de la méfiance.

— Je n'avais pas le choix, Chris, répond-elle. Tu as bien vu, il n'y a que lui sur ce coin de terre.

Christopher acquiesce.

— C'est vrai. Mais quel type, tout de même. Pas causant...

Grace ne répond pas. Elle ne dirait pas de Thomas qu'il n'est pas causant. Quand il veut, il peut l'être et ses paroles font mouche. Elle a encore en tête la manière de lui demander les clous sur le toit de la chapelle. Maudite église ! songe-t-elle sans réaliser l'incongruité de son imprécation. Non, ce type peut parler. Le seul problème avec lui, c'est qu'il n'a pas les mêmes priorités que nous, poursuit intérieurement Grace. On le dérange. Il avait un autre projet. Attendre calmement que ça se passe, dans son univers à la Fenimore Cooper. Fenimore Cooper est un auteur qui a beaucoup marqué Grace dans son enfance.

— Je vais tirer le dessus-de-lit et tu vas t'allonger, finit-elle par dire.

Une horloge sonne, quelque part dans la demeure. Grace suspend ses gestes. Cet indice d'une régularité dans la ferme à la tour carrée la trouble. C'est comme s'il y avait une femme ici, se dit-elle en découvrant, pliés sous l'édredon, deux grands draps de lin rugueux et glacés.

Grace a fait le lit. À présent, Christopher se repose, bien calé sur un gros oreiller à la taie bordée de dentelle. Son épouse a examiné sa cheville enflée. Elle n'y connaît rien en fractures et Christopher non plus. Ils ne sont pas certains qu'elle soit brisée, malgré l'hématome bleu. Christopher pense qu'il pourrait s'agir d'une entorse. Cela lui était arrivé, il y a très longtemps, en jouant dans l'équipe de base-ball de son université. Christopher est un homme discret sur ses exploits sportifs de jeunesse, et Grace le soupçonne même de n'avoir jamais vraiment goûté l'effort physique et les débordements qui en découlent. Elle le laisse se rassurer. Elle se sent exclue des paroles de son mari.

Pour tromper l'attente et le froid, elle se dirige vers une grande armoire au fronton de laquelle est sculptée une date : 1869. Au siècle près, l'année de sa naissance. Grace ouvre l'une des deux portes. Des draps, des couvertures, des serviettes sont rangés avec soin sur des étagères aux angles couverts de toile festonnée. L'autre porte est condamnée.

— Tu n'as pas faim ? dit-elle en se tournant vers son mari.

Christopher a les yeux mi-clos. Une fraction de seconde, elle a vu un vieil homme aux cheveux gris en bataille, un masque de gisant sur le visage, les mains soigneusement posées à plat sur le revers du drap. C'est la première fois que lui apparaît de manière aussi crue l'écart d'âge, vingt ans, qui les sépare. Christopher secoue la tête, cherchant du fond de sa somnolence d'où venait la voix. Il regarde Grace qui va et vient au pied du lit, les bras croisés sur les pans fermés de son manteau noir, dans une attitude familière lorsqu'elle est en proie à une tension vive. Christopher sait qu'elle fait mine de ne pas avoir remarqué qu'il sommeillait. Il lui en veut un peu. Il aurait préféré qu'elle plaisante, à la rigueur qu'elle le plaigne ou même qu'elle s'excuse de l'avoir éveillé.

— Je meurs de faim, avoue-t-il.

Elle se tait.

— Crois-tu que notre homme est prêt à faire face à ses obligations d'hôte ? poursuit Christopher.

Grace détourne les yeux. Elle se dirige vers l'une des fenêtres. Christopher la voit à contre-jour, noire, immobile comme un spectre. Soudain, un haut-le-corps.

— Il s'en va ! s'exclame-t-elle. Ce type a un blessé sous son toit et il s'en va !

— Comment ça ? demande Christopher.

— Il part à pied comme si nous n'existions pas, balbutie Grace. C'est incroyable !

Elle lit de l'embarras dans le regard de son mari. Christopher est dérouté. Il a perdu son humour et sa manière très vieille Angleterre héritée de son éducation bostonienne, de faire face à tout désagrément avec désinvolture. Peut-être que les contrariétés de Christopher ont été jusque-là d'un ordre différent.

— J'ai vu de quoi manger dans la cuisine, dit brusquement Grace. À la guerre comme à la guerre. Ce vieux célibataire n'a pas l'habitude de recevoir. Tant pis ! Je vais me servir.

Elle esquisse un sourire forcé. Christopher, sur le coup, doute qu'elle agisse plus pour son bien que pour trouver un exutoire à sa colère. Il faut reconnaître que le comportement de l'autre est curieux. *L'autre*, c'est ainsi qu'il nomme intérieurement celui qui l'a porté sur son dos et l'a extrait de la forêt. Grace lui a dit qu'il se prénommait Thomas. Mais Christopher préfère en rester à une dénomination plus vague, plus distante. Moins incarnée. Peut-être parce que l'idée que sa femme connaisse déjà le prénom, et le prénom seulement, de ce type, le dérange.

Grace s'approche du lit. Elle remonte la couverture sur la poitrine de son mari et dépose un baiser rapide sur son front brûlant. Grace fait une garde-malade trop impatiente, pour laquelle la maladie représente du temps entre parenthèses, du temps perdu, une faiblesse qui conserve une part honteuse. Alors seulement Christopher réalise ce qui l'a gêné dans la phrase prononcée par sa femme. « Ce vieux célibataire. » Pourquoi avoir choisi de vieillir ce type ? Quel âge a-t-il, d'ailleurs ? Dix ans de moins que Christopher, largement, c'est-à-dire quarante et quelque... Non, quarante, pas plus. Après tout, s'il est un vieux ici, c'est bien le mari. Quant à *célibataire*, le mot fait partie de ceux dont les hommes mariés pensent que leur emploi n'est jamais anodin dans la bouche d'une épouse.

Grace referme la porte de la chambre. La fatigue oblige Christopher à baisser les yeux devant les deux rectangles de lumière grise face à son lit.

Vingt minutes plus tard, elle est de retour dans la chambre.

— C'est tout ce que j'ai trouvé, dit-elle. Des pâtes...

— On pense toujours aux pâtes, en dernier recours. C'est ce que tu m'avais servi la première fois que j'ai dîné dans ta chambre d'étudiante.

Des souvenirs affluent. Christopher sourit à l'idée que Grace, qui n'a pas préparé un repas depuis leur mariage, en soit réduite à improviser un déjeuner dans ces conditions. L'espace cuisine dans leur duplex de New York est une simple vitrine tout juste destinée à donner le change. Ils ont même l'habitude, chaque matin, de descendre petit-déjeuner dans un café tenu par un Irlandais. Comment se nomme ce type ? se demande Christopher. Ah ! oui. Un jour, il a entendu un client l'interpeller. Sam... C'est ça.

Grace tient deux assiettes de pâtes qui fument dans l'air glacé de la pièce. Un yaourt tiède, un morceau de pain, de la confiture complètent le repas.

— La cuisine française ! Quelle idée reçue, lance-t-elle.

— Une chose est certaine, nous ne sommes pas tombés chez un chef.

— Son frigo est à l'image de la baraque, reprend Grace. Un champ de ruines.

Exaspérée, elle porte la main sur le commutateur de la chambre. Le claquement de l'interrupteur, un bruit ancien qu'ils croyaient avoir oublié et qui les renvoie à la petite enfance, un bruit de porcelaine du temps où le numérique n'avait pas encore été inventé. Et la pénombre qui s'entête. La lumière électrique leur manque déjà. Leurs yeux peinent. La fatigue visuelle leur procure un sentiment étrange qui les déstabilise. Ils n'en parlent pas mais ils redoutent déjà la nuit. Est-ce à cause de l'obscurité que Christopher n'a pas remarqué que Grace avait posé ses escarpins et portait des pantoufles trouvées dans l'amoncellement de chaussures au pied de l'escalier ? Des pantoufles d'homme, avachies et bien trop grandes.

Ils ont mangé sur le lit, Grace assise en tailleur à côté de son mari, une couverture sur les genoux, portant lentement les aliments à la bouche. Parfois un craquement sec provient du grenier, tranchant dans le silence. Par les fenêtres sans voilage, ils aperçoivent la neige qui mouchette.

— Quel froid ! murmure Christopher.

Grace se tourne vers la cheminée. L'idée que Thomas n'ait pas même proposé de l'aider à chercher le bois et à allumer le feu la met hors d'elle.

— Je vais l'allumer, cette cheminée, dit-elle.

Christopher secoue la tête.

— Tu n'y arriveras pas. C'est difficile, tu sais, de faire prendre un feu.

— Mon arrière-grand-mère était Cherokee, à ce qu'il se dit dans la famille, répond Grace. Je suppose qu'elle devait savoir faire bouillir la marmite près du wigwam !

— J'ignorais ce détail de ta généalogie, répond Christopher.

Mais sa voix n'est qu'un souffle brisé par la fièvre.

Dans l'entrée, la jeune femme hésite, redoutant le froid qui va l'envelopper dès que poussée la lourde porte de chêne. Conservant ses chaussons aux pieds, elle enfile une paire de bottes. Cette fois, elle a abdiqué toute élégance, tout désir de paraître. Et comme il faut aller jusqu'au bout de ses raisonnements, elle attrape un vieux duffle-coat qui pend au mur et le passe par-dessus son manteau. Les manches lui arrivent au bout des doigts, le drap bleu marine traîne par terre. Grace remonte la capuche. Elle est méconnaissable. Elle a l'air d'un pénitent.

— Pourvu que je ne croise pas cette chipie de Wendy Frazer. Toute la boîte en ferait des gorges chaudes.

Dehors, le froid la saisit et Grace rassemble toute son énergie pour ne pas rebrousser chemin. Elle contourne le tilleul, remonte au pied de la tour carrée et arrive devant l'écurie de Fandango. Sur le côté, par une porte basse ouverte, elle aperçoit le bûcher. Elle entre. Ses yeux s'habituent à l'obscurité. Mais alors qu'elle va saisir une bûche, une toile d'araignée se plaque sur son visage. Grace pousse un cri et bondit en arrière, trépigne tout en passant furieusement les mains sur ses lèvres.

— Calme-toi, Grace. Calme-toi !

Elle avance à présent en tendant les bras, telle une aveugle. Elle enrage. Contre elle, contre la France qui ne vient pas la secourir comme il se doit quand il s'agit du ressortissant d'un pays allié et puissant auquel on doit tant. Contre Thomas, naturellement. Et même contre Christopher. N'est-ce pas le rôle d'un homme de veiller sur sa femme dans les situations extrêmes ? Et non l'inverse. Il n'y a guère de compassion chez Grace. Ni envers elle-même ni envers ceux qui ne sont pas aux rendez-vous.

Elle ressort enfin, du bois sec dans les bras. Son manteau bleu marine est couvert d'une fine poussière ocre qui sent le tanin. L'idée d'allumer la cheminée, de prouver qu'elle en est capable, occupe tout son esprit. Ce simple projet, qu'elle eût trouvé dérisoire quelques heures plus tôt, la fait avancer.

Agenouillée devant l'âtre, Grace s'époumone. Dans son lit, Christopher la regarde s'activer, chercher du papier, descendre au pas de course à la cuisine et remonter avec une brassée de journaux, craquer en pestant des allumettes humides, vider la boîte, redescendre en chercher une autre. Et puis la lassitude l'emporte et il s'assoupit. Grace, qui ne parvient toujours pas à ses fins, s'est relevée. Une odeur de suie et de fumée empeste, rendant l'impression de froid plus désagréable encore. Elle découvre son mari endormi et s'approche. Le sommeil, l'épuisement et la douleur lancinante de sa blessure ont emporté ces infimes fortifications que l'homme vieillissant s'impose pour paraître encore. L'empâtement des traits est visible, la fossette sur la joue droite engoncée dans quelques plis. Pourtant, un air d'insouciance, hérité d'une adolescence bénie des femmes, flotte sur le visage au cœur même de l'abandon, plongeant Grace dans le souvenir des premiers mois de leur liaison.

Au début, elle n'aurait su dire ce qui l'attirait le plus en Christopher Dempsey. Son statut de professeur, le respect qu'il lui inspirait, l'étendue de sa culture, son esprit délicieusement décalé, sa liberté... Ou tout simplement lui-même. Comme s'il était possible de distinguer entre les apparences d'un être et quelque chose d'intérieur, un noyau qui ne varierait pas au cours des années et qui, tout simplement, est soi. Grace pense que chacun possède un centre, une vérité intime et irrévocable sur laquelle ni le temps ni les expériences n'ont prise.

La jeune femme surveille la fumée qui hésite au bord du linteau de la cheminée. Elle s'agenouille devant le petit bois où rougeoient des brindilles incandescentes et se penche. Son souffle fait brasiller quelques branches. Grace s'applique à le diriger, à le canaliser. Il lui semble qu'être concentrée permet d'obtenir de plus belles flammèches. C'est une impression étrange de communion et elle ne pense bientôt plus à rien d'autre. Son esprit est tendu vers ce feu qui, tel un nourrisson mal né, hésite encore à vivre. Soudain une flamme dorée monte à la verticale dans le canal mangé de suie du conduit. Grace se redresse vivement, les yeux fixés sur le brasier éblouissant. Elle pose en offrande une bûche sur les chenets. Des étincelles jaillissent sur le seuil de carrelage de la cheminée. Une chaleur millénaire, archaïque, brutale, lèche ses mains tendues de sa langue incandescente.

Soudain, une plainte la fait se retourner. Dans un état de semi-conscience, Christopher vient de geindre. Grace se précipite vers lui.

— Je vais aller chercher de l'aide, dit-elle penchée à son oreille.

Il acquiesce en remuant les lèvres.

— Attends-moi, ajoute-t-elle. Je reviens.

Elle dévale les escaliers, enfile les bottes, le grand duffle-coat, et prend la direction du pont. L'aide en question, songe-t-elle, est bien incertaine. Elle n'a personne d'autre que Thomas, pour l'instant, sur qui compter. Cette fois, elle ne le laissera pas s'esquiver sur un toit d'église à replacer une bâche. Car c'est là, à n'en pas douter, que se trouve l'hurluberlu dont elle dépend. Malgré la pluie glacée qui brouille le ciel, elle distingue bientôt la chapelle. Sur le faîtage, un morceau de toile bleue claque au vent. Un instant, elle doute de la présence de Thomas. Et puis, un homme, que lui dérobait à la vue le clocher-mur, apparaît sur une poutre maîtresse, les bras tendus en balancier. Une sainte colère monte en Grace. Elle ne s'était donc pas trompée ! Il est bien revenu là, les abandonnant sans secours chez lui, au mépris de toutes les lois de l'hospitalité. Celui-là, lorsque tout sera fini, elle se réserve de lui dire sa façon de penser. Et probablement avant même que tout soit fini.

Thomas voit arriver une silhouette affublée de grosses bottes, encapuchonnée dans un manteau qui traîne par terre et à laquelle Miranda fait fête. D'un revers de manche, il chasse la pluie qui dégouline sur son front.

— Descendez !

Thomas regarde d'un air ennuyé les quelques mètres carrés qu'il lui restait à couvrir.

— Que voulez-vous ?

— Venez immédiatement !

La voix est impérieuse. Une voix de femme habituée à commander.

Il la retrouve au pied de l'échelle. Son accoutrement est si invraisemblable lorsqu'il se souvient de l'élégante jeune femme rencontrée quelques heures plus tôt, qu'il ne peut s'empêcher de l'observer avec insistance. Dans l'ombre de la capuche, un regard gris le toise sans aménité.

— L'inspection est terminée ? Vous êtes satisfait ?

Thomas hoche la tête. Grace prend son souffle :

— Vous nous avez abandonnés sans nous demander si nous avions faim ou soif ! Sans proposer d'aller chercher des secours...

— Je vous ai dit qu'il n'y a pas de secours possible ! Toutes les routes sont bloquées sur plusieurs kilomètres.

— Pourquoi vous croirais-je ?

Thomas hausse les épaules.

— Qu'est-ce qui ne va pas encore ?

Grace n'en croit pas ses oreilles.

— Mon mari est blessé. Il a une forte fièvre. Il est à demi conscient et il geint, lui que je n'ai jamais entendu se plaindre.

— Je ne suis pas médecin, madame.

— Ça se voit ! rétorque Grace. Et je peux même vous dire que vous n'êtes pas grand-chose.

Ces derniers mots lui ont fait du bien. Depuis qu'elle a pleuré devant lui, Grace a besoin de prendre sa revanche.

Comme il ne répond pas, elle ajoute :

— Vous préférez vous occuper d'un bâtiment qui, sans vous, a défié des siècles plutôt que d'aider un homme en danger.

Thomas encaisse en silence. Grace se sent emportée par sa colère.

— Vous êtes-vous jamais intéressé à autre chose qu'à ce tas de pierres ? Vous êtes-vous jamais fait du souci pour un être qui vous était proche ?

Ses yeux brillent. Elle s'est avancée. Sous les manches, Thomas devine ses poings serrés.

— Avez-vous jamais...

Soudain, elle se tait. Ils se regardent, stupéfaits.

— Allons-y, dit-il simplement.

De manière fugitive, elle lui sait gré de ces paroles. Cette fois, il règle son pas sur celui de sa compagne, à laquelle ses grandes bottes d'égoutier font une démarche hésitante et maladroite.

— Comment vas-tu ? demande la jeune femme, penchée sur le lit.

Christopher bouge imperceptiblement une main posée sur la couverture.

— Je ne sais pas ce qui m'arrive. Je me sens très faible.

— Que peut-on faire ? demande Grace en levant les yeux vers Thomas.

— Je vous l'ai dit, on ne peut pas le transporter, toutes les routes sont coupées. Le téléphone ne fonctionne pas. Nous sommes seuls. Je ne dispose que d'un peu d'aspirine dans ma pharmacie.

Elle se surprend à acquiescer. Lentement, elle admet l'inadmissible, cet isolement, le temps dont on ne peut forcer le cours.

Un long silence.

— J'ai une idée, dit brusquement Thomas.

Une expression juvénile passe sur son visage. Grace essaie de comprendre.

— Attendez-moi là, je reviens !

Elle l'entend dévaler les marches. La porte d'entrée claque. Grace se porte à la fenêtre et le voit prendre au pas de course le chemin qui descend au pont. La pendule sonne les trois coups de l'après-midi.

Une demi-heure passe. Grace a remis du bois dans la cheminée et s'apprête à retourner au bûcher. Elle entend des pas dans l'escalier. Des voix parviennent du couloir. On frappe, la porte s'ouvre sur Thomas. Derrière ses épaules, Grace devine un homme que lui dérobe à la vue la carrure de leur hôte. Thomas s'efface :

— Voici Albert, un voisin.

Grace voit entrer le fou barbu et édenté du village fantôme, toujours coiffé de son vieux casque de motocycliste.

6.

Un moment de flottement, un long silence, de la gêne, le fou coiffé de son vieux casque qui entre. Et Grace qui n'en croit pas ses yeux.

— Albert peut soulager la douleur de votre mari, reprend Thomas. Il connaît des formules. Il est renommé pour ça dans le pays.

Les paroles atteignent Grace avec lenteur et lui font mal. La voilà de nouveau plongée en plein cauchemar. Elle a traversé le miroir, elle est au pays d'Alice.

Christopher s'est redressé et regarde l'apparition d'un air abasourdi comme s'il croisait un être venu de la nuit des temps, sorti tout droit d'un film de Spielberg ou de quelque opéra fantastique pour adolescent attardé. Jamais il n'a imaginé un jour avoir à son chevet un chaman de la France profonde, un guérisseur à vaches, un prêtre vaudou à la mode limousine, invocateur de puissances païennes. Il observe le vieux, habillé à la diable d'une veste de toile bleue usée à la trame, d'un pantalon trop grand, chaussé d'une paire de bottes qui semblent tenir en équilibre sa silhouette cachectique. Il jette un coup d'œil à Grace, qui ne peut réprimer son indignation.

— Décidément, vous êtes complètement fou...

Thomas la dévisage sans répondre. Grace poursuit :

— Depuis que la tempête nous a précipités, mon mari et moi, sur votre chemin, vous n'avez cessé de vous comporter comme un dément. Mais là, vous dépassez les bornes. Jamais, avant de tomber ici, je n'aurais pu imaginer un type dans votre genre.

Elle s'élance, repousse le vieil homme édenté dans le couloir et referme la porte à toute volée.

— Qu'est-ce que vient faire ce charlatan dans la chambre d'un malade ?

— Je vous dis qu'il peut soulager votre mari. Albert en a le pouvoir. C'est un brave homme, vous savez.

— Qui n'a pas hésité à me faire tomber dans l'étable !

— Vous l'avez effrayé.

Grace se raidit. Elle est rationnelle. Elle fait confiance à la logique, en l'analyse des causes qui produisent des effets. C'est à cette unique condition, à ses yeux, que le monde existe et qu'il lui est possible d'agir sur certains de ses mécanismes. Le surnaturel ne l'a jamais concernée. D'ailleurs, Grace est pour le partage des tâches. C'est aux scientifiques d'expliquer l'univers jusqu'à un certain point qui, au-delà, ressortit à une zone sous l'autorité directe de Dieu. Avec ce vieux, on est projeté très au-delà d'une frontière acceptable.

Thomas poursuit d'une voix calme :

— Il sait ôter la douleur. Il est rebouteux. J'ai entendu dire qu'il arrêtait les hémorragies.

Thomas cherche encore :

— Ainsi que les incendies.

— Ainsi que les incendies..., reprend Grace.

— Oui. Après les moissons, les paysans mettent le feu aux chaumes. Albert se tient sur une ligne que les brûlis ne franchissent pas.

— Les brûlis ne franchissent pas une ligne imaginaire tracée par M. Albert !

— Tenez ! Il soigne les bêtes à distance. On vient

lui dire qu'une vache est souffrante dans un pré. Il dcmandc le nom de la vache, celui du pré. Et quand on retourne auprès de l'animal, il est guéri.

— Remarquez, j'ai déjà entendu parler de ce genre de pouvoir, acquiesce Grace. À New York, il y a des garagistes qui opèrent selon le même principe. Vous leur téléphonez que votre voiture est en panne. Ils vous demandent le nom de la rue, la marque de la bagnole et sans se déplacer...

Grace explose :

— Prenez-vous tous les étrangers, et mes compatriotes en particulier, pour des demeurés, ou est-ce seulement moi qui vous inspire de telles balivernes ? J'aimerais savoir, pour ma gouverne.

Thomas secoue la tête.

— Je vous assure que les personnes qu'il a secourues sont nombreuses. Si vous ne me croyez pas, tant pis pour vous.

— Mais évidemment que je ne vous crois pas ! Comment pouvez-vous seulement imaginer le contraire ?

— Ce n'est pas une raison pour vous comporter avec lui de cette manière, reprend calmement Thomas. J'ai déjà eu beaucoup de mal à le convaincre de venir jusque-là.

Grace fait mine de s'apitoyer.

— Je suppose que de rencontrer des Américains l'intimidait. C'est cela ?

— Albert a fait des rencontres autrement plus intimidantes que la vôtre. Et pour tout dire, je ne considère pas que vous connaître soit particulièrement impressionnant.

Grace pâlit.

— Croyez bien que mon mari et moi, ne demandons qu'une chose : partir et vous oublier.

— Je veux bien essayer la thérapie de ce M. Albert...

Grace et Thomas se retournent vers le lit.

— Je souffre trop, et la fièvre monte. Pourquoi ne pas accepter, en attendant un médecin ? reprend Christopher d'une voix faible. On ne risque rien.

Grace se précipite vers son mari.

— Mais au contraire, chéri, on risque beaucoup. Si nous acceptons ce genre de choses, c'est comme la drogue. Nous n'en ressortirons pas indemnes.

Christopher essaie de sourire.

— Ne te fais pas de soucis pour moi, Grace. D'ailleurs, la rationalité commençait à m'ennuyer.

Se tournant vers Thomas, il demande :

— Dites-moi pourquoi cet homme hésitait à venir ? Est-il prévenu contre nous ? J'aimerais savoir.

Thomas s'approche. Il regarde le malade, évitant les yeux gris qui le foudroient dans la pénombre.

— Absolument pas. Enfin, pas avant que votre épouse ne le jette dehors. Seulement, Albert fait le rapprochement entre la tempête et la fin du monde. Une intuition millénariste.

— La fin du monde ?

— Nous sommes à quelques jours du changement de millénaire.

— Mais non ! s'insurge Grace. Ça aussi, c'est totalement faux !

— Je comprends..., admet Christopher. Ainsi, il pense que la tempête annonce l'Apocalypse. Au fond, je ne suis pas loin d'être de son avis. Nous basculons vers d'autres temps, c'est sûr.

Thomas acquiesce.

— Une chose encore m'intrigue, poursuit Christopher.

— Laquelle ?

— Le casque...

— Cette nuit, il est sorti pour voir ce qui se passait.

Les ardoises arrachées des toitures lui sifflaient aux oreilles. Alors, il a mis son casque.

L'explication finit de convaincre Christopher, qui laisse retomber sa tête sur l'oreiller. De sa main gauche, il a fait un signe que Thomas et Grace interprètent comme l'invitation à faire rentrer Albert. Il a l'espoir que le sorcier lui ôte ce feu qui le dévore, qu'il atténue la douleur que le temps éveille inexorablement dans sa jambe. Pour croire l'inconcevable, il lui a suffi de souffrir un peu.

— Si jamais il arrive quoi que ce soit à mon mari, je vous intente le procès du siècle, murmure Grace à l'adresse de Thomas. Je vous ferai tout vendre. Vous n'aurez pas assez de mille ans pour payer.

C'est une femme furieuse et meurtrie, dangereuse, qui s'est dressée devant Thomas. Il avait beau s'attendre à cette réaction, il est étonné par tant d'agressivité.

— Partout ailleurs, vos malédictions font peut-être trembler. Mais ici, elles n'ont pas prise. D'ailleurs, qui vous dit, Grace, qu'il me reste quoi que ce soit que vous puissiez saisir ?

Elle reste interloquée. Le mufle a osé l'interpeller par son prénom.

Albert, après que Thomas se fut entretenu longuement avec lui, accepte de venir au chevet de Christopher. Tout en maugréant, Grace a dû s'éclipser dans le couloir, furieuse de laisser son mari seul en tête à tête avec celui qu'elle tient pour un simple. Pis, pour un imposteur. Thomas a disparu. Accoutrée de son duffle-coat, affublée de pantoufles qui lui font traîner les pieds, elle va seule, de long en large dans le couloir, si étrangère à ses apparences, à bout de nerfs, guettant le moindre bruit provenant de la pièce. La pendule sonne quatre heures. Dehors, il pleut, les ombres gagnent et aucun secours n'est en vue, aucune providence. Par les fenêtres qui donnent au nord, elle observe le paysage désolé. L'écurie de Fandango et le bûcher sont les seules dépendances épargnées. Le corps principal de la grange semble avoir été soufflé par une explosion. Dans les pentes qui dominent les bâtiments, des centaines d'arbres gisent, brisés à mi-hauteur, leurs cimes accrochées à ce qui reste des troncs. Peu à peu cette vision chaotique imprègne Grace. La jeune femme prend la mesure du désastre qui s'est abattu sur la région. Et ce qui n'était au départ qu'une contrariété personnelle, un empêchement d'accomplir ses projets, se transforme en une souffrance qui, partagée par les autres, devient moins insupportable.

Abîmée dans ses pensées, elle voit Miranda trotter vers le bûcher. Elle se laisse distraire par la manière du griffon de s'arrêter à tout moment pour flairer le sol, le fouet battant. Thomas arrive. Derrière les carreaux, Grace épie son pas tranquille de colosse et sa manière cependant légère de se déplacer. Grace aime la légèreté. Lorsqu'elle se sent en pleine possession de ses aptitudes, séductrice, compétente, sa première façon d'exprimer son bien-être est de dire qu'elle se trouve légère. Thomas s'immobilise devant la grange dépecée par l'ouragan. Il est de dos. Grace essaie d'imaginer sur ses traits l'émotion qui bouleverse cet homme devant les ruines. Elle aussi est accablée par un anéantissement qui la broie, sans qu'elle en sache vraiment la source. Et puis, Thomas poursuit en direction du bûcher. Lorsqu'il réapparaît, il porte une montagne de bois dans ses bras assez puissants pour étreindre les arbres.

Albert sort enfin de la chambre. Sans un mot pour l'épouse, sans un regard pour elle, le vieil homme malingre se dirige comme un spectre vers l'escalier. Grace, qui a réprimé les questions qui lui brûlaient les lèvres, le voit s'en aller, plus étique encore qu'il ne lui était apparu au premier abord. Une immense fatigue pèse sur ses épaules.

Elle se jette dans la pièce.

— Chris ? Comment ça va ?

Christopher lui sourit. Il s'appuie à plein dos sur son oreiller blanc et Grace remarque ses traits détendus.

— Beaucoup mieux, Grace. Beaucoup mieux ! C'est incroyable.

Suspicieuse, elle s'approche du lit.

— T'a-t-il fait absorber une substance, une préparation, d'une manière ou d'une autre ? Étais-tu conscient le temps qu'ont duré ses interventions ?

— Calme-toi, Grace. Je te dis que ça va bien.

Christopher explique qu'Albert a ouvert un livre qu'il tenait serré dans sa poche et qu'il a récité des incantations ou des prières, il ne saurait dire, en posant simplement la main sur sa cheville.

— La douleur s'est dissoute. Voilà l'impression que cela m'a donné, Grace. Le mal qui se dilue, l'illusion qu'il disparaît, que ma cheville reprend peu à peu de sa souplesse. Car il s'agit d'une illusion, je ne suis pas dupe. Ensuite, j'ai senti une chaleur envelopper tout le bas de ma jambe, une chaleur bienfaisante qui n'a rien à voir avec la fièvre.

Grace écoute tout en contenant des protestations. Elle sait que le moment des mises au point n'est pas venu. Il sera bien temps, plus tard, de dire à Christopher qu'il a été victime d'une hallucination. Que l'étrangeté des circonstances, depuis l'accident, l'a fragilisé au point de le faire basculer vers l'irrationnel pour fuir une réalité trop inconfortable. Tout cela est explicable à condition d'intégrer des facteurs psychologiques, somatiques, psychiques... Elle égrène rapidement les mots d'un lexique qui lui permet de faire face à ce que Christopher lui raconte et qu'elle ne peut pas admettre.

— Ce type gagnerait des millions chez nous, ajoute Christopher.

Grace pose la main sur son front. Elle en veut à Christopher d'user de cet argument pour tenter d'emporter son adhésion.

— La fièvre s'est retirée sous l'effet de ses prières, reprend Chris. J'ai senti l'étau qui pressait mes tempes se desserrer. Une impression de fraîcheur. Ma cheville est toujours cassée, certes. Mais je ne sais pas comment t'expliquer, Grace. C'est une expérience difficile à partager. Une brise légère soufflait sur moi.

Grace acquiesce. L'essentiel, c'est que Christopher pense aller mieux. Elle est une femme pragmatique, qui sait faire le dos rond quand les événements lui sont trop contraires. Elle résiste et se prépare à contre-attaquer à la première occasion. Celle-ci, hélas, ne tardera pas à se présenter et, là, Christopher aura bien besoin de son soutien. Au fond, elle a toujours considéré qu'il demeurait une faiblesse chez lui, qui trouve sa source dans son éducation religieuse. Chris est né dans une famille catholique. Il lui est resté un goût pour l'éblouissement, le miracle, le clinquant. Une attirance, aussi, pour la tentation sans laquelle il n'y a pas de repentir possible. Grace, acquise depuis l'enfance à la religion réformée, sait tout cela.

Thomas entre dans la chambre avec une brassée de bois qu'il dispose près de la cheminée. Tout à coup, Grace est gênée. Elle regrette les menaces proférées au moment d'abandonner la scène à Albert. Elle cherche, sans y parvenir, à croiser son regard. La porte se referme sur Thomas, qui est ressorti sans un mot.

— Veux-tu boire ? demande Grace.

— Je veux bien, répond Christopher.

Sa voix est apaisée. Il semble vouloir rester seul. Grace perçoit ce désir et ne s'en offusque pas.

Elle retrouve Thomas dans la vaste salle à manger. Il est debout devant une fenêtre et regarde le vallon qui plonge vers le ruisseau. Elle ne le remarque pas immédiatement, mais il tient un verre à la main. Un verre d'alcool, songe-t-elle aussitôt avec la joie du chasseur qui a découvert le pied du gibier. Une faille existe dans cet être qui lui tient tête depuis leur rencontre. Grace se souvient avoir vu bon nombre de bouteilles vides au fond de la cuisine. La vérité lui apparaît, terriblement satisfaisante et simple : Thomas boit. Elle en est intimement certaine. Du coup, son mépris trouve un point où s'accrocher, une prise par où saisir cet homme qu'elle ne peut s'empêcher de considérer, malgré les faits, comme un adversaire.

Les paroles d'apaisement qu'elle désirait prononcer ont déserté sa tête, ses lèvres. Elle ne trouve rien à dire et reste plantée là, à l'observer de dos, tourné vers la fenêtre, porter doucement un verre empli d'un liquide doré à ses lèvres. Il a deviné sa présence. D'ailleurs, elle n'a pas particulièrement fait en sorte de le surprendre. Il ne bronche pas. Ce regard sur ses épaules ne le dérange pas. Grace comprend soudain que, tout au contraire, il apprécie ses yeux posés sur sa faiblesse.

— Merci pour le bois, dit-elle vivement.

Il hoche la tête sans se retourner.

— Avec ça, nous devrions tenir jusqu'à la nuit, poursuit Grace, soudainement embarrassée. D'ici là...

Il pivote vers elle. Sa silhouette se découpe sur la

fenêtre et malgré le peu de lumière, le contraste la fait cligner des yeux. Ils se taisent. L'ombre qui règne dans la pièce est propice à révéler les ténèbres. Depuis toujours, la jeune femme déteste la nuit. Elle perd pied sans pouvoir se débattre. Le silence de Thomas l'agresse. Elle a envie de crier.

— D'ici là, la lumière sera revenue, poursuit-elle d'une voix méconnaissable.

Le temps s'écoule lentement, comme si l'obscurité oppressante du ciel, le mauvais temps, le froid dans la ferme à la tour carrée retenaient le rythme de sa course. Thomas s'est éclipsé, conformément à son habitude sans fournir d'explications. Grace l'a vu prendre la direction de la chapelle. Elle l'a aperçu franchir le petit pont jusqu'à ce que l'éboulis rocheux dans le virage le dérobe à ses yeux. Elle ne sait pas où il s'est rendu. Il n'a rien dit et cela l'exaspère. Deux heures ont passé, sonnées au marteau de la pendule. Deux heures d'une texture épaisse, au cours desquelles Grace et Christopher sont demeurés dans la chambre, lui somnolant, elle assise dans un grand fauteuil à la toile moisie, se relevant pour alimenter la cheminée, jetant un regard par la fenêtre, revenant s'asseoir. Cette inactivité écrase Grace. Contrairement à Christopher qui paraît goûter la trêve, elle s'impatiente de ce temps perdu. À plusieurs reprises, elle se lève pour manipuler l'interrupteur de la chambre. La pénombre gagne peu à peu. Inexorablement, une obscurité de caveau remplit la pièce de ses pans de velours noir.

Pour lutter, Grace songe à New York. Elle s'accroche, en rêve, aux lumières de Manhattan, avec l'espoir que tout va s'arranger rapidement, que l'Amérique va venir la délivrer. Elle se concentre sur leur duplex de Park Avenue, fait la liste des consignes données à la bonne portoricaine et au gardien en leur absence, cherche à revoir avec précision des visages croisés chaque jour dans le hall, se remémore des noms et les faits qui ont accroché dernièrement son intérêt, comme ce vernissage dans une galerie de Soho. Mais ces réminiscences ont quelque chose qui ne lui est plus complètement familier. Grace fait alors le point sur ses rendez-vous d'affaires, repasse dans les détails la ligne stratégique du cabinet et les positions qu'elle est chargée de défendre à Genève. Genève ! Parviendra-t-elle à Genève à temps ? Clermont est inaccessible. Elle songe alors à leurs amis qui doivent s'inquiéter de leur absence. En quelques heures, son temps s'est troublé au point de ne plus lui appartenir, de filer comme une eau qui court entre les doigts.

Six heures. La nuit a gagné la campagne et Thomas n'est pas revenu. Grace voit avec appréhension le moment où elle devra se déplacer à tâtons entre les meubles. Cette perspective l'angoisse. Christopher prétend ne plus souffrir. Sa cheville a désenflé et l'hématome a perdu de son teint bleuâtre. Christopher paraît indifférent à sa souffrance, comme moins soucieux de l'intégrité de son corps. Grace s'en aperçoit. Cette observation qu'elle tait, l'inquiète.

Le visage tourné vers la lumière dorée venue de la cheminée, Christopher murmure :

— Si nous avions la radio, nous serions au moins au courant des événements.

— Tu as raison, dit-elle avec vivacité. Je sais où trouver un poste !

Elle descend dans la salle à manger. La pièce est plongée dans une semi-obscurité qui contraint à avancer prudemment. Grace aperçoit le combiné radio K7, s'en saisit. Une prise électrique le retient. La jeune femme arrache le cordon.

Ils sont tous les deux sur le lit autour de l'appareil. Les piles sont sur la fin et la voix est à peine audible. Une station locale émet sans interruption, informant la population, donnant la liste des villages isolés, des routes praticables, des zones rendues dangereuses par l'écroulement des pylônes à haute tension, faisant passer les consignes de la préfecture et des services de sécurité civile. Des bénévoles sont mobilisés pour secourir les pensionnaires des maisons de retraite privées de chauffage. Des offres inattendues sont faites. La radio regroupe les dons en bougies que des motards de la gendarmerie, au cours de leurs missions, distribuent dans les maisons plongées pour la seconde nuit dans l'obscurité. L'armée va intervenir. Un journaliste évoque la solidarité européenne. Des équipes italiennes, irlandaises, allemandes, espagnoles se mettent en route pour le Limousin. La collecte des groupes électrogènes a débuté. Des dizaines de milliers de foyers sont sans téléphone, sans électricité, sans contact avec l'extérieur. Il se dégage des témoignages l'impression d'une solidarité profonde, d'un désir d'aider, comme s'il avait suffi d'une épreuve pour rappeler chacun à ses devoirs d'humain.

Désemparés, Grace et Christopher écoutent sans parvenir à établir vraiment le lien avec ce qui leur arrive. Depuis si longtemps, les grandes catastrophes leur ont paru ne concerner que les autres, très loin de leur propre existence, en dehors de la bulle où ils vivent. Et puis, les voix se font indistinctes. Faute d'énergie, la radio se tait. Ce silence frappe le couple qui réalise que la nuit est là.

— Il nous a abandonnés, ce salaud, murmure Grace.

— Il va revenir, répond Christopher sur un ton désabusé.

La pendule sonne sept heures et Grace est au comble de l'inquiétude et de la colère. Soudain, des bruits au rez-de-chaussée.

— Ça doit être lui...

— Tu as reconnu sa voix ?

— Non.

— Je crois qu'ils sont plusieurs.

Une nuit profonde plaque ses rideaux noirs aux carreaux des fenêtres. Le vent s'est levé. Malgré le feu dans la cheminée, il ne fait guère plus de dix degrés dans la chambre.

— J'y vais, dit Grace.

— Fais attention de ne pas tomber. On n'y voit rien.

Au bout du couloir, Grace aperçoit une lumière briller faiblement dans la béance de l'escalier en colimaçon. Une main posée sur le mur, à tâtons, elle s'engage dans la descente. Les marches fuient sous ses pas, elle va lentement, au bord du vertige. En bas, la voix de Thomas lui parvient, familière au point qu'elle repère très vite des déchirements dans ses intonations. « Il a bu », songe-t-elle.

L'alcool fait horreur à Grace. Depuis toujours. Depuis qu'enfant, elle a compris que son père buvait. Que de fois ne l'a-t-elle vu, conscient de son ivresse, intimidé, doux et reclus, incapable pourtant de masquer sa déchéance devant sa petite fille ? Grace n'avait guère plus de six ou sept ans. Mais elle percevait son désarroi avec une lucidité et une fulgurance dont les adultes ne peuvent avoir conscience. Tant d'années plus tard, l'idée que son père était désespéré par l'abandon de sa femme ne la console toujours pas. Cet homme qu'elle vénérait, son unique soutien, si elle excepte tante Jude qui l'avait recueillie plus tard, avait déchu sans qu'elle puisse s'empêcher de l'aimer. Sa faiblesse d'adulte imprimait en elle une fêlure irréparable. Depuis, Grace sait reconnaître au premier coup d'œil une silhouette d'homme éméché, son application à se tenir droit, à marcher régulièrement, à vouloir contraindre la liberté de ses gestes. Cette volonté dérisoire de faire comme si tout était normal alors que les mots échappent des lèvres, que leur sens prend les idées à revers, que les mains bousculent des objets devenus insaisissables. Lorsque le monde ne ressemble plus exactement à ce qu'en perçoivent les autres.

Dans l'entrée, une voix de femme répond à Thomas, rocailleuse, tonitruante avec un fond de gaieté.

La lueur qui éclaire la marche palière se retire et Grace se retrouve dans l'obscurité.

— C'est moi ! Faites-moi clair !

Elle a crié. Thomas et la visiteuse s'entretiennent à voix basse. De nouveau, une lumière précédée par une odeur de pétrole lèche le nez usé des marches.

— Ma pauvre petite, vous n'y voyez rien dans ce noir ! s'écrie une grosse femme.

L'inconnue, d'une bonne soixantaine d'années, est engoncée dans un vieux manteau, chaussée de bottes en caoutchouc, bâchée d'un fichu. Comme les clochards que Grace aperçoit à New York, elle porte des sacs en plastique qui paraissent contenir toute sa fortune. Dans son visage rond de paysanne, les yeux brillent de vivacité.

La voix de Thomas, en retrait :

— Je vous présente Louise. Une voisine.

Thomas s'approche. Il tient à la main une torche électrique qui projette aux pieds de Grace un halo doré. Grace répond mécaniquement :

— Grace. Grace Dempsey. Mon mari et moi, sommes les hôtes forcés de...

Elle n'achève pas sa phrase qu'elle juge tout de suite trop compliquée, trop alambiquée. Pourquoi n'a-t-elle jamais su faire simple, Grace ?

— Vous m'attendiez ? demande Thomas.

Grace réprime un mouvement de colère.

— Certainement pas !

Malgré l'ombre, Grace perçoit le sourire de Louise.

Louise et Thomas, Grace dans le sillage de leurs lampes, atteignent la cuisine. Rien n'est simple quand il s'agit de se mouvoir dans la nuit. Grace ronge son frein. Elle songe à Christopher, au froid, à sa propre apparence qui renvoie, peu s'en faut, à l'allure de Louise. Au temps perdu. Très vite, elle apprend que Louise vit seule, au-delà de la chapelle. Le toit de sa maison a été emporté la nuit de la tempête. Ne pouvant rester chez elle, Louise a accepté l'invitation de Thomas à demeurer ici.

Louise prend Grace à témoin.

— Il est gentil, Thomas. Il n'aurait pas laissé la vieille Louise grelotter sous les étoiles, ça non !

Et de regarder Grace avec un fond de malice, avant d'ajouter :

— Nous allons nous organiser, mes enfants. Il ne faut pas se laisser mourir de faim. On en a vu d'autres !

Grace est sidérée par l'attitude de Thomas, qui accepte si facilement que cette femme prenne les choses en main. Lui qui semble si indépendant, si rebelle, il laisse faire. Il se laisse faire. Malgré le froid, Louise retire son manteau. Sous la pelure, elle porte une série de vieux gilets et un tablier à fleurs. Avec une vivacité qui contredit sa silhouette massive et son âge, elle allume une seconde lampe à pétrole qu'elle place sur la table de ferme, rassemble la vaisselle dans l'évier avec des gestes précis de femme qui toute sa vie a accompli des tâches ingrates.

S'interrompant :

— Ne reste pas dans mes jambes, Thomas ! Ah ! Les hommes...

Et elle rit de bousculer ce gaillard qui, visiblement, aime sa présence rude et affectueuse. S'avisant que l'eau ne coule pas au robinet, Louise s'en inquiète.

— Depuis cette nuit, je n'ai plus d'eau, répond Thomas. Les pompes des réserves cantonales ne sont certainement plus alimentées.

— Tu as toujours ton puits ?

— Bien sûr, répond Thomas.

— Alors, tu sais ce qu'il te reste à faire, mon grand. Comme au bon vieux temps !

Thomas est ressorti dans la nuit. Louise s'active sous les yeux de Grace, en retrait près de la lampe. Elle fouille dans les placards, sort une grande poêle toute noire qui n'a jamais connu un lave-vaisselle. D'ailleurs, il n'y a pas de lave-vaisselle. Elle tire à elle un grand tiroir sous le plateau de la table de ferme et se saisit d'un couteau, déplie un journal et se met à peler des pommes de terre. Certains êtres ont le pouvoir, par quelques gestes dérisoires, d'écarter les ténèbres. C'est un don. Louise fait partie de ceux-là. Du coup, Grace se sent retranchée comme rarement. Elle s'en veut de son inertie, de son impuissance à prendre les choses telles qu'elles viennent, de son incapacité à aller vers cette vieille femme, de son hostilité. Elle regrette sa manière de tout dramatiser, de tout peser à l'aune de ses intérêts, sa sécheresse. Parfois, Grace exècre son propre égoïsme, son arrogance, son goût du profit et du pouvoir, ses calculs. En cet instant, c'est ce qu'elle ressent. Elle mesure à quel point Louise, qui vient en une nuit de tout perdre, sait rester digne et joviale.

— Avez-vous mangé, Grace ? demande Louise. Je vous appelle Grace, hein ? Je suis une vieille chose et je ne sais pas faire autrement. Je vais pas me mettre à l'américain à mon âge, avec ma tête dure comme du rocher.

— Non, balbutie Grace. Je suis restée l'après-midi au chevet de mon mari, là-haut.

Soudain, Grace voudrait confier à cette inconnue tout ce qui lui est arrivé depuis hier au soir, la forêt cassée, la voiture balancée dans le ravin, l'attente dans le froid, la biche aux reins brisés, la rencontre avec Thomas sur le toit d'une chapelle... Mais sa gorge est nouée. Elle se tait. Elle vient de découvrir le reflet de son visage dans un petit miroir accroché au mur. Son expression, à la lueur incertaine de la lanterne, n'a plus rien de contemporain. Elle est renvoyée aux ténèbres des tableaux anciens accrochés aux murs du département de peinture hollandaise du Metropolitan. Grace songe à Vermeer. Depuis toujours ses œuvres la fascinent par la profondeur de leurs noirs d'où émergent un sourire, un regard, une main dans l'éclairage d'une bougie. En cet instant, elle se sent physiquement happée dans la nuit mystérieuse d'un de ces tableaux, intégrée à une histoire qui la dépasse et l'engloutit.

— Le pauvre ! s'exclame Louise sans manifester plus de compassion que nécessaire. Thomas m'a dit qu'Albert était venu.

Avec habileté, elle vient d'éplucher quelques pommes de terre ainsi qu'une gousse d'ail. Elle allume le gaz, qui projette la lumière brutale d'une couronne dentelée de perles bleues. Soudain, elle s'approche de Grace et d'un geste bref lui saisit les mains.

— Si Albert s'est occupé de lui, alors soyez rassurée, ma petite. Il ne lui arrivera rien.

Les deux femmes restent un instant muettes. Louise ajoute :

— On peut dire que c'est le ciel qui a mis Thomas sur votre chemin.

La porte d'entrée s'ouvre. La neige, de nouveau, floconne dans la nuit. Miranda, l'échine couverte de glace, s'ébroue joyeusement.

7.

— Il gèle, dit Thomas.

Les épaules de sa canadienne sont couvertes de neige. Il a parlé d'une voix d'homme solitaire qui a l'habitude de s'adresser à lui-même. Mais Grace sait que ces paroles lui étaient destinées.

— Et le vent, mes enfants ! reprend Louise. Écoutez-moi ce vent qui rôde autour de chez nous. Comme s'il restait encore quelque chose à casser.

Thomas traverse la cuisine, un seau à chaque bras. L'eau clapote, tombe sur les dalles, fait des taches sombres sur le granit poussiéreux. Louise a posé la grande poêle sur la gazinière. Le beurre grésille.

— L'ail, c'est bon pour tout, commente Louise d'une voix chantée.

Un souffle lugubre traverse les fenêtres mal jointives, accentuant le sentiment agréable d'être à l'abri. Grace n'a pas envie de remonter rejoindre Christopher. Sa lâcheté l'étonne. Et puis, elle s'y abandonne, s'accordant encore quelques minutes, là, debout près de la cuisinière qui ronfle.

— Pose ça là ! commande Louise à Thomas, en indiquant les seaux.

S'adressant à Grace :

— Remplissez quelques casseroles, ma petite Grace. Et aussi la bouilloire sur la cuisinière.

Les mots sortent Grace de sa torpeur. Elle, à qui Christopher reproche parfois sa capacité de s'abstraire des situations, de déserter la conversation, de faire comme si ce qui se passe autour d'elle ne la concernait pas, lui voilà intimé l'ordre de participer.

— Les casseroles sont dans le placard, ajoute Thomas, qui attend près des seaux en plastique posés sur la table.

Grace s'approche. Transie, elle porte toujours le duffle-coat de Thomas. Les manches retournées, la capuche rejetée sur les épaules, l'ourlet traînant au sol lui font une silhouette de capucin. Elle sait que les deux autres l'observent. Heureusement, la nuit mange son apparence, la protège.

Thomas soulève un seau, tandis que Grace avance une grande casserole d'émail ébréchée. L'eau coule, glacée, nette, immobile comme une pâte de cristal. Grace lève la tête vers Thomas, dont elle voit les mains tenir fermement l'anse pour contrôler le débit. Elle pensait que ses yeux bleus étaient fixés sur le filet cristallin. Ils le sont sur elle.

— Posez la casserole sur la cuisinière, dit Louise sans se retourner. Nous aurons besoin d'eau chaude.

Louise secoue vigoureusement la queue de la grande poêle noire où crépitent des tranches de bœuf. Une odeur de grillade et d'ail atteint Grace, qui réalise être affamée. Quelques heures de jeûne, et la voici prête à s'évanouir.

— Nous allons faire un plateau pour votre mari ! s'écrie Louise, dont les paroles couvrent le vacarme de la friture. Vous lui monterez dans sa chambre.

— Bien cuit, s'il vous plaît ! précise Grace.

Louise pousse la viande dans les assiettes, sale généreusement, ajoute en garniture des pommes de terre rissolées à l'ail. Thomas taille dans une tourte deux tranches épaisses comme des planches. Son couteau s'enfonce dans la chair grise du pain. Le halo doré de la lampe à pétrole accroche des reflets sur les carreaux de la cuisine, au cul des bassines en cuivre suspendues au mur, pose des ocres sur les visages aux ombres profondes.

— Demain, je vous fais une fricassée de cèpes, dit Louise en riant d'un air gourmand. Vous m'en direz des nouvelles, mes enfants.

Elle a sorti du réfrigérateur éteint un papier qui enrobe quelque chose que Grace ne parvient pas à identifier. Une pestilence mêlant moisissure et vieille paille lui parvient. Louise pose le fromage près de la lampe.

— Vous verrez, il est très bon.

La gorge de Grace se serre. Elle acquiesce. Ce soir, elle n'a plus la force de résister, de s'emporter, de réclamer des labels, une désinfection aux ultraviolets, une pasteurisation ultra-haute température, une stérilisation aux rayons X... Tout souci de purification l'a abandonnée. Le dîner est prêt. Louise le contrôle d'un regard de chef de rang. Deux grands verres ont été remplis d'un vin noir comme du sang, bien que Grace ait protesté de la sobriété de Christopher.

Thomas s'approche du plateau.

— Éclairez-moi, dit-il.

La jeune femme regarde cet homme, qu'à plusieurs reprises aujourd'hui elle a détesté d'une haine fulgurante. Elle n'est plus certaine qu'il ait bu, bien qu'une vague hésitation marque encore ses gestes. Mais la nuit dérobe les mouvements, fond les corps les uns aux autres, les amalgame comme s'ils appartenaient au même magma d'humanité, comme s'ils se débattaient au fond du même encrier. Thomas tend un bougeoir. La main de Grace s'en saisit.

— Passez devant, dit-il.

Elle comprend soudain qu'elle attendait son prénom.

— Bonsoir, madame, lance-t-elle en quittant la cuisine.

— Bonsoir, ma petite ! lui répond, sans se retourner, la vieille Louise qui tente d'introduire une bûche par le rond central de la cuisinière. Mais la bûche est trop grosse et Louise, dans un vacarme de couronnes de fonte malmenées, la matraque à coups de pique-feu pour la forcer à entrer.

Thomas porte le plateau. Dans l'entrée plongée dans l'obscurité, un froid hivernal, un froid de tombeau, venu de la porte et glissant par l'escalier en colimaçon. Une humidité poisseuse, au bord de la gelure, tend la peau comme sous une couche de crasse. Depuis ce matin, Grace rêve d'un bain chaud.

— Je vous suis, dit Thomas.

Elle s'engage dans l'escalier. Elle est maladroite avec son bougeoir, le portant trop près de son visage au point d'être éblouie, se retournant vers l'homme qui marche derrière elle en silence, épuisant ses yeux à démêler ce grouillement d'ombres et de marches dans lequel elle ne sait plus où poser les pieds. Finalement, ils arrivent sur le palier. Une des portes en enfilade est sertie d'un mince liséré doré. Grace la pousse.

— Nous ne t'avions pas oublié ! dit-elle à Christopher, réalisant aussitôt le sens étrange de ses paroles.

Christopher acquiesce en levant la main. Au fond de la pièce, les braises de la cheminée rougeoient au ras du sol.

— Les édredons sont là, indique Thomas après avoir déposé le plateau sur une table ronde.

Il ouvre l'homme-debout.

— Cette nuit, il fera mauvais, ajoute-t-il.

Grace comprend ce qu'il a voulu dire sans que sa pensée traduise exactement ses paroles. Un sentiment furtif de compassion la traverse pour toutes les créatures, animaux compris, qui affrontent cette nuit d'hiver. Et puis le regret, incongru, de ne pas retourner dans la cuisine où ronfle la cuisinière, avec la vieille Louise et cet homme un peu ivre.

La porte se referme. Le plateau fume encore mais sa chaleur sera vite avalée par le néant glacial de la chambre. Christopher essaie de sourire à Grace. Sa souffrance, Albert ne la lui a pas entièrement confisquée. Il en reste, loin de sa cheville brisée.

Grace ne parvient pas à dormir. Du duvet s'échappe aux coutures d'un des édredons en soie rouge. La jeune femme se souvient être allergique à la plume, mais elle a trop froid pour songer à éternuer. Elle est épuisée et pourtant son corps refuse de s'abandonner au sommeil. Couchée tout habillée, la capuche du duffle-coat rabattue sur le front, les mains dans les poches du manteau, elle attend que le temps s'égrène au fil des sonneries lointaines de la pendule. Le vêtement sent l'odeur de Thomas, un parfum d'homme et de tabac. Elle est dans les bras d'un inconnu qui l'enserre et la réchauffe. Contre elle, Christopher, malgré sa blessure, a sombré dans une torpeur qui ressemble au repos. Une chaleur fiévreuse irradie de son corps. Grace se demande ce qu'il va advenir. Elle n'est pas dupe. Albert n'a pu agir sur la fracture. Le mal est intact, peut-être assourdi par quelque pouvoir psychologique éveillé en Christopher, mais toujours présent dans les chairs déchirées et les os brisés.

C'est Christopher qui rompt le silence.

— Qu'est-ce que nous faisons ici, Grace ? Peux-tu m'expliquer ce que nous faisons chez ce type dans cette bâtisse glaciale et probablement hantée ?

Elle tarde à répondre, les yeux fixés sur la fenêtre au pied du lit, ce rectangle noir derrière lequel on devine la neige.

— Je l'ignore, Chris. Ce que je sais, c'est qu'il nous faut absolument partir. Ça, je le sais.

— Mais comment ?

— Il n'est quand même pas possible que nous soyons bloqués ici ! Nous sommes en France. Tu as entendu la radio. Ils ont l'air de se démener, là-bas.

Elle a dit *là-bas*, sans savoir précisément le lieu dont elle parle. Ce *là-bas* doit se situer au-delà de la forêt cassée. Sur l'autre rive d'un océan d'arbres brisés.

— Nous sommes en France, justement, reprend Christopher. Avec les Français, chaque fois c'est l'improvisation. Ça l'a toujours été. C'est nous, les Américains, qui les avons toujours sortis d'affaire quand ils se mettent dans le pétrin.

Un long silence.

— Ta cheville ? s'inquiète Grace.

— Cet Albert me l'a coupée. C'est exactement ce que je ressens. Je sais qu'elle est toujours là à fermenter sûrement, mais je n'ai plus conscience qu'elle est reliée à ma jambe. C'est étrange, hein ?

Grace ne répond pas. Ce soir, ils n'en diront pas davantage. Ce ne serait pas prudent.

Un peu avant minuit, Christopher se retourne. Il entoure la taille de Grace de son bras comme il avait l'habitude de le faire, avant. Le geste est le même, trahissant ce désir de possession qui la troublait si fort dans les premiers temps de leur liaison, et l'étonnait un peu.

Tard dans la nuit, Grace a entendu des bruits monter de la cuisine. Un objet a tinté en tombant sur le sol, des bribes de la voix rocailleuse de Louise, peut-être un éclat de rire, et le sentiment d'être retranchée d'une intimité bien réelle. De longs silences aussi, plus intrigants. Des pas enfin, dans le couloir, des portes qui s'ouvrent et se referment. Et puis plus rien. La pendule sonne une heure. Dehors, le vent s'est tu. Grace attend, prise dans ce silence et ce froid qui la broient. La ferme à la tour carrée est un caveau. Elle songe que la mort doit ressembler à cet état, une gelure qui peu à peu s'infiltre en soi, raidit chaque fibre de son être, allonge le temps, fait disparaître tout repère. C'est à cela qu'elle pense. Oui, la mort ressemble certainement à ce coin de terre perdu sur le plateau limousin, une nuit d'hiver, sans lumière électrique, sans télévision, sans radio, sans voitures sur les routes, d'ailleurs il n'y a plus de routes. Sans rumeur pour remplir le vide qui est en elle. Jusqu'à présent, elle n'a jamais ressenti avec une telle acuité la réalité du néant. Certes, il lui est déjà arrivé de penser à la maladie, et à la manière de s'en échapper de son père lorsqu'il avait compris la gravité de son état. Un bon vieux P 38 de service avait suffi à l'ancien sergent des *Marines*.

Grace surveille la cheminée, inquiète à l'idée que le feu s'éteigne. Vers deux heures, elle se lève pour remettre une bûche et, dans le noir, cherche le soufflet pour raviver les braises. En tâtonnant, elle fait tomber les pincettes en équilibre contre le mur. Le choc sur le seuil du foyer a sonné clair dans la nuit. Grace ne voudrait en aucun cas être ensevelie sous plus de froid encore au petit matin.

Quand, se demande-t-elle, les choses ont-elles commencé à se détraquer ? Cette fois, elle ne songe pas à la tempête, à l'accident. Elle pense à Christopher et à leur amour que le temps a chassé comme le froid dilue la chaleur qui brûle en elle sous les couvertures. Elle aurait secrètement préféré une désaffection brutale, un coup violent porté à leur tendresse, plutôt que ce long désengagement si peu en rapport avec sa manière d'être. Cet étiolement des attirances. Grace est davantage prête à assumer une trahison qu'une désertion. Mais, après tout, avoir fait de leurs existences cette vie sans fringale d'amour, n'est-ce pas avoir trahi ?

Elle se souvient des premiers pas de Christopher vers elle, de son émerveillement à l'idée qu'un homme aussi brillant, aussi établi, puisse s'intéresser à une simple étudiante. Se pouvait-il qu'elle dépasse toutes les autres qu'il n'avait pas manqué de connaître ? Elle a longtemps puisé une force immense dans cette certitude. Car l'avocate établie, impitoyable en affaires, à l'intelligence acérée, aux manières époustouflantes, relève d'une construction. Elle n'était pas ainsi lorsque Christopher l'a connue. Elle ne saurait dire comment elle était, mais elle était différente. Ses amis d'alors ne ressemblaient pas à ceux d'aujourd'hui. Christopher m'a faite, songe-t-elle. Cette idée à présent la dérange.

Au cours de la nuit, Grace se relève trois fois pour alimenter le feu dans la cheminée. Elle avance à tâtons, hésitante, sonnée par le manque de sommeil et le sentiment que ses décisions lui échappent. L'idée d'être une mère veillant sur son enfant et se levant plusieurs fois pour le couvrir ou le consoler lui traverse l'esprit. Mais ce n'est pas sur un berceau, tout ensommeillée, qu'elle se penche. C'est sur des braises prêtes à s'éteindre. Chaque fois, Grace retourne s'allonger auprès de son mari qui repose en paix, malgré une légère fièvre. Elle remonte les couvertures sur sa poitrine, s'attardant à observer son visage creusé par la douleur et l'inquiétude. Elle cherche derrière ses traits défaits ce qu'il peut bien d'habitude lui dissimuler pour exister encore à ses yeux. Vers cinq heures, elle s'endort. Cela ne lui était pas arrivé depuis des années, cette nuit, elle a rêvé. Au matin, elle ne se souvient pas de son rêve.

Le froid la réveille. Malgré la capuche rabattue, un étau broie ses tempes. Aussitôt, les événements de la veille lui reviennent. En une fraction de seconde, elle revoit tout, dans un ordre qui n'est pas celui de la journée, mais qui correspond certainement à l'importance que son cerveau accorde aux choses survenues. Curieusement, le souvenir de l'accident a disparu. Grace se tourne du côté de Christopher. Son mari la regarde.

— Comment ça va ?

Elle n'a trouvé que ces mots à mettre entre eux deux. Il n'est pas dupe.

— Toujours un peu de fièvre. Mais je ne souffre pas autant que je devrais.

Il traîne toujours dans les propos de Christopher des doubles sens, des intentions cachées. Au début, cela la terrorisait. Elle admirait cette manière de dire les choses simplement tout en dissimulant des chausse-trapes derrière les transparences. Christopher est l'être le plus compliqué que Grace ait jamais connu. Dans le milieu des avocats d'affaires, tout est infiniment plus simple. Les hommes et les femmes, si semblables dans leur manière d'aborder les problèmes, fonctionnent sur des modes codifiés. Dès lors qu'il est possible de répondre à la question : « Combien et au bénéfice de qui ? » toutes les belles constructions inextricables des dossiers, les montages les plus retors deviennent d'une lisibilité absolue. Mais Christopher est un universitaire. Cela déroute Grace. En son temps, elle a fui cette forme de vanité qui consiste à mépriser l'argent au point de sacrifier son talent pour s'interroger sur l'émergence du droit romain dans la cité, ou sur d'autres questions plus vaines encore. Christopher fait partie de ces gens qui peuvent se permettre de perdre leur temps. Il est né coiffé, comme on dit. Sa famille, originaire de la côte est, est immensément riche. Son frère aîné préside une entreprise d'informatique. Son autre frère dirige une banque d'affaires. Lui, il est le préféré de sa mère, celui qui peut tout se permettre, y compris de gaspiller sa vie à réfléchir sur des idées abstraites. C'est un héritier qui n'a jamais craint de manquer. En cela, ils se savent différents.

Grace se lève. Dormir tout habillé rend frileux. Debout, elle grelotte, enfile ses pantoufles avachies et va se planter devant un miroir accroché au mur. Le visage qu'elle découvre est à faire peur. Les yeux cernés, le teint pâle, les joues ombrées. Le changement va vite, songe-t-elle, on dirait une pauvresse ou une droguée. Elle passe nerveusement la main dans ses cheveux, repousse la capuche. Et ce désir de prendre un bain chaud, à la rigueur une douche. Il faudra temporiser. Grace enrage, la saleté la démolit. Dans un coin du miroir, l'image de Christopher qui l'observe.

Il a neigé, cette nuit. Le tilleul abattu devant l'entrée est couvert de givre. Des traces de pas sont visibles sur le pavage de la cour, en direction du petit pont. Le ciel est d'un gris profond, de cette couleur qu'il a parfois au-dessus de Manhattan, ces matins d'hiver, lorsqu'il gèle sur les quais de l'Hudson. Au loin, une tronçonneuse rugit, déchirant le silence de cette campagne anéantie sous la glace. Et le bruit strident, insupportable en d'autres circonstances, résonne comme un signe d'espoir.

— Je descends à la cuisine chercher à déjeuner, dit Grace.

— Approche le seau, s'il te plaît, demande Christopher.

Elle ne comprend pas. Elle ne veut pas comprendre.

— Oui, le seau. Cela m'évite d'aller... au bout du couloir.

Grace acquiesce. Elle s'en veut de sa pudeur imbécile.

La porte de la cuisine est fermée. Grace se demande s'il lui faut frapper. Elle songe alors que Louise et Thomas ne semblent pas particulièrement collet monté, et elle entre.

— Bonjour ! s'exclame Louise, une casserole de lait fumant à la main.

La grosse cuisinière en fonte ronfle comme une chaudière de machine à vapeur. Ici, la chaleur contraste avec le froid boréal qui règne ailleurs. Toute la vie de la bâtisse se tient concentrée là.

— Bonjour, Louise, dit Grace. Vous êtes déjà levée.

Elle a parlé de manière mécanique, forçant l'intérêt qu'elle porte à la vieille femme. Louise semble moins âgée qu'elle n'était apparue la veille. Peut-être soixante-cinq, songe Grace, pour qui l'âge compte énormément. Louise sourit. Elle porte sa blouse à fleurs, très sombre, presque noire, sous une accumulation de gilets de laine. Ses cheveux gris sont frisés comme ceux des mamies des années cinquante. Ses yeux clairs brillent.

— Pas trop froid ? demande Louise en s'approchant de Grace, la casserole à la main.

— Maintenant, je pourrais traverser l'Antarctique en espadrilles et bermuda !

— La pauvre ! s'esclaffe Louise.

Louise pousse devant Grace un immense bol ébréché.

— Asseyez-vous près de la cuisinière, dit-elle sur le ton d'une grand-mère heureuse de servir le goûter à sa petite-fille.

Grace s'installe. La nuit a été trop dure pour qu'elle résiste. Elle garde sa colère pour Thomas, avec l'espoir que les mots qu'elle trouvera le pousseront à prendre des initiatives. C'est cela qui manque à cet homme, prendre des initiatives, ne pas rester dans une posture fataliste. Thomas paraît dénué de tout esprit de compétition, c'est son problème. Des clichés sur l'indolence des travailleurs du tiers-monde repassent à l'esprit de Grace. Aux États-Unis, ce type aurait du mal à tenir une seule journée comme laveur de carreaux ou pompiste dans une station-service. Serveur dans une pizzeria est hors de sa portée.

Les ébréchures du bol posé devant elle détournent l'attention de Grace. Ce bol est une pièce de musée qu'on aurait envie de manipuler avec des gants et un masque sur la bouche. Il devait faire partie de ceux qu'on n'a pu embarquer, faute de place, sur le *Mayflower*. Grace n'a jamais porté à ses lèvres une chose aussi vieille, aussi répugnante. Elle est là, à le contempler fixement en silence, lorsque Louise verse le café. La buée monte au visage de Grace. La jeune femme ferme les yeux, muette, murée dans sa difficulté à admettre qu'elle est projetée dans un monde sans manière, sans délicatesse, tout entier tourné sur le passé.

— Je vous ai préparé des tartines, dit Louise en avançant une assiette. Et tenez ! J'ai pensé qu'une femme comme vous aimerait le miel.

Elle pousse vers Grace un pot dans lequel trempe une cuiller de fer-blanc piqueté de points d'oxydation. Grace regarde le miel avec méfiance. Elle n'a pas faim, seulement envie de s'évanouir.

— Il est bon, vous savez. C'est celui de Thomas...

Grace grignote, tandis que Louise s'active devant l'évier, s'affaire autour de la cuisinière, fouille dans les placards. Ses gestes sont empreints de la brutalité propre aux gens qui soumettent les objets, leur impriment leur volonté, simple mais exigeante. Des écroulements de vaisselle ponctuent ses mouvements, des culs de bouteille ou d'assiette qui cognent sur le plateau de la table ou sur la porcelaine de l'évier, une manière de faire, habile et brusque. De temps en temps, elle regarde Grace en silence. Cela ne dure pas, mais la jeune femme sait que Louise s'assure d'elle, la prend sous sa protection. Qu'elle a déjà le projet de la forcer à manger parce qu'elle la trouve trop maigrichonne. C'est vrai, qu'elle a perdu du poids depuis un an, Grace. Elle est au bord de cette minceur qui commence à inquiéter. La désunion dans son couple la mine. Toute séparation est aux yeux de Grace la répétition d'un départ inadmissible.

— Comment le trouvez-vous, ce miel ?

Grace hoche la tête.

— Excellent. Aux États-Unis, Christopher et moi, achetons du miel du Montana. C'est une spécialité. Mais celui-ci est très original.

Elle ment. Elle devine que Louise le sait. Cela n'a pas d'importance. Ce matin, dans cette cuisine, le sens des mots est secondaire. Mentir, c'est déjà accepter de jouer. Autre chose importe. Les yeux de Louise brillent de satisfaction.

— Vous aimez les champignons ?

— Naturellement, grogne Grace, le visage dans le bol.

— J'ai sorti des cèpes du congélateur. Je les prépare grillés à l'ail. Vous allez voir ça.

L'esprit de Grace ne réagit pas tout de suite. Elle s'est laissé emporter par la bonne humeur de Louise. De retour à New York, elle se fera faire un check-up complet dans la clinique de son ami, le docteur Howard Zinn. Et puis, lentement, le mot *congélateur* remonte en surface. Elle repose le bol.

— Le congélateur ?

Louise acquiesce. Elle est en train de peler ses légumes près d'une casserole d'eau qui frissonne sur la cuisinière.

— Il fonctionne à l'électricité, le congélateur ?

Louise la dévisage avec amusement.

— On a cinq jours pour le vider et manger toutes les réserves. Cinq jours pendant lesquels on ne mourra pas de faim, ma petite Grace. Ça non, je vous le promets !

Finalement, Grace a bien déjeuné. À deux reprises, elle s'est beurré une tartine de pain bis sous les yeux satisfaits de Louise. Elle s'est accordé quelques minutes à rester assise, apaisée par la chaleur de la cuisinière. Il a fait tellement froid cette nuit, qu'elle accepterait de tendre les mains vers les flammes de l'Enfer pour se réchauffer.

Elle monte à Christopher un bol de café avant de redescendre à la cuisine. Louise épluche toujours, lave en économisant l'eau, essuie, coupe, tranche, étale sur un torchon poudré de farine la pâte d'une tarte. Louise travaille comme si de rien n'était. Sa maison est détruite. Louise y pense. Mais cela ne se voit pas.

— J'aimerais faire ma toilette, se risque Grace, qui appréhende le moment d'une nouvelle épreuve.

Louise lève les yeux vers elle. Elle hoche la tête.

— Thomas vous a montré le cabinet de toilette ?

Grace aurait préféré que Louise emploie l'expression *salle de bains*. Mais après tout, il y a quand même un coin d'eau dans cette ferme du Moyen Âge.

— Non...

— Ah ! ce Thomas !

Ses yeux rient dès qu'elle prononce son nom. Mais ce n'est jamais avec familiarité. Il demeure une distance entre eux qui n'empêche pas une vraie tendresse. Louise calcule...

— La troisième porte sur la droite dans le couloir. En face de votre chambre.

— Il n'est pas là ?

— Qui ça ?

— Thomas...

— Non.

Un long silence, troublé par le hurlement lointain de la tronçonneuse. Louise observe Grace en souriant. La jeune femme ne bronche pas. Le petit déjeuner lui a fait du bien. Les forces lui reviennent. Elle va réussir aujourd'hui à débloquer la situation. Ce soir, elle en est certaine, des médecins se seront occupés de Christopher. L'assistance internationale de leur carte Gold aura affrété les moyens nécessaires à leur rapatriement sur un centre important. Christopher dormira dans une chambre d'hôpital. C'est sûr. Thomas, Louise, le vieux fou au casque de motocycliste vissé sur la tête ne seront plus que de lointains souvenirs exotiques, des épreuves dont il est de bon ton, une fois surmontées, de les raconter aux amis dans les dîners en ville.

— Les seaux sont là, dit Louise avec naturel.

— Les seaux ?

— Il n'y a plus d'eau dans la maison. Vous savez où se trouve le puits ?

— Non, bredouille Grace.

— Là-bas.

Elle tend une main calleuse qui tient un couteau.

— Un puits comme dans le vieux temps.

Grace opine. Elle saisit les deux seaux en plastique et quitte la cuisine. De dos, dans sa défroque, avec ces deux récipients rouge et bleu au bout des bras, elle a l'air d'une paysanne ukrainienne travaillant dans un kolkhoze. Dans l'entrée, le froid la saisit de nouveau. Mais alors qu'elle s'apprête à enfiler les bottes d'homme laissées la veille au pied de l'escalier, elle en découvre à sa taille, couleur vert bouteille, avec une paire de chaussettes de laine enfilée dans la tige. Elle hésite. La voix de Louise crie de la cuisine :

— Ce matin, Thomas a sorti ces bottes pour vous !

Devant le puits, un moment de découragement se saisit de Grace. Elle s'approche de la margelle aussi menaçante que la gueule ouverte d'un canon dirigé vers le ciel, cerclé de fougères et chargé d'une mitraille de sortilèges. Du dégoût l'envahit à l'idée d'utiliser une eau sortie de cette profondeur. Un seau en tôle est accroché à un mousqueton au bout d'une chaîne rouillée. Grace cherche dans ses souvenirs de cinéphile des images de pionniers puisant de l'eau dans un ranch au pied des Rocheuses. Le cylindre de bois dur tourne, la chaîne grince. Un bruit mat. Elle attend, entame la remontée avec le sentiment d'être ridicule. Et le problème de saisir le seau pour le ramener sur la margelle sans lâcher la manivelle. Au bout de plusieurs essais infructueux, Grace y parvient. Tout est lourd, tout est froid. La lumière du jour fait mal aux yeux. Le gel traverse les vêtements. Les anses des seaux alourdis scient les doigts rougis. Il faut s'arrêter plusieurs fois sur le chemin du retour. Grace serre les dents. Au loin, la tronçonneuse s'est tue.

Grace a attendu que l'eau frémisse sur la cuisinière. Louise l'a aidée à porter au premier une bassine fumante et lourde. Et là, surprise. Le cabinet de toilette est plus vaste et plus soigné que ce à quoi elle s'attendait. C'est une grande pièce parquetée de bois blond. Au centre, une baignoire avec une robinetterie de cuivre et des pieds en pattes de lion, face à la fenêtre. L'ensemble fait songer à une salle de bains anglaise, repensée de manière moderne et en total décalage avec l'état des autres pièces. Un lavabo blanc, de ligne Art déco, brille près d'une fenêtre à meneaux. Un carrelage italien, dont Grace doute que son choix relève du goût de Thomas, recouvre les murs.

Grace pose sa bassine d'eau tiède sur une table à maquillage, devant un grand miroir surmonté d'ampoules halogènes. Tout est parfait. Le thermomètre accroché derrière la porte indique 6 degrés. Elle a de moins en moins envie de se mettre nue.

— Grace !

Grace repose vivement son gant de toilette dans l'eau. Le rectangle de tissu-éponge s'enfonce à la surface de la bassine marbrée de savon. Elle passe rapidement la serviette sur son visage encore mouillé, enfile son chemisier et se précipite vers la chambre.

— Ah ! Te voilà, murmure Christopher.

D'un coup d'œil, Grace réalise que son mari va mal. La douleur tire ses traits.

— Je ne comprends pas, reprend Christopher. Le mal est revenu en quelques minutes. Rien que le contact du drap sur ma cheville me fait hurler.

Grace ne sait que dire. Elle pose la main sur son front brûlant.

— Il faut faire quelque chose, Grace. Je ne tiendrai pas longtemps comme ça.

Elle opine. Ses pensées s'accélèrent. Retrouver

Thomas, une fois de plus disparu. Thomas le déserteur, jamais présent quand on a besoin de lui. Lui ordonner d'entreprendre quelque chose, le menacer de non-assistance à personne en danger s'il continue à recouvrir les églises ou à disparaître dans la nature avec son chien.

— Je vais demander à Louise de venir à ton chevet. Et je vais chercher Thomas.

Christopher ferme les yeux.

— Vite, s'il te plaît.

Quelques minutes plus tard, Louise est là, assise à côté du lit, rassurante comme une grand-mère qui veille un enfant malade. Elle a préparé une tisane que Christopher boit à petites gorgées. Grace est partie au pas de course sur le chemin de la chapelle. Louise lui a expliqué où se situe la ferme des Jouaneau, où se trouve Thomas. La vue de la chapelle ramène Grace quelques heures en arrière. D'un coup d'œil, elle vérifie que personne n'est grimpé sur la toiture. La grande bâche est en place, recouverte d'une poudrée blanche qui laisse par endroits apparaître le bleu de la toile. L'échelle est toujours là.

Le chemin continue au-delà du parvis et se glisse entre les blocs cyclopéens d'un éboulis rocheux. Au pied de l'arête s'étend une lande, dans un fond de tourbière bordée de part et d'autre de forêts dans lesquelles la tempête a laissé son sillage dévastateur. Grace marche une dizaine de minutes avant que le sentier ne remonte à flanc de colline. Il fait froid. L'air glacé coupe dans la poitrine. L'élégante joggeuse de Central Park ne retrouve pas ses sensations à courir ainsi, tenaillée par l'angoisse, des bottes en caoutchouc aux pieds, emmitouflée dans un duffle-coat lourd comme une cotte de mailles. Elle s'essouffle.

Une première maison apparaît, entièrement décoiffée. C'est une petite ferme en rez-de-chaussée, à la façade de granit appareillée tournée au sud. La maisonnette aurait l'air charmant d'une chaumière si la toiture n'en avait été arrachée et fracassée au sol. Grace devine qu'il s'agit de la maison de Louise. Une centaine de mètres en arrière s'élève une grosse bâtisse, elle aussi endommagée. Grace entend le ronflement d'un moteur. Elle avance. Devant des étables à la charpente effondrée, elle aperçoit Thomas qui guide la manœuvre d'un homme perché sur un tracteur tirant le cadavre d'une vache. Une dizaine d'autres bêtes gisent dans la cour.

Grace observe la scène. Une femme sort de la ferme, deux enfants sur les talons, se dirige vers Thomas qu'elle embrasse. Un des gosses, le plus jeune, saute au cou du colosse qui le prend dans ses bras. Grace n'en revient pas. Découvrir que le coin est habité lui procure une véritable joie. Le ronflement du diesel lui redonne espoir. Ici, au moins, il se passe quelque chose.

Un jappement et Miranda qui accourt. Grace ne recule pas. Elle n'a pas envie de fuir comme la toute première fois où elle avait peur du gros chien. C'était il y a longtemps. C'était hier. Elle tend les mains en avant pour parer les coups de langue. Le griffon aboie gaiement. Thomas se retourne. Il abandonne le chantier macabre et vient vers elle.

8.

— Que se passe-t-il ? demande Thomas.

— Christopher ! Il va mal. Brusquement.

— Brusquement ?

Grace hoche la tête.

Thomas ne comprend pas et se tait. L'homme juché sur le tracteur a sauté de son siège et marche vers eux, accompagné de sa femme et des deux enfants. Grace interroge Thomas du regard.

— Ce sont des voisins, des amis. Je les aide.

Alors que les autres sont encore trop éloignés pour entendre, il ajoute :

— Ils ont été lourdement éprouvés l'autre nuit.

Robert Jouaneau s'avance vers Grace et lui tend la main. C'est un homme maigre, petit, la trentaine, tout en nerfs, les cheveux bruns et le teint mat.

— Thomas nous a dit ce qui vous est arrivé, dit Robert. Vous avez eu de la chance.

Grace acquiesce. Elle redécouvre le plaisir de s'adresser à des inconnus.

— Bonjour, lance-t-elle à l'adresse de l'épouse de Robert, restée deux pas en arrière, entre ses gosses.

— Éva, lance la jeune femme.

— Grace. Grace Dempsey.

Éva ressemble à ces jeunes femmes qui vivent dans

les ranchs. Des jeans rentrés dans des bottes de caoutchouc, un blouson doublé et un air de courage discret, qui confère à son visage coiffé d'un bonnet de laine douceur et sûreté. Une paire de petites lunettes rondes, posées sur le nez court, ajoutent au charme discret de la jeune femme. Elle donne au couple cette évidence qui trahit une entente profonde.

— Amélie et Michel, poursuit Éva, une main sur l'épaule de chacun des gosses.

— Bonjour, les enfants, dit Grace avec un sourire crispé.

Grace indique la cour de la ferme.

— Il y a une route goudronnée qui mène chez vous. Ne pourrait-on pas évacuer mon mari par là ?

C'est Robert qui répond. Ici, il est chez lui.

— La route est coupée sur plus d'un kilomètre. Il faudra deux ou trois jours pour dégager le passage d'une voiture.

— Le téléphone ?

— Plus rien ne fonctionne, répond Éva.

Ils demeurent silencieux. Grace perçoit peu à peu le chagrin que Robert et Éva essaient de dissimuler. Elle imagine que le couple exploitait la forêt. L'ouragan a probablement ruiné des années d'effort et un équilibre économique fragile. Peut-être va-t-il même falloir quitter cette ferme, abandonner une vie qu'ils semblent avoir choisie. Elle jette un coup d'œil furtif à Thomas. La peine se lit aussi sur son visage.

— Il faut oublier l'idée de le sortir par là, ajoute Robert. C'est un vrai massacre.

Grace ne répond pas. Elle détourne les yeux vers Éva qui fixe ses bottes vert bouteille.

Grace avance sur le chemin de la ferme à la tour carrée. Thomas marche à son côté. Robert suit, quelques pas en arrière. Tous trois se taisent. Leur souffle se perd dans l'air glacé. Il fait froid mais la neige a cessé de tomber. Un muret de pierres sèches longe le chemin, mangé d'herbes et de fougères brûlées par le gel. Une brume grise rôde dans la vallée, accentuant la mouvance des points de repère. Soudain, Thomas s'arrête. Il saisit le bras de Grace.

— Là-bas...

À trois cents mètres, sur l'autre berge du ruisseau, dans l'ocre de la lisière, Grace distingue une forme rousse. D'un coup de reins, la biche s'élance et disparaît derrière les arbres abattus.

Le trio reprend sa marche silencieuse. Bientôt, le clocher-mur de la chapelle se détache de l'arête rocheuse sur un ciel marine. La perspective a quelque chose de familier à Grace et la rassure. Quelques minutes plus tard, ils arrivent à la ferme. Grace presse le pas. Elle grimpe l'escalier à la course et pousse la porte de la chambre.

Louise est au fond de la pièce, penchée sur la cheminée dont elle tisonne les brandons. Christopher se tourne vers Grace. La souffrance marque son visage.

— Alors ? demande-t-il.

Grace saisit ses mains brûlantes. Elle cherche que répondre lorsque la silhouette de Thomas s'encadre dans la porte.

— Je vais passer par la forêt et ramener des secours, dit-il. Laissez-moi dix minutes. Je vous promets de partir.

— Fais attention ! dit Louise qui se relève en prenant appui sur le linteau de la cheminée. Surtout, fais bien attention. Il n'y a rien de plus méchant que ces arbres blessés.

— Merci, dit Grace.

Grace quitte le chevet de Christopher et rejoint Thomas dans la cuisine. En entrant, elle le voit porter un verre de vin à ses lèvres. Grace est intimidée. Elle se sent coupable de quelque chose, de s'y être mal prise depuis le début. Thomas n'est pas de ceux que l'on peut brusquer en usant d'autorité. Mais depuis longtemps, Grace ne sait plus sur quel mode s'adresser à ceux qui ne dépendent pas d'elle. Elle en est consciente, trop intelligente pour l'ignorer.

Elle s'approche. Le rouleau à pâtisserie de Louise est là, abandonné sur un torchon à carreaux couvert de farine. À côté, des pommes finement tranchées sont restées près d'une plaque de beurre. Devant le four de la cuisinière, Miranda somnole, les yeux mi-clos, bercée par l'odeur d'un civet qui mijote dans une cocotte en fonte. Thomas regarde la jeune femme s'avancer vers lui. Il repose son verre. C'est un moment particulier. Ils le savent.

— Merci pour les bottes...

Grace lit sur le visage de Thomas une expression indéchiffrable.

— Soyez prudent tout de même, ajoute-t-elle.

Il sourit et se ressert un verre, l'avale d'un trait. Grace observe sa gorge mal rasée, ses traits habités par une barbarie qu'elle devine ne pas être de la grossièreté, et qui lui fait horreur tout en accaparant son attention.

— J'aurais dû le faire dès hier après-midi. J'ai eu tort.

Il a parlé posément, le visage tourné vers la lumière blafarde de la fenêtre.

— Non ! Hier, Chris allait mieux...

Il hoche la tête sans répondre.

Un quart d'heure plus tard, Thomas revient de la grange, une hache à la main. Grace, qui l'attend sur le pas de la porte, le sent tendu. Elle a en mémoire sa réflexion, hier matin, quand il lui a fait remarquer qu'elle avait eu beaucoup de chance de parvenir à gagner la lisière sans accident.

Ils sont là, sur le point de se séparer, lorsqu'ils aperçoivent Robert qui franchit le petit pont au pas de charge.

— Je lui ai demandé de passer voir Albert, dit Thomas, intrigué.

— Albert ! crie Robert.

Le fermier tend le bras vers le village fantôme.

— Je l'ai trouvé dans son verger. Mort !

Il s'interrompt pour reprendre son souffle.

— Il a voulu scier un pommier tombé contre son mur. Il le savait pourtant que ces arbres sous pression sont dangereux.

— Il faut y aller ! dit aussitôt Thomas. De toute façon, j'avais prévu de partir par là.

— Je vais avec vous !

Grace se demande ce qui lui a pris. Elle aurait dû rester au chevet de Christopher plutôt que de suivre Thomas et Robert. À présent, revenir sur sa décision est impossible, elle perdrait la face et cela, elle ne le veut pas. Après tout, la fin d'Albert ne la concerne pas. C'est son mari qui lui importe. Et au travers de Christopher, sa propre existence. Grace n'a pas l'habitude de se soucier des autres à moins que ceux-ci ne se trouvent directement dans le champ de ses intérêts. Non qu'elle soit insensible. Tout au contraire, elle se souvient à quel point, enfant, le sort de ses camarades lui importait lorsqu'un malheur les touchait. Mais il lui a fallu se durcir, gagner en indifférence. Elle a acquis un certain cynisme. Souvent, au terme des procès qu'elle soutient, elle se retrouve face à des hommes et des femmes qu'elle a sciemment ruinés. Ils ne sont pas davantage malhonnêtes que ses clients, et parfois même un peu moins. Elle peut affronter leur regard sans ciller. Elle a mis des années pour en arriver là. Elle n'aimerait pas que l'on puisse imaginer qu'elle est sentimentale. Il lui semblerait perdre là une part essentielle de sa légitimité. C'est dire qu'à propos d'Albert elle n'éprouve rien, aucun sentiment, aucune peine à savoir disparu ce vieux fou rencontré dans des circonstances rocambolesques. N'était-il pas terriblement âgé, mal en point ? Et si bizarre. Peut-être, alors, le désir d'approcher un mort pour se sentir plus vivante.

Robert et Thomas marchent vite. Grace peine à les suivre. Depuis l'accident, cette campagne française qui, derrière les vitres de la voiture de location, lui paraissait confinée, dérisoire de proportions au regard des horizons américains, semble s'être étendue. Se déplacer à pied agrandit l'espace. Même l'allée de chênes aux ramures entrelacées s'est allongée. Tout au bout, son regard se porte sur la trouée plus claire et le dessin de la croix à l'entrée du village fantôme, comme une mire au bout d'un tunnel. L'approche du lieu lui laisse une sensation étrange, ce même doute éprouvé la veille lorsqu'elle cherchait du secours. Ici, la réalité est moins flagrante. Il flotte une ambiguïté sur le décor de ces façades. Les arêtes des murs ne sont pas tirées au cordeau. Une brume mange les contours des formes, induisant une incertitude. Et même la croix, si tangible, taillée dans un granit si rugueux, concrète en somme, a l'air d'un mirage.

Grace se retourne. Miranda a retrouvé leur trace. Le griffon arrive en trottant et vient se frotter contre la jambe de la jeune femme, qui laisse sa main courir dans la bourre de poils rêches et mouillés.

— Il faut faire le tour, dit Robert à voix basse.

Grace les suit le long du pignon de la maison d'Albert. Un petit verger bien exposé, aujourd'hui anéanti, s'abritait contre la partie arrière de la bâtisse. Tout d'abord Grace ne voit rien qu'un gros arbre, presque noir, affalé sur le mur et bloquant une porte. Et puis, elle distingue la tache rouge de la tronçonneuse. Déjà, Robert et Thomas enjambent les branchages. Grace demeure en retrait. Son corps lui dicte de rester là. Tout à coup, elle n'a plus envie de voir ce que les deux hommes à genoux contemplent, ce spectacle immobile qui leur courbe l'échine comme s'ils priaient dans l'ombre du pommier meurtrier. Elle ne désire plus avancer. Elle bute devant cet ultime obstacle. Elle n'a plus de curiosité, plus de désir d'indiscrétion. Plus rien. Elle est désemparée.

Là-bas, à dix mètres, Robert et Thomas la regardent en parlant à voix basse. Grace lutte. Elle aimerait s'asseoir, fermer les yeux, oublier tout ce qui lui est arrivé depuis l'accident. Elle refuse de se laisser submerger par le doute. Depuis la tempête, quelque chose se détraque en elle. Des certitudes filent, sur lesquelles elle s'appuyait en toute conscience, sans se poser de questions. Des idées simples, des convictions s'effilochent, se détournent, se retournent. Grace s'accroche à l'idée que bientôt, dans quelques heures, elle sera loin.

Les deux hommes marchent vers elle. Tout, dans leur attitude, évoque l'acceptation, leurs épaules basses, leur nuque ployée. Ils portent sur eux une douceur qu'ils n'avaient pas avant. Au fond, Grace est heureuse qu'ils soient là. Elle n'aurait pas voulu être la première à découvrir Albert.

— On va le conduire dans sa maison, dit Thomas. Il nous faut une couverture pour le transporter.

Grace comprend qu'il lui faut réagir, ne pas laisser Thomas renouer avec sa logique qui lui fait préférer couvrir la toiture d'une église plutôt que de sauver des touristes naufragés de la route. Elle se cabre à l'idée qu'il puisse encore atermoyer.

— Nous n'allons pas toucher au corps ! Quand les secours vont arriver, ils feront les constats d'usage. C'est aux professionnels...

— Nous n'allons pas abandonner Albert dans son verger.

Cet homme la désoriente. Grace insiste :

— Vous n'avez pas le droit de toucher à ce cadavre. C'est aux flics de s'en occuper.

— Nous ne sommes pas aux États-Unis, Grace. Il faut admettre.

Gêné par la tournure de la conversation, Robert est reparti vers le lieu de l'accident. Grace le suit du coin de l'œil. Le mari d'Éva, muni de la hache de Thomas, émonde les branches qui barrent l'accès.

— Je sais pertinemment où je me trouve ! Et puisque nous y sommes, je vous interdis de m'appeler Grace. Je n'ai pas l'intention de poursuivre avec vous une relation que je suis bien obligée de qualifier de difficile, de conflictuelle. Et de décevante.

Elle s'arrête sur le terme. Avec ce plaisir que procure le mot juste lorsqu'il est venu aux lèvres.

— Nous allons nous occuper d'Albert, madame Dempsey. Tout mort mérite que les vivants honorent sa dépouille.

— Vous cherchez un prétexte pour tergiverser !

— La mort n'est pas un prétexte.

Il ne cédera pas. Alors, elle change brusquement de stratégie. Elle sait faire, c'est son métier. Au fond, une seule chose lui importe, que ce type parte chercher de l'aide.

— Calmons-nous, murmure-t-elle. Calmons-nous. Je

suis prête à entendre ce que vous me dites. Je vous propose un *deal*. Un arrangement, se reprend-elle.

De l'impatience passe dans les yeux bleus. Thomas se tourne vers Robert qui, avec les gestes lents de ceux qui savent, dégage les principales branches du pommier. À présent, Grace peut apercevoir la forme allongée dans l'herbe.

— Robert et moi, nous nous occupons de tout. Vous nous dites ce que vous voulez que nous fassions du cadavre et nous le faisons. Et pendant ce temps, vous partez chercher des secours...

Le terme de *cadavre* a blessé Thomas. Robert revient vers eux.

— C'est d'accord, dit Thomas.

Ils conviennent de ramener le corps d'Albert dans sa maison. En attendant... Cette attente évoque des événements imprécis, car aucun des trois n'imagine clairement comment les secours vont récupérer le couple d'Américains. Au moment où Thomas prend la direction de la forêt, Grace lui dit :

— Je compte sur vous pour que vous insistiez sur l'état de mon mari. Il est gravement blessé.

Thomas se tait. Ses silences exaspèrent Grace. Il est vraiment impossible de partager quoi que ce soit avec ce type, songe-t-elle. Ses priorités relèvent d'une autre logique, vaguement archaïque, rustique, animiste peut-être. Communiste qui sait ? Grace insiste :

— Nous sommes américains. Nos droits en tant qu'étrangers doivent être scrupuleusement respectés. Exigez un hélicoptère.

— Je ferai au mieux.

— Le mieux ne suffit pas !

— Mais revenez donc sur terre ! Regardez autour de vous ! Croyez-vous que, sur le Plateau, il suffise de claquer des doigts pour que surgisse un médecin ?

Nous sommes loin de l'hôpital le plus proche, madame Dempsey.

— Les distances ne comptent pas quand on a la volonté d'aboutir et de sauver une vie.

Grace voit Thomas pâlir. Un instant elle a l'impression qu'il va la frapper. Et puis, l'homme reprend barre sur lui.

— Vous n'êtes pas les seuls dans l'ennui, dit-il sur un ton glacé. Des centaines, des milliers d'autres le sont aussi.

— Je n'aime pas votre manière de tout mélanger pour vous défiler !

— Et moi, je n'aime pas votre arrogance et votre manque de compassion.

Thomas tourne les talons, la laissant muette. Gêné, Robert tousse pour s'éclaircir la voix. Là-bas, à la sortie du village, ils aperçoivent bientôt la haute stature de Thomas qui s'en va. Le fer de sa hache brille sur son épaule comme une main d'acier posée près de sa nuque.

Grace et Robert reviennent dans la maison d'Albert. La pièce commune, en rez-de-chaussée, est dans un état de désordre et de saleté qui renvoie Grace à l'idée d'un squat. Ils finissent par dénicher un plaid sur lequel dormaient des chats. Dans le verger, Robert déploie la couverture dans l'herbe gelée et y dépose Albert. Grace s'efforce de supporter la vue du corps mutilé par une plaie dans la poitrine, dont elle ne parvient pas à savoir si elle est due à une branche ou à la lame de la tronçonneuse. Le casque de motocycliste, qui suggère un accident de la route, ajoute à l'étrange.

— Tant que nous sommes sur l'herbe, nous allons le faire glisser, propose Robert. Après, nous prendrons chacun un bout.

— D'accord, répond Grace.

— Placez votre main comme cela, entortillez le tissu autour de votre poignet.

Les craintes de Grace de ne pouvoir soulever le cadavre sont sans raison. Albert est aussi léger qu'un enfant de dix ans.

Ils sont dans la salle commune. Au fond, dans la pénombre glacée, Albert repose sur son lit. Robert a croisé les mains sur la poitrine. Il a ôté les bottes, puis les a remises parce que Albert était pieds nus. Un drap, le seul qu'ils ont trouvé dans la maisonnette, recouvre ce corps malmené par la vie et la vieillesse, sale, contrefait, blessé et soudain impressionnant. La découverte de tant d'abandon laisse Grace nauséeuse. Elle n'a pas souvent l'occasion de croiser des vieilles gens et probablement fait-elle tout pour les éviter. Les personnes âgées qu'elle connaît sont impeccables, les dents blanches, la peau tendue, le port altier, arrogantes comme au temps de la splendeur de leur jeune âge. Elles ont le bon goût de disparaître avant que tout se dégrade de manière trop évidente.

— Je vais demander à Éva de faire sa toilette, murmure Robert debout contre le lit. Je lui laisse le casque. La bride sous le menton empêchera la bouche de s'ouvrir.

La tête de Grace bourdonne. Une pâleur proche de celle d'Albert irise son visage. Elle a froid et se tient au rouleau du lit. Soudain, elle demande d'une voix défaite :

— Vous y croyez, vous, Robert ?...

Elle n'en dit pas davantage. D'ailleurs, il ne répond pas.

Robert raccompagne Grace à la ferme à la tour carrée. Après avoir salué Louise, il part rejoindre Éva. Aux quelques mots échangés, Grace comprend que la traite des vaches, sans électricité, est devenue un travail harassant. En le voyant redescendre vers le petit pont, d'une démarche pressée, Louise dit :

— Ils ont bien du courage, ces deux-là.

La remarque cingle Grace. Aux États-Unis aussi, chacun fait preuve de courage et survivre là-bas est probablement plus difficile que de vivoter ici. Et puis, soudain elle se calme. Ce qui se passe là ne la concerne plus. Elle a hâte de retrouver Christopher. Que tout finisse. Le froid la pénètre à cœur. Malgré le duffle-coat de Thomas, elle ne parvient plus à se réchauffer. Dans les bottes, ses pieds sont de glace. Ce paysage désolé, ces arbres brisés, ces poteaux téléphoniques cassés, cette campagne rugueuse la dépriment. Jusqu'au murmure du ruisseau qui participe à l'impression non plus d'avoir froid, mais d'être froide. Elle rêve à New York, tout illuminée de néons, prise dans les embouteillages. Elle voudrait se fondre à la foule qui se bouscule sur les artères. Ici, c'est l'envers du monde. À la lumière, la chaleur, la promiscuité, le bruit, cette campagne renvoie l'obscurité, le glacial, l'isolement et le silence du vide. À présent que Grace sait qu'elle va partir, c'est cela qui lui pèse.

Christopher ne dort pas. Son visage est calme. Il souffre, sa jambe est gonflée, mais la douleur, maintenant qu'il est rassuré sur l'imminence des secours, devient supportable. Grace s'assoit à côté de lui. Tout le matin, Louise a entretenu le feu dans la cheminée, poussant la sollicitude jusqu'à monter une brassée de bûches. Le thermomètre accroché au mur indique dix degrés.

Grace décide de taire la mort d'Albert. Elle n'aime pas mentir à Christopher, et d'ailleurs cela n'arrive jamais que pour des choses sans importance, des affaires domestiques, avec la seule intention de simplifier la vie. Christopher n'a pas posé de question sur son absence. Leurs temps diffèrent. Elle a évoqué l'image saisissante de Robert tirant les cadavres de ses vaches écrasées par l'écroulement des étables. Elle parle d'Éva, des deux gosses. De Louise. Christopher écoute, et son silence entretient le flot de paroles de Grace.

La pendule sonne onze heures. Des bruits dans la cuisine, l'impression d'être assiégés dans la vaste demeure pétrifiée par le gel. Régulièrement, Grace se lève et va alimenter le feu. Elle tisonne les braises avec cette brutalité observée chez Louise. Mais elle y met plus de colère que de savoir. Au fond, elle aimerait quitter cette chambre et descendre s'asseoir près de la cuisinière. Se réchauffer. L'odeur du civet, en traversant l'entrée, l'a chavirée. Elle a faim. Elle serait même prête à manger de ce fromage fermenté, jeté hier au soir dans les flammes avec un dégoût qui depuis l'a abandonnée.

— Je me demande où nous allons être transférés...

Debout devant la fenêtre, Grace a parlé d'une voix monocorde. Elle songe à Genève. Elle fera tout pour être présente aux négociations. Rien ne lui est plus odieux que l'idée de jouer la chaise vide dès lors qu'elle s'est engagée professionnellement. C'est élémentaire mais elle y tient absolument. C'est sur ce genre de principe simple que repose l'idée qu'elle se fait de la vie.

Christopher parle :

— Louise est une femme sympathique, tu ne trouves pas ?

— Si.

— Nous avons eu le temps de bavarder. Elle voue à ce Thomas une estime sans faille.

Grace pince les lèvres. Pour quelle raison Christopher ramène-t-il la conversation sur leur hôte ? Grace n'aime pas le sentiment de son mari qui croit lire en elle. Elle sait qu'il demeure dans sa personnalité une part inaccessible à Christopher. Comme à elle-même.

— Tu pourrais concevoir de vivre ici ? demande-t-il soudain.

Grace sursaute.

— Comment ça, *vivre ici* ?

— Je veux dire à demeure. Pour toujours. Disons, pour longtemps...

Elle le regarde avec étonnement.

— Certes non !

Christopher reste impavide. Elle sait que, sous le masque, il sourit. La douleur ne lui a pas ôté le goût de jouer.

— Moi, je trouve qu'il se dégage une certaine authenticité du lieu, poursuit-il. Et même des personnes. Une authenticité mélancolique.

— Une authenticité ? Toi, l'homme le plus raffiné, le plus cultivé que je connaisse, tu deviens sensible à l'authenticité ?

— Je ne suis pas insensible à la mélancolie. C'est une forme supérieure de la conscience.

Elle s'approche du pied du lit. Elle le domine.

— Nous sommes tous authentiques, Chris. Je ne vois pas ce que tu veux dire.

— Nos racines sont là, Grace, dans le vieux monde. Ne ressens-tu pas, dans ces murs et ces paysages, les fondations de notre culture ?

Elle secoue la tête. L'absurde des suggestions de Christopher lui fait oublier le froid qui tétanise son corps.

— Rien ne m'attache ici, Chris. Notre présence est

le fruit d'un accident. Ce coin de terre m'est plus étranger qu'un arpent de Mars.

— Au moins, là, nous ne souffrons pas de cet ennui qui fait notre vie, rétorque Christopher.

Grace comprend.

— Là ou ailleurs, nous sommes entièrement responsables des désillusions que nous fabriquons, répond-elle au bord des larmes.

Ils sont là, en lisière du gouffre. Elle aurait aimé ne pas évoquer dans ces conditions le spectre de leur mésentente. Mais, après tout, c'est lui qui a rompu la trêve. Depuis longtemps déjà, ils savent être arrivés au bout de quelque chose. Cette conviction, Grace en est intimement persuadée, c'est Christopher qui l'éprouve le plus fortement. Malgré leur différence d'âge. Malgré ce que l'on pourrait croire en voyant les années qui les séparent. Qu'ont-ils fait de leur vie commune ? Grace s'est construite, sous les yeux de Christopher et grâce à lui. Mais qu'ont-ils atteint, de vraiment important, au-delà de la réussite et de l'argent ? Le refus de Christopher d'être père témoigne d'un échec. Cette fin de non-recevoir a marqué le début de leur éloignement. Elle était prête pour cet enfant, prête à sacrifier une part essentielle de sa réussite professionnelle, ce pour quoi elle avait tant bataillé. Christopher, si souvent lâche par commodité, cette fois n'a pas cédé d'un pouce. Et par désir de poursuivre une relation qu'elle ne concevait pas de briser, Grace s'est accommodée du déni de son mari.

C'était il y a six ans. Après la crise, Grace s'est engagée encore plus fort dans son travail. Elle a progressé, conquis la confiance de ses patrons au point de devenir le numéro trois de la boîte. Elle est irremplaçable, elle le sait. Mais quelque chose s'est brisé en elle, qu'elle ne veut toujours pas voir. Son expérience l'a confortée dans la conviction qu'il est impossible de ne vivre que dans la jouissance du système. Elle n'ignore pas l'idée terriblement datée, une idée comme aurait pu en avoir son père. Elle n'y peut rien. Grace sait à présent qu'il est illusoire de vouloir être son propre ciel.

— Notre escapade amoureuse en France n'a pas tourné comme nous l'espérions, dit Christopher.

— Comment espérais-tu qu'elle tournerait ?

Il contemple la cheminée et tarde à répondre.

— Je l'ignore, Grace. J'espérais que nous nous rapprocherions.

— Je crois, au contraire, que nous avons vécu des moments très forts ensemble, dit-elle. Je me suis battue pour te sortir de là, tu sais.

— Je le sais...

— Je me suis fait du souci pour toi, depuis que nous avons repris connaissance dans la forêt.

Il hoche la tête.

Grace contourne le pied du lit et vient contre Christopher. Elle l'enlace et pose son visage contre sa poitrine, passe les mains dans ses cheveux. Lui, presse le duffle-coat sous lequel il sent palpiter le corps de la jeune femme. C'est un moment suspendu.

À l'heure du déjeuner, Grace descend chercher le repas de Christopher. Un rituel se met en place ; Louise, maîtresse à la cuisine, le blessé dans sa chambre et Grace faisant des allers et retours entre ces deux pôles. Les deux femmes n'ont pas envie de parler. Elles vont directement aux choses. Grace a décidé que Christopher devait peu manger dans la perspective d'une anesthésie. Louise n'a pas réagi. Elle attend un événement. Le souvenir de sa maison l'assombrit.

— Une tempête, c'est comme une inondation, dit-elle au moment d'ouvrir la porte à Grace, qui repart avec le plateau dans les bras. Mais c'est le ciel qui se déverse dans le grenier au lieu de l'eau qui monte dans la cave. C'est une inondation quand même.

Grace fait les cent pas dans la chambre, s'arrête devant la fenêtre, part se réchauffer vers la cheminée. Christopher s'est assoupi. Il est trois heures et déjà une pénombre insidieuse gagne la campagne. Dans deux heures, il fera nuit. Grace doute de l'efficacité de Thomas à chercher les secours. C'est un doute qui la tenaille depuis le début, dès le premier instant de leur rencontre. Il est évident que leur présence dérange le mode de vie routinier du célibataire. Car Grace a décidé que Thomas était célibataire. Elle a un faisceau de raisons pour le croire, en dehors même du fait qu'il ne porte pas d'alliance. Malgré cela, elle pense qu'il retarde sciemment le moment de leur départ. Elle en ignore la raison. Mais elle le sent.

Elle passe devant la fenêtre, lorsqu'elle aperçoit Thomas qui remonte vers la ferme. Le fait qu'il soit seul lui apparaît comme un aveu d'échec. Elle se précipite au rez-de-chaussée.

— Alors ?

Il est de dos, dans l'entrée, en train de quitter ses bottes et d'enfiler des pantoufles.

— Je vous ai posé une question ! s'insurge Grace, qui trouve qu'il tarde à répondre.

— C'est fait.

— Qu'est-ce qui est fait ?

Thomas passe dans la cuisine, se dirige vers la cuisinière et soulève le couvercle du faitout. Son couvert l'attend. Louise lui verse un verre de vin.

— Comment est la forêt, mon grand ? demande-t-elle.

— Ce n'est pas beau à voir, Louise.

— Mon Dieu...

Distraite par l'incantation de Louise, Grace se tait. Thomas s'assoit. Il lève les yeux vers Grace.

— Les secours vont arriver.

— Quand ?

— Très bientôt. C'est une question d'heures.

— Aujourd'hui ?

Il opine. Un soulagement immense passe sur Grace. Elle va quitter cet enfer, repasser du Moyen Âge au présent, remonter à la surface, oublier. Elle n'a pas de vœu plus cher. Déjà, sans qu'elle en ait conscience, elle se prépare aux négociations à Genève. Elle sera à son meilleur niveau, elle en est certaine.

Elle le laisse avaler ses premières bouchées sous les yeux bienveillants de Louise. Maintenant, il peut prendre son temps, il ne parviendra plus à la rendre folle. Il ne compte plus. Il n'a plus d'importance.

— Un hélicoptère ?

Il hoche la tête. Après une marche de cinq heures dans une forêt transformée en mikado sournois, il est épuisé.

— J'ai eu la chance de rencontrer des militaires dans les bois de Massoubre.

Il jette un coup d'œil à Louise, à qui s'adresse la précision.

— Si loin ! Ils ne sont pas près de venir manger mon civet.

— Des légionnaires, dit Thomas. Ils travaillaient avec des types de l'EDF. Quand je suis arrivé, ils portaient à l'épaule un poteau en ciment... Même les engins du génie ne peuvent pas passer.

Là, Thomas se tait. Il est secrètement ému par l'élan de solidarité.

— Ils m'ont donné ça, ajoute-t-il en ressortant de ses grandes poches une pleine poignée de bougies.

— C'est pas bon signe ! s'esclaffe Louise. On ne va pas regarder la télé de sitôt.

Thomas se tourne vers Grace.

— Leur capitaine avait la radio. Il a contacté la cellule de crise à la préfecture, l'antenne médicale. Je lui ai précisé l'emplacement. Un hélicoptère va arriver.

La jeune femme se détend. Le monde reprend de sa cohérence. Il y est question de technologie, d'organisation, de solidarité à l'échelle nationale, de soutien militaire...

— Vous croyez qu'il va tarder ?

— Qui ça ?

— L'hélicoptère !

— Non. Avant la nuit. Les pilotes n'arrêtent pas de tourner, vous savez.

Grace monte annoncer la bonne nouvelle à Christopher. Sur le palier du premier, elle réalise qu'elle n'a pas remercié Thomas. Tant pis, trop tard. À l'occasion. Lorsqu'elle sera sur le point de grimper dans l'appareil, elle pourra lui dire quelques mots. Finalement, il leur a rendu des services. Elle n'aimerait tout de même pas qu'ils se quittent fâchés. Une fois à New York, ils lui écriront.

À peine dans la chambre, elle perçoit une rumeur lointaine. Le bruit enfle régulièrement, jusqu'à devenir un grondement assourdissant qui se répercute dans les pentes.

— L'hélicoptère ! hurle Grace.

Christopher prononce une phrase que Grace ne parvient pas à lire sur ses lèvres.

Le vacarme est tel qu'ils ne parlent plus. Grace a ouvert la fenêtre et agite les bras. L'appareil est en vol stationnaire, mais la configuration du terrain ne lui permet pas de se poser en façade. Le pilote tente alors l'atterrissage à l'arrière de la ferme, entre l'écurie et la grange. Deux hommes en blouse blanche sautent de l'habitacle et s'en éloignent, pliés en avant. Les pales tournent au ralenti, le grondement des turbines est insupportable. Leur ronflement est une musique aux oreilles de Grace. Son histoire reprend le cours d'une continuité interrompue. Ses yeux contemplent des images familières. Ce ne sont pas des *Marines* qui exfiltrent deux des leurs, prisonniers dans la jungle, mais aux yeux de Grace, ça y ressemble. Des hommes, qui lui rappellent son père, descendent du ciel dans un bruit d'enfer. Grace se reprend à exister.

On frappe à la porte de la chambre.

— Entrez ! s'écrie-t-elle.

9.

Le médecin procède aux premiers soins. Il sangle la jambe de Christopher dans une gouttière, lui administre un sédatif, le réconforte. Grace reste à l'écart, rassurée par le professionnalisme de l'homme qu'elle ne trouve guère différent d'un urgentiste américain. Avec l'aide de Thomas, Christopher est descendu en civière au rez-de chaussée.

Au moment de fermer la porte de la chambre, Grace jette un dernier coup d'œil à la pièce. Elle aimerait pouvoir oublier le temps passé ici, à peine quelques heures. Et pourtant une pointe de mélancolie la traverse comme à chaque fois que l'on quitte le lieu d'une épreuve dont on a triomphé. Elle s'attarde sur la cheminée, le papier à fleurs, les boiseries, l'homme-debout et cette vue sur le vallon par les deux fenêtres à petits carreaux. Il s'est passé ici des choses fortes.

Dans l'entrée, elle retire les bottes vert bouteille et enfile ses escarpins. Les chaussures sont ruinées, le cuir gorgé d'humidité glacée s'est raidi, une des lanières est rompue. Qu'importe. Elle pose le duffle-coat de Thomas sous lequel elle avait conservé son manteau. Elle grelotte, mais l'abandon de la défroque lui redonne courage. Elle redevient femme.

Sur le point de franchir le seuil, elle aperçoit Louise au fond de la cuisine.

— Je pars, Louise.

Les yeux de la vieille femme sont brillants.

— Je vous remercie, ajoute Grace.

Louise acquiesce.

— Vous savez, nous vous regretterons, dit-elle.

Grace a l'impression d'avoir mal entendu. Qui pourrait la regretter ici ? Elle s'est montrée si exigeante, si distante, si odieuse parfois ? Troublée, elle tend la main. Louise s'en saisit de ses doigts rugueux et chauds.

Lorsqu'elle arrive sur l'esplanade derrière la ferme à la tour carrée, le brancard vient d'être hissé à l'intérieur de la cellule de l'hélicoptère. À demi courbée sous le souffle des pales, Grace s'avance vers le médecin qui s'entretient avec Thomas. Le pilote est à ses commandes. L'autre passager, un infirmier, est assis au côté de Christopher.

— Où est-ce que je m'assois ? hurle Grace.

L'homme la dévisage sans comprendre.

— Il n'a pas été prévu de vous ramener avec votre mari, madame, répond-il. Il n'y a pas de place pour vous dans l'hélicoptère.

— C'est impossible ! Je dois partir avec mon mari. C'était convenu.

Ils crient. Les phrases s'envolent, ils n'en perçoivent que des bribes.

— Nous ne savions pas que vous étiez blessée. Cela ne nous a pas été communiqué.

— Je ne suis pas à proprement parler blessée. Mais je dois partir avec mon mari.

— Désolé, répond le médecin. On nous a demandé d'intervenir sur un blessé. On ne nous a jamais précisé qu'il y avait une autre personne avec lui. C'est hors de question, je vous l'assure. Pour des raisons de sécurité de vol. Navré.

Le jeune docteur jette un coup d'œil vers le pilote. Celui-ci lui indique sa montre pour le rappeler aux obligations qui les attendent. Avec une vivacité à laquelle il ne s'attendait pas, Grace se saisit du revers de sa blouse.

— Emmenez-moi ! Je ne veux pas rester ici ! C'est impossible, vous comprenez ?

Elle est sur le point d'ajouter « je suis en danger », mais elle se tait. Il opine. Cette jolie femme dominatrice l'impressionne. Il sent en elle une telle volonté, une telle force.

— Si nous avions été prévenus de votre présence, à la rigueur, nous serions venus sans l'infirmier. Mais...

— Vous ne comprenez pas ! Nous sommes américains ! Téléphonez à mon ambassade !

— Nous sommes contraints de partir, madame.

— Utilisez la radio de votre hélico ! Je vous l'ordonne !

— Cela ne changerait rien. Mais soyez tranquillisée. Votre mari va être dirigé sur le CHU de Limoges. Sa cheville sera parfaitement opérée. Quant à vous, des équipes sont en marche. Elles ne devraient pas tarder à dégager les routes...

Il se veut rassurant, mais on sent qu'il souhaite décoller au plus vite. À présent, cette scène l'ennuie. Les menaces l'indiffèrent. Depuis hier matin, il tourne sans interruption sur le département. Le confort matrimonial d'un couple de riches touristes en d'autres circonstances aurait pu l'intéresser. Mais pas aujourd'hui, au milieu de ce désastre. Il desserre les mains de Grace agrippées à son revers.

— Puis-je au moins vous demander d'alerter les autorités. Qu'un hélicoptère revienne me chercher ?

La demande frappe l'urgentiste par son incongruité.

— Certainement, madame. Mais je doute que cela aboutisse. Tous nos moyens aériens sont mobilisés pour porter secours aux personnes ou aider à la réalimentation en électricité.

— Mon mari vous indiquera nos qualités. Prévenez l'ambassade !

Le médecin monte dans l'appareil qui s'élève dans un déchirement assourdissant. Un instant, Grace espère que Christopher va lever une main vers elle. Elle n'a pas eu le temps de lui dire au revoir. Au milieu de cette cour boueuse balayée par les pales, en escarpins noirs et manteau Gucci, elle se sent abandonnée, ridicule, revenue à la case départ. Elle en veut à Christopher de s'être ainsi défilé, la laissant en rade, seule ici.

Soudain elle se met à crier en agitant les bras :

— Et le cadavre ? Il y a un cadavre à emporter. On ne peut pas le garder, c'est trop grave ! Revenez chercher le mort !

L'hélicoptère disparaît derrière un mamelon. Le bruit de ses turbines se dilue dans le silence. Grace et Thomas n'ont pas bougé. Elle grelotte.

— C'est vous ! Hein ? C'est vous qui avez manigancé pour qu'ils partent sans moi !

Face à Thomas, Grace incarne la colère. Il ne lui fait pas peur. D'ailleurs, il ne lui a jamais fait peur. En une seule occasion peut-être, derrière la maison d'Albert lorsqu'elle a cru qu'il allait la frapper.

— Vous avez volontairement oublié de mentionner que nous étions deux pour m'obliger à rester. Vous ne leur avez pas signalé le corps d'Albert. Vous avez menti. Vous êtes un salaud !

Elle se jette sur lui et tambourine à coups de poing contre sa poitrine. Hurler, cogner pour échapper à la folie.

— Je vous déteste ! Je porterai plainte. Vous ne vous en tirerez pas comme ça !

Il ne dit rien. Il encaisse ses coups dérisoires. Il est penché comme s'il inspirait le parfum de sa chevelure. Il sait qu'elle a froid.

— Je n'y suis pour rien. Ils n'ont que trois places dans ces hélicoptères, en plus du brancard. C'est aussi simple que ça, dit-il d'une voix détachée.

— Je ne vous crois pas, espèce de salaud !

Grace sent deux bras qui enveloppent ses épaules et la pressent. L'idée la traverse que, pour une fois, elle pourrait se laisser aller, admettre l'inadmissible, cesser de lutter, se rendre, se reposer... Thomas la serre contre lui. Elle cesse de se battre, de se débattre. La colère la quitte. Et pour la seconde fois devant cet homme, elle s'abandonne à ce qui lui fait le plus horreur et que Christopher même n'a jamais vu d'elle. Elle pleure, le visage barbouillé de larmes frottées à la toile rêche d'une vieille canadienne râpée.

Grace s'écarte de lui. Elle essuie ses joues du plat de la main, évite son regard qu'elle devine tout aussi embarrassé. Elle a toujours froid et pourtant, elle va mieux. Elle est calme. Elle pense toujours que Thomas a sciemment oublié de la mentionner aux sauveteurs, qu'il n'a pas signalé la présence d'Albert, dont le transport du corps à la morgue aurait nécessité une seconde rotation. Elle ne sait pas pourquoi il agit ainsi. C'est tellement invraisemblable.

Silencieux, ils redescendent vers la tour carrée, contournent le tilleul. Il est quatre heures trente et la faible lumière d'hiver décline déjà. Dans l'entrée, gisent les bottes vert bouteille et le duffle-coat de Thomas. Les yeux de Grace glissent sur ces dépouilles. Elle monte dans la chambre où se meurt le feu dans la cheminée.

Grace est debout devant la fenêtre, le regard perdu sur le vallon. À ses oreilles roule encore le bruit assourdissant des turbines confondu à celui de la tempête, blessure persistante faite à son silence intérieur. On frappe à la porte. Grace n'a pas envie de répondre. Elle est là, tout en étant au côté de Christopher dans l'hélicoptère, sans désirer participer à la vie d'ici. Elle fait le deuil de son départ. Qu'on la laisse en paix. La porte grince. Grace se retourne. C'est Louise. Grace dévisage la vieille femme, trop indulgente avec Thomas pour ne pas être sa complice.

— Regardez ce que je vous apporte.

Louise tient une brassée de vêtements.

— Il faut vous changer, ma petite Grace, si vous voulez résister au froid. Votre tailleur serré, c'est rien du tout pour ici.

Louise dépose le linge sur l'édredon. Des chandails, des pantalons de velours, des chaussettes de laine...

— Cela vient d'où ? demande Grace.

— N'ayez pas peur. C'est lavé, repassé, pour ainsi dire neuf. Je peux vous assurer que c'est propre.

— La femme de Thomas ? suggère Grace.

Elle regarde Louise dans les yeux.

— Les bottes aussi étaient à elle ?

Louise acquiesce.

— Elle est partie. Des années, qu'elle est partie.

— C'est lui ?

Louise ne comprend pas.

— C'est lui qui vous a demandé de m'apporter ces vêtements ?

— Il ne pouvait pas le faire lui-même. Qu'est-ce qu'on aurait pensé ?

Grace hésite. L'idée la tente de quitter son tailleur, son chemisier en soie et ses bas pour ces vêtements de campagne. Mais elle la repousse encore. Qu'est-ce qui lui prouve qu'on ne lui tend pas un piège ? Derrière chaque acte, même d'apparence amicale, peut se dissimuler une embûche. La générosité n'est souvent qu'un appât. Des années d'expérience comme avocate lui ont enseigné cette vérité élémentaire. Peut-être même cette idée est-elle sienne depuis toujours. Grace est de nature méfiante. Sa mère, en l'abandonnant toute petite pour aller vivre avec un homme en Floride, lui a appris l'essentiel de ce qu'elle sait, ces quelques principes rudimentaires qui permettent de survivre en toute circonstance.

— Je me doute de ce que vous pensez, dit Louise. Mais, je vous en prie, ma petite. Pour Thomas, c'est du passé. Ça n'a plus d'importance. Ce ne sont plus que des gilets et des pantalons. Rien d'autre. Croyez une vieille femme.

Grace ne sait quelle décision prendre. Elle se demande ce que Christopher lui conseillerait. La réponse est évidente. Christopher incarne la fluidité. Il s'épargne, n'affronte jamais les obstacles comme Grace. Il tergiverse, pirouette, se faufile, esquive avec élégance. Il a toujours su, avec science, éviter les sujets qui bouleversent. Christopher est taillé pour le bonheur. C'est peut-être cela au fond qui la dérange à présent chez cet homme. Bien sûr, il l'encouragerait à enfiler ces vêtements ! Il n'hésiterait pas un instant, amusé qu'il serait même de la voir dans la peau d'une autre. Christopher est l'homme le moins jaloux que l'on puisse concevoir. Il aime le trouble. La confusion est dans la nature de son intelligence froide, si habile à rendre complexe ce qui est limpide, à multiplier les fausses pistes pour semer les évidences, à créer du compliqué pour se simplifier l'existence. Ce principe lui a réussi sur les plans professionnel et aussi personnel.

— Je vous parle comme à ma fille, ajoute Louise.

— Merci, dit Grace. C'est d'accord.

La vieille femme quitte la chambre.

— Dès que vous serez prête, descendez me rejoindre à la cuisine. Ne restez pas ici ! Et puis, il faut penser à la corvée de bois et d'eau. Cela m'arrangerait que vous vous en chargiez. La nuit tombe tôt en cette saison.

— Je vous retrouve en bas, répond Grace.

Grace enfile un pantalon de velours, un col roulé, deux gros pulls, des chaussettes qui montent sous les genoux. Elle songe aux œuvres caritatives de l'église Sainte-Agnès dans la 43e, auxquelles elle a l'habitude de faire donner les vêtements de loisir qu'elle ne porte plus. La voilà pour la première fois de sa vie dans la position de recevoir. L'idée l'intrigue. Elle enroule ses cheveux et les glisse sous un bonnet de laine. Il ne lui manque que des gants.

Elle descend à la cuisine mais, au moment de pousser la porte, elle marque un temps d'hésitation. Un filet de voix chantonne une mélopée douce, comme les berceuses que l'on murmure à l'oreille des enfants. Louise est seule, c'est ce qui importe à Grace.

La vieille femme est devant la fenêtre et repasse à la faible lueur du jour finissant. La scène suggère à Grace que l'électricité est revenue. Sa main court au long du mur avec une vivacité qui en dit long sur son désir de lumière. Cela fait deux jours qu'elle est ici et elle ne peut toujours pas entrer dans une pièce sans que ses doigts ne saisissent le bouton de porcelaine de l'interrupteur. Il lui suffit de sentir le froid du métal pour comprendre qu'elle s'est laissé prendre une fois de plus. Elle retire prestement la main du commutateur comme un voleur démasqué. Elle ne s'est toujours pas résignée à l'ombre.

— C'est très bien ! s'exclame Louise. Vous me faisiez porter peine avec vos beaux vêtements des villes.

— Ça va mieux, vous aviez raison. Quel froid tout de même !

— Le thermomètre dans l'entrée marque six degrés.

Louise repose le fer sur sa cuisinière. C'est un vieux modèle en fonte que Thomas a trouvé dans le grenier.

— J'utilise une pattemouille. Avant d'avoir le courant à la maison, je m'y suis prise comme cela pendant des années.

Grace s'approche. Plusieurs chemises de Thomas, celles qu'elle avait aperçues empilées sur un fauteuil de la salle à manger, sont soigneusement pliées.

— Je suis certaine qu'il les porte sans les repasser, remarque Louise. Sans nous, ils sont perdus.

Grace ne répond pas.

— Prenez un bol de café, dit Louise. Servez-vous.

Comme Grace hésite, elle ajoute :

— Avec ce froid, il faut boire quelque chose de chaud, ma petite. Sinon, vous ne tiendrez pas. Vous êtes aussi mince qu'un cheveu.

Grace sourit. Jamais on ne lui a parlé sur ce ton, avec cette familiarité qui n'est pas de la désinvolture ou de la vulgarité. Elle s'approche de la cuisinière sur laquelle se dandine une cafetière.

— Les bols sont dans le bas du buffet, dit Louise tout en continuant de repasser.

Et, dans la pénombre, Grace saisit sans hésiter une jatte à motifs champêtres.

Grace est assise à côté de la table sur laquelle Louise repasse. Elle porte le café fumant à ses lèvres sans quitter des yeux les gestes vifs et précis de la vieille femme qui ruse avec la pénombre. Elles se taisent, elles sont bien. C'est un moment où il ne se passe en apparence rien, et pourtant Grace sait qu'elle n'oubliera pas ces minutes. Sa colère s'est dissoute, en même temps que le grand froid, qui la prenait au creux des reins et le long des jambes, se dissipe lentement. Louise replace le fer sur la plaque rougeoyante de la cuisinière. Elle attend, le regard posé sur le paysage en demi-jour dans l'encadrement de la fenêtre. Grace se penche alors de sa chaise, le visage tourné dans la même direction.

L'absence de Christopher donne à Grace le sentiment d'une vacance. Une sorte de lenteur s'est emparée d'elle. C'est une sensation diffuse, presque un soulagement, née moins du fait de savoir son mari pris médicalement en charge que de son éloignement. La force de Christopher est de faire pression sur les autres, sans avoir d'ailleurs à exprimer ses propres désirs ni ses volontés, par le simple agissement de sa personnalité et son pouvoir de séduction. Au nom d'une évidence selon laquelle le monde se doit de tourner autour de lui. Cette conviction, il la tient de sa mère idolâtre qui la lui a inculquée dès la petite enfance.

Grace passe distraitement les doigts sur le col encore chaud d'une chemise. À présent que voilà sauvé son mari, que reste-t-il de ses désirs à elle ? Le rejoindre ? Rallier Genève en temps voulu ? Elle ne saurait plus dire.

— Je ne vous mets pas dehors, mais il faudrait penser à la corvée de bois et d'eau, dit Louise. Le jour baisse.

— J'y vais, dit Grace, soulagée d'avoir à accomplir des gestes simples qui dénoueront l'étreinte de ses pensées.

Le duffle-coat de Thomas qui, deux jours durant, lui a donné une allure de moine portant sa bure, a disparu de l'entrée. À la place, un trench-coat à sa taille, d'une coupe anglaise classique que les années ne démodent pas. Grace l'enfile sans hésiter. Par la porte entrebâillée de la cuisine, elle aperçoit la silhouette de Louise qui a repris son repassage. Le jour décline et le gel enserre les murs de la ferme. Un froid humide s'immisce dans les pores de la peau, poisseux comme une couche de crasse.

— Prenez une lampe ! s'écrie la vieille femme sans s'interrompre.

Après avoir fait deux chargements de bois dans une brouette, Grace termine la corvée d'eau. Dans le vallon, le versant opposé jette une ombre glacée sur le ruisseau. Un seau clapotant contre chaque jambe, la jeune femme s'arrête au pied de la tour carrée pour reprendre son souffle et frotter ses mains malmenées par les anses. Derrière les fenêtres de la cuisine, vacille le halo dérisoire de la lampe à pétrole que Louise a allumée pour poursuivre son travail. Ce point de lumière est le seul dans la combe déserte, sous un ciel sans étoiles. La clarté jaune qui lèche les carreaux suggère à Grace une confusion de sentiments. Les ruissellements de lumière de Manhattan sont si loin, à l'exact opposé de cette lueur chiche des premiers temps. Et pourtant l'envie de rentrer dans cette bâtisse vieille de plusieurs siècles, de s'y précipiter pour fuir les maléfices de la nuit et les siens propres, de se réchauffer à la cuisinière de Louise. Comme un désir primitif.

Alors qu'elle contourne le tilleul, Grace est intriguée par un feu follet qui remonte du petit pont. Une silhouette se dessine bientôt, mangée par le crépuscule.

— C'est moi, Éva ! annonce une voix.

— Entrez, dit Grace en poussant la lourde porte de la ferme à la tour carrée.

Dès qu'elle la voit, Louise s'avance vers Éva et l'embrasse. La jeune femme dépose un sac sur la table.

— Je suis passée chez vous, Louise. J'ai pensé que vous auriez besoin de linge.

— Tu es gentille ! Je n'osais pas le demander à Thomas. Toujours à courir. Je ne l'ai pas revu depuis que l'hélicoptère est parti.

— On l'a entendu de chez nous. Les enfants voulaient à tout prix venir le voir.

Elle se tourne vers Grace et dit :

— Ça va mieux, maintenant que vous le savez dans de bonnes mains.

Elle a dit ça comme une évidence et, d'ailleurs, elle n'attend pas de réponse. Grace acquiesce. Louise et Éva se sont rapprochées de la cuisinière. Grace reste en retrait près de la pile de chemises repassées. Elle observe la femme de Robert et retrouve intacte sa première impression. Loyauté est le mot qui lui vient de nouveau à l'esprit, comme lorsqu'elle a vu, dans la cour de sa ferme ravagée par la tempête, cette jeune femme aux traits d'une pâleur accentuée par le rouge des pommettes. Éva suggère, par sa discrète manière d'être, le pari un peu fou de se présenter aux autres telle qu'elle est. Grace connaît ce genre de personne. Peut-être même a-t-elle été ainsi, il y a longtemps. Cela ne signifie pas qu'il n'y ait pas en Éva des zones d'ombre. On les sent affleurer, profondes, car cette jeune femme blonde aux cheveux bouclés et aux petites lunettes d'intellectuelle n'est pas simple. Mais elle avance sans armure, à visage découvert, animée par une force à laquelle l'acceptation de l'idée de ce qu'elle est donne une apparence paisible. Grace comprend cela, elle si peu encline à prêter le flanc, à recevoir des blessures. Si prompte à en infliger.

— Ça sent bon, dit Éva.

— La soupe, répond Louise. Le secret du soir, une bonne soupe.

— Robert préfère la vôtre à celle que je fais, commente Éva. Mais je n'ai pas le temps. Ni votre tour de main.

— Ah çà !

L'épuisement et les soucis qui durcissaient les traits d'Éva se dissipent. La vie à la ferme est devenue difficile. Robert passe son temps dans les étables où tout pose problème faute d'un groupe électrogène. L'engin cristallise toutes les espérances. Un jour, lorsque tout sera redevenu normal, ils en achèteront un, c'est sûr. Le soir tombe si vite en hiver. L'absence d'électricité est une malédiction. La trayeuse électrique est hors service. Robert et Éva doivent traire à la main un lait que, faute de pouvoir conserver, ils sont contraints de jeter.

— Les bêtes ne sont plus habituées. C'est dangereux.

Elle ajoute :

— Thomas vient bien nous aider. Mais ce n'est pas facile pour lui.

Elle sourit. Elle redevient alors une jeune femme espiègle, un instant libérée de cette catastrophe qui a détruit sa ferme, tué ses bêtes, brisé la forêt et une partie de son rêve de travailler et de vivre décemment au pays.

Grace s'approche. Elle aimerait se joindre à ces propos de femmes. Elle a du mal, ne sachant par où attraper une phrase pour s'en saisir et entamer le partage des mots qui précède celui des idées. Elle ne veut surtout rien brusquer. D'ailleurs, en toute autre circonstance, elle aurait fui ces bavardages, ces commérages comme elle les aurait nommés. En ce sens, elle est très masculine, Grace. Elle ne conçoit les conversations, même les plus anodines, que comme des duels, à la rigueur à fleuret moucheté. Une surveillance de chaque instant, un contrôle sévère de soi comme des autres, pas d'épanchement, jamais ou alors feint, toujours des arrière-pensées. Au cours d'un hiver, alors qu'elle était étudiante, Grace a nourri un vieux chat roux à moitié sauvage qui s'abritait sous le porche d'un garage, en face de la fenêtre de sa chambre. Elle avait remarqué à quel point l'animal ne s'abandonnait jamais totalement au sommeil par crainte d'être surpris. Le repos lui était interdit. C'est cela, la vie de Grace et de tous ses semblables. Elle ne sait pas perdre son temps à tisser des riens avec des mots. C'est un art ancien et désuet qui n'a plus cours et qui s'est probablement perdu. Elle n'a peut-être jamais su. C'est si dur de vivre là d'où elle vient, si fort aussi.

— Vous en mangez de la soupe, chez vous aux Amériques ? demande Louise.

Grace est surprise.

— Bien sûr, Louise...

Éva s'est tournée vers Grace. Son regard observe la silhouette que ses vêtements, bien que superposés, livrent davantage. Un peu d'admiration passe dans son regard devant cette femme plus grande, plus sûre d'elle, aux traits émaciés et réguliers, tellement plus riche aussi. Non pas de l'envie, ce n'est pas son genre. Mais une petite lueur allumée dans les yeux, et qui trahit aussi la surprise de voir Grace vêtue avec les habits de l'épouse de Thomas.

Grace a l'intuition qu'Éva veut lui dire quelque chose à ce sujet. Et puis, la femme de Robert tend les mains vers la cuisinière et déclare :

— Chez nous, nous dormons tous dans la même pièce pour avoir moins froid.

— Et comment ils faisaient les anciens ? s'exclame Louise. Dans le même lit, tiens !

Et leurs voix disent autre chose tout en disant cela. Louise et Éva sourient. Contrainte, Grace les imite.

Il fait nuit. Éva doit porter à Thomas un rouleau de ce plastique noir dont on recouvre les silos. Elle explique :

— Thomas est retourné chez Albert. Il ne pouvait pas le laisser seul. Il y a les bêtes.

— Les bêtes ? demande Grace.

— Robert a ramené le chien de chasse à la ferme. Mais les chats...

Grace devine que se rendre au village fantôme est une astreinte supplémentaire pour Éva qui est préoccupée par tout ce qui l'attend à la maison, les enfants qu'il faut mettre au lit dès la nuit tombée parce que, sans la télévision, ils ne savent pas s'occuper, ni jouer seuls aux cartes ni même lire près de la lampe à pétrole. Elle songe au dîner à préparer dans la pénombre, aux mille tâches simples devenues fastidieuses faute de courant, à l'usure des gestes dans l'obscurité qui érode les forces. Avec, en fond sonore, le bourdonnement obsessionnel du tracteur que Robert a avancé dans l'étable pour y travailler à la lumière des phares.

— Je vais le lui porter, dit Grace.

Louise marque un signe imperceptible de surprise.

— C'est à moi de le faire, dit Éva.

— Vous craignez que je n'y arrive pas ? demande Grace. Je connais le chemin.

— Non, ce n'est pas ça. Mais j'avais promis à Thomas, c'est tout.

Un silence, et Grace qui reprend :

— Eh bien ! à la place d'Éva, ce sera Grace. La nuit

ne me fait pas peur, vous savez. Ni le froid, maintenant que je suis correctement vêtue.

Elle sait qu'elle en fait trop. Mais c'est ainsi. Elle a été entraînée à ce roulement de mots, d'idées, cet art tauromachique de la conversation, de l'autodérision qui n'en est pas et qui dissimule toujours des allusions tranchantes. Elle est comme tous ceux qui travaillent avec elle, un peu convulsive, un peu surmenée. Oui, c'est cela, elle agit comme ces gens qui n'ont connu que le surmenage pendant des années. S'arrêter, s'immobiliser leur est devenu impossible. Sans mouvement, ils craignent mourir. Ils ne croient plus suffisamment en eux pour paresser.

Éva s'est levée. Elle montre un rouleau de plastique noir.

— Je pense qu'il y en a assez.

À présent, elle est pressée de repartir chez elle. Louise s'écrie :

— Tu ne vas pas t'en aller comme ça ! J'ai quelque chose pour toi.

La vieille femme découpe la moitié de la tarte aux pommes qui attend sur le coin de la cuisinière. Elle ajoute du civet de midi. Ses portions sont énormes, défiant tous les préceptes que Grace, très sourcilleuse en matière de diététique, a toujours mis en vigueur. Éva proteste un peu mais ses dénégations relèvent d'un rituel. La jeune femme est secrètement heureuse de rapporter à la maison ce qu'elle n'a pas pu, faute de temps, préparer pour les siens.

— Un congélateur à vider. Et nous qui ne sommes que trois...

Les phrases de Louise sont piégeuses. Grace ne réagit pas.

— Nous mourrons peut-être d'ennui si l'électricité

ne revient pas, poursuit la vieille femme. Mais pas de faim !

En un tour de main, Louise fourre dans les bras d'Éva ces extra emballés à la hâte dans des boîtes en plastique.

— Rentre vite chez toi, dit-elle en l'embrassant. Demain matin, je passerai à la maison. Est-ce que ta lampe éclaire encore ?

— Merci, Louise.

— Tu sais, si mes vieilles mains en avaient encore la force, j'irais les traire avec toi, tes vaches. Mais les rhumatismes... Des matins, c'est à peine si je peux mettre mes peignes dans mes cheveux.

— Je sais, Louise.

Éva embrasse la vieille femme. Elle est maintenant face à Grace. Elle s'avance et l'embrasse aussi.

Après le départ d'Éva, Louise a préparé pour Grace une lampe tempête qui empeste le pétrole et dont la flamme noircit le globe de verre. Au moment de franchir le pont, le froid du ruisseau enveloppe la jeune femme qui remonte le col de son trench-coat. Elle scrute le sol, avance avec prudence. Le silence a la profondeur d'un deuil. Le vent s'est tu. Aucun cri, aucun craquement, un vide dans lequel elle se laisse emporter avec légèreté.

À l'entrée de la grande allée de chênes, Grace s'arrête et observe la ferme à la tour carrée. À force de fouiller la nuit, elle découvre une tache jaune qui trahit l'une des fenêtres de la cuisine. Ses yeux s'accrochent à cette lueur. Elle imagine les allées et venues de Louise dans la pièce. Elle est aux aguets. Ses pupilles sont dilatées, et la masse compacte des bâtiments lui apparaît. Grace frissonne. Elle songe de nouveau aux cataractes de lumière qui coulent des gratte-ciel, là où la nuit est plus insolente que le jour.

Dans l'allée, règne une obscurité profonde. Grace avance, le cœur battant, les nerfs tendus, prête à s'enfuir n'importe où. La sensation d'être guettée lui brûle la nuque. C'est une impression désagréable qui ne l'avait pas touchée au cours de la nuit de l'accident. Peut-être était-ce la présence de Christopher prisonnier de la voiture qui lui avait épargné cette angoisse. Peut-être le désordre était-il trop grand autour d'elle pour qu'il pût lui arriver quoi que ce soit d'autre.

Grace marche d'un pas soutenu. Elle devine les premières maisons du village fantôme à leurs façades gris clair, et passe à côté de la croix sans la voir. Soudain, le souffle d'un animal.

— Miranda ! Tu m'as entendue, murmure Grace aussitôt rassurée.

Devant la porte ouverte d'Albert, le petit cheval de Thomas attelé à sa carriole attend dans le froid. Une lumière dérisoire brille à l'intérieur de la masure d'où proviennent des coups de marteau, des coups puissants, précis, rageurs avec un fond de gaieté sous l'impact. Grace reconnaît cette manière de frapper. Depuis le matin où elle a entendu cette musique sur le toit d'une église, elle ne l'a pas oubliée.

Elle sourit. Miranda lève vers elle sa tête hirsute et s'élance dans la maison.

10.

— C'est toi, Miranda ? Dehors, le chien !

Thomas est penché sur une grande caisse posée sur deux tréteaux de fortune. À côté, une lampe tempête semblable à celle que tient Grace éclaire ses gestes. Au fond de la pièce, le corps d'Albert est étendu sur son lit, une bougie placée dans un verre à son chevet. Il flotte dans la salle commune glacée une odeur aigre.

Grace reste sur le seuil. Thomas se retourne.

— C'est vous ? dit-il.

— Éva est rentrée chez elle. Ses enfants l'attendaient.

Il hoche la tête. Son regard file sur le rouleau qu'elle tient à la main.

— Vous avez pensé à apporter le plastique.

— Je suis venue pour cela. Tenez.

Ils ne savent que dire. Elle s'approche.

— C'est pour tapisser l'intérieur ?

Il acquiesce.

— Comment avez-vous trouvé un cercueil ici ? Vous ne l'avez pas fabriqué, tout de même ?

— Une maie.

La manière de Thomas de retenir les mots, de ne lâcher que des bribes, d'user des temps morts, insupporte Grace. Elle préfère les emportements aux silences.

— Une quoi ?

— Une maie. Un coffre qu'on trouve dans toutes les fermes, par ici. Albert y mettait son pain, quelques bouteilles, des conserves...

Grace s'approche. Elle remarque de la sciure à l'aplomb de chaque angle. Thomas a coupé les pieds du meuble. Lorsqu'elle est arrivée, il clouait sur le couvercle une croix faite de deux branches grossièrement entaillées.

— C'est assez long ? demande Grace.

— La maie est grande et Albert était petit.

Elle opine. La voilà rassurée, le vieil homme ne passera pas l'éternité les genoux relevés. Elle soulève le couvercle. Une odeur de farine, de pain moisi et de saucisson lui monte en plein visage.

Grace ne dit rien. Il y a quelques heures, à peine une journée, elle se serait emportée contre une réalité impossible à admettre. Taire la mort d'Albert aux autorités pour le placer dans un garde-manger ! Mais elle sait que Thomas ne changera pas d'idée. Elle croise son regard avec l'impression qu'il a suivi le fil de sa pensée.

— Albert n'a jamais quitté son village. Ce n'était pas pour le laisser s'envoler dans un hélicoptère et finir dans une morgue. Il n'en aurait pas voulu de ce premier et dernier voyage.

Grace retient les paroles dures qui lui viennent à l'esprit. Elle veut comprendre.

— Il vous avait parlé des dispositions à adopter à son décès ?

— Sa place est dans le petit cimetière, à côté de l'église. Il l'a toujours dit.

— Le cimetière abandonné.

— Un cimetière n'est jamais abandonné.

— Pourquoi vous mettre hors la loi ?

Thomas ne répond pas. Il se saisit du rouleau de toile plastifiée.

— Lorsque je suis arrivé au pays, Albert m'a accueilli avec gentillesse. Ça, je ne l'oublierai jamais.

Grace s'approche et retient le film de plastique que Thomas a dévidé. À l'aide d'un couteau sorti de sa poche, il coupe la surface nécessaire pour recouvrir le fond et les parois de la maie.

— Quand êtes-vous arrivé au pays ?

— Tirez bien, s'il vous plaît. Je vais mettre quelques pointes.

— Je croyais que vous aviez toujours vécu ici, insiste Grace.

Thomas enfonce des pointes de tapissier qui maintiennent en place ce qui doit tenir lieu de capiton.

— Non.

Grace lève les yeux au plafond. Elle devrait en rester là, ne pas forcer Thomas à parler. Elle sait qu'elle n'a pas le droit d'agir ainsi. Et pourtant, elle poursuit :

— Albert vous a bien accueilli, m'avez-vous dit. Vous étiez jeune ?

Thomas pose son marteau. Il fixe Grace dans les yeux.

— Pourquoi êtes-vous comme cela ?

— Pourquoi je suis comment ? répond-elle d'une voix blanche.

— Pourquoi ne restez-vous pas à votre place ? Pourquoi ne respectez-vous pas les autres ? Où que vous alliez, je suis sûr que vous n'abandonnez jamais cette attitude impérieuse.

— Je suppose que pour vous les femmes doivent rester à leur place dans la cuisine et dans votre lit quand le besoin s'en fait sentir ! C'est là votre conception ?

— Vous arrivez de nulle part et tout doit soudain s'organiser autour de vous. En avez-vous seulement conscience ? reprend-il d'une voix où perce la lassitude.

— De nulle part ?

Elle suffoque de colère :

— Demander à être secourue, c'est vous déranger ? Ça, je l'ai compris tout de suite. La vie de mon mari ne valait pas que vous descendiez du toit de votre chapelle. Et d'ailleurs, que faites-vous donc qui justifie qu'on ne vous dérange pas ? Je vous observe depuis deux jours et je ne vous ai jamais vu travailler. Rien du tout. C'est même extraordinaire, quand j'y pense. Vous êtes le type le plus inactif que j'aie jamais rencontré. Je cherche, je ne trouve pas. Peut-être le clochard, en bas de chez moi. Mais non, lui, encore, il attend que je passe pour me taxer et il fait l'effort de venir jusqu'à moi...

Elle est furieuse.

— C'est facile pour vous de rester à la campagne ! Mais qu'est-ce que vous croyez, mon vieux ? C'est à la ville que tout se joue ! Avez-vous jamais eu l'idée de vous affronter à la ville ? Avez-vous jamais eu ce courage ? J'en doute.

— De quel droit venez-vous bouleverser ma vie, Grace Dempsey ?

Elle pâlit.

— Bouleverser votre vie ! Mais vous êtes fou ! Vous êtes en train de me dire que je bouleverse votre vie. Vous êtes tombé sur la tête.

Elle jette le rouleau dans la maie et prend la direction de la porte.

— Bouleverser votre vie ! J'aurai tout entendu.

Elle est sur le seuil quand elle se sent saisie par le bras. Son corps est arrêté net dans son désir de partir. C'est la deuxième fois que cela lui arrive. Une force, à laquelle elle ne peut résister, la frappe d'immobilité.

— Vous allez rester et m'aider à terminer ce travail. Nous avons un devoir envers un mort.

— Lâchez-moi !

— Vous allez rester.

— Lâchez-moi.

— Je vous demande de rester pour m'aider.

Il a desserré son étau. Elle s'écarte de lui. Elle est humiliée mais nullement effrayée. Thomas reprend :

— J'ai besoin de vous pour terminer ce que j'ai entrepris. Après, vous ferez ce que vous voudrez.

Il détourne les yeux et ajoute :

— Je vous en prie.

Grace est livide. Elle regarde la place du village fantôme. Devant elle, le petit cheval entravé à un anneau scellé dans le mur mâche son mors. Là-bas, la silhouette grise de Miranda sort d'une grange où elle est allée visiter des nids de poules. La nuit est profonde. Malgré ses vêtements chauds, le froid gagne de nouveau le corps de Grace. Seule la marque des doigts de Thomas sur son bras a laissé la trace d'un anneau de feu sur sa peau conquise par le gel.

— C'est d'accord, dit-elle. Mais ne recommencez jamais ça.

— Merci.

Dans un dernier effort, Grace et Thomas hissent la maie sur le plateau de la carriole. Ils ont œuvré en silence, surmontant leur peur, leurs répugnances, l'effroi contenu devant un tel mystère. Dans le cercueil enfariné, ils ont placé une Bible, car telle était la volonté d'Albert. Au moment de clouer le couvercle, Grace a aperçu une photographie sur un vaisselier, la seule image dans la pièce hormis celle du calendrier des postes près de l'entrée. Thomas a dit qu'il s'agissait d'un portrait des parents d'Albert, pris dans les années trente. Grace a glissé le cliché dans les pages de la Bible.

Sur le point de refermer la porte, Thomas a soufflé la bougie qui se consumait au chevet du mort.

— Je la rallumerai dans l'église. Il lui reste une heure à brûler. Après...

Grace a la gorge serrée. L'épuisement tire ses traits. De la disparition de son père, elle n'a guère de souvenirs, le corps étant déjà mis en bière, escamoté, lorsqu'elle était arrivée au petit jour à l'hôpital. Cela peut paraître étonnant, mais Albert est le premier mort qu'elle accompagne au seuil où s'arrêtent les vivants. Jusqu'alors, elle n'a fait que suivre des limousines noires et signer des registres au sortir de cimetières beaux comme des parcours de golf. Le vieux fou au casque de motocycliste vient de prendre une place dans sa vie.

Elle grimpe sur le siège de la carriole. Les essieux craquent. L'odeur de cuir des harnais brise cette impression de suavité écœurante qui régnait à l'intérieur de la maison. Derrière elle, Thomas referme la porte. Il n'y a pas de clef. Qui, sur le plateau, voudrait profaner la masure d'Albert livrée pour toujours aux ombres et aux souvenirs ?

Thomas rejoint Grace sur le siège. Il saisit les rênes et Fandango commence à manœuvrer, sans qu'aucun ordre lui soit donné. Miranda trotte au nez de l'attelage, sans japper. Pour économiser le pétrole, Thomas éteint sa lampe tempête, laissant seulement allumée celle de Grace. Le tintement des sabots résonne contre les façades vides du village fantôme puis, dès après la croix, se perd dans l'allée de chênes. Sous les portes pourries des granges, les chats d'Albert regardent s'éloigner le convoi funèbre.

À l'embranchement qui mène à l'église, avant le petit pont, Thomas arrête l'attelage.

— Vous devriez rentrer, à présent. Il fait trop froid. Je terminerai seul.

Il ajoute :

— Je vous remercie.

Elle tarde à répondre. Une lassitude profonde l'a gagnée, si différente des fatigues ordinaires.

— Je continue.

Thomas insiste.

— Vous m'avez beaucoup aidé et vous êtes fatiguée. Louise vous fera dîner. Je n'ai pas terminé. J'en ai encore pour longtemps.

— Je continue avec vous, dit-elle.

Il hoche la tête. Ils ne parlent plus jusqu'à la petite église. Leurs silences sont des môles où elle accepte l'idée de venir se reposer.

Fandango s'arrête sur le parvis de la chapelle. Ici, sur le promontoire, le froid prend durement. Thomas a sauté à bas de l'attelage et ouvre la vieille porte de chêne gris. L'intérieur de l'édifice est plus obscur que la nuit. À la faible lumière de la lanterne, Grace entrevoit, comme au fond d'une grotte, un autel en granit.

Thomas dispose en rectangle quatre prie-Dieu sur lesquels il va installer le cercueil.

— Nous allons le laisser ici. Le corps ne risque rien avec ce froid.

— Après ?

— Le prêtre de Faux-la-Montagne viendra célébrer une messe et nous l'enterrerons.

— Pour la déclaration de décès ?

— Robert est premier adjoint de la commune. Il certifiera ce qui s'est passé.

Ils portent le cercueil et le déposent sur les chaises

basses. Thomas sort de sa poche la bougie rapportée de la maison d'Albert. Grace l'allume. Une lampe tempête est restée posée sur les dalles du parvis, éclairant le poitrail du petit cheval. Les yeux de Grace s'attardent sur cette image comme si elle doutait de sa réalité. C'est si loin, New York. Dans deux jours, c'est l'an 2000. Ici, il fait si sombre que chaque geste coûte en imagination.

— Venez, je vais vous montrer quelque chose, dit Thomas.

Grace le suit jusqu'au mur de l'église tourné vers l'orient. Thomas hisse sa lampe à hauteur des yeux et la déplace lentement le long de la paroi.

— Alors ?

— C'est magnifique...

Il dévisage la jeune femme comme pour s'assurer qu'elle ne se moque pas. Puis il ajoute :

— Vous comprenez pourquoi ?

Elle hoche la tête.

— Je comprends, dit-elle à voix basse.

Il repasse la lanterne au long de la fresque aux teintes ocre.

— Treizième siècle. Milieu XIIIe, pour être précis. L'une des plus belles d'Occitanie. Ici, perdue au milieu de rien.

— L'Occitanie ?

Thomas cherche une explication.

— La France du Sud...

Elle opine.

— Enregistrée à l'inventaire national. La manière de représenter saint Roch est d'une facture qui renvoie à des fresques exceptionnelles, trouvées en Italie. Un trésor.

La lampe de Thomas s'attarde sur des détails, s'arrête sur une infiltration venue du toit. Grace est attentive. Un doute naît en elle. Non que cet homme l'intéresse, et, d'ailleurs, qu'ont-ils de commun qu'ils pourraient partager ? Mais il la déroute. Elle est troublée de l'entendre parler de cette peinture comme un amoureux. Son rapport à la beauté n'est pas livresque, contrairement à celui que Christopher entretient avec l'art. Christopher est un esthète, encombré par une culture immense qui dépasse ses capacités à s'émouvoir. Les mots de Thomas disent une relation plus simple, plus directe. Plus charnelle. Une passion lestée du poids d'un malheur.

— Finalement, votre bâche les a sauvées, dit Grace.

Il se crispe. Il ne répond pas et s'en retourne vers le cercueil, la laissant dans la pénombre.

— Je voulais dire que, grâce à vos précautions, cette merveille est sauve.

— Ce n'est pas moi qui l'ai sauvée, répond-il. Cette fresque est là depuis sept siècles. Sa survie ne peut dépendre d'un homme ni même de plusieurs. C'est à elle-même qu'elle doit son salut.

— Et comment une chose inerte, fût-elle belle, pourrait-elle se sauver ?

— En suscitant la passion.

La ferme à la tour carrée est en vue. L'attelage franchit le pont et monte la côte qui mène à la bâtisse. Les fenêtres de la cuisine brillent d'une lueur indistincte. Louise n'est pas couchée. Elle attend. Thomas dépose Grace devant le vieux tilleul et continue vers les écuries. En deux jours, cette carriole qui n'avait pas servi depuis trois ans lui a rendu des services inestimables.

Une nuit glacée. Éreintée de fatigue, Grace s'est laissé surprendre. Elle ne s'est pas relevée pour entretenir le feu dans la cheminée. Au matin, une presse broie son cerveau et la tire du sommeil. Trois couvertures, deux édredons, ses pulls, son pantalon et même son bonnet de laine n'y suffisent plus. Cela ressemble à une chute que rien ne peut arrêter. Tournée du côté de l'âtre, elle contemple les cendres et le faux jour qui tombe du conduit. Elle a perdu la guerre qui la maintenait pied à pied dans cette chambre. Il va falloir battre en retraite. L'idée de coucher dans la cuisine s'impose progressivement.

La jeune femme repasse en mémoire les événements de la veille. Alors que seulement deux jours pleins se sont écoulés, il lui semble avoir quitté New York depuis des semaines. Le cabinet, les collègues, et même les dossiers sensibles qu'elle ne parvenait pas à chasser de ses pensées, sont projetés dans un lointain sur lequel elle n'a pas prise. Certes, il reste la perspective de rallier Genève en temps voulu. Mais ce désir même paraît éteint.

Cet état de confusion déplaît à Grace. Cela fait des années qu'elle ne cède sur rien, sur aucun désordre. À l'intérieur, elle n'est qu'un bloc. Non seulement professionnellement, mais dans son cœur aussi. Si même elle songe à l'époque la plus exaltée de sa vie d'adulte, à ces mois qui ont précédé son mariage avec Christopher, elle a conscience d'avoir vécu un bonheur intense et pourtant contenu. Elle est allée, passionnément, vers un homme qui l'adorait sans jamais se sentir en danger. Avec le recul que donnent les années, elle se souvient avoir conservé une maîtrise sur ses élans, sur ses ardeurs, ses impulsions. Cet amour, l'unique amour de sa vie, ne lui faisait pas totalement perdre la tête. La déshérence qu'elle vit à présent, la manière dont elle se trouve entraînée loin d'elle-même, ne ressemblent à rien de ce qu'elle a connu. Grace est fascinée par ce vertige. À ses craintes de déchoir se mêle une curiosité obscure.

Emmitouflée sous les couvertures, elle tente de fixer son attention sur le sort de Christopher. Elle l'imagine dans une chambre d'hôpital, ayant fait rapidement la conquête des médecins et des infirmières. Son charme doit opérer à plein. Elle sourit. L'éloignement a bien des vertus. Ce voyage en France, imaginé pour rapetasser leur couple, les a physiquement séparés. Au matin du jeudi 30 décembre 1999, Grace rêve d'un bain chaud.

Grace descend à la cuisine. Elle approche une chaise de la cuisinière, ouvre le four, s'assied et enfourne ses pieds. Des picotements dans la voûte plantaire ramènent un peu de vie dans ses jambes glacées. Elle reste ainsi, surprise par l'absence de Louise, lorsqu'elle avise un mot posé en évidence sur la table, en équilibre sur un bol sorti pour elle. *Je suis chez moi. Je serai revenue pour faire le repas. Les légumes sont épluchés. Louise*. Un souvenir lui revient alors. Cette nuit, un corps s'est affalé dans le couloir, contre sa porte. Le bruit d'une chute, la voix de Louise. Et puis le silence. A-t-elle rêvé, Grace ?

Grace a bu un café au lait. Elle va mieux. L'idée qu'elle est seule dans la maison fait peu à peu son chemin. À part la salle à manger et la cuisine, sa chambre et la salle de bains, elle ne connaît aucune autre pièce de cette bâtisse. Les caves ne l'intéressent guère. Ni les greniers, qui doivent être, à en juger par la dimension de la toiture, considérables. Non. Ce qu'elle voudrait découvrir se trouve au premier étage.

Elle remonte par l'escalier en colimaçon et se dirige vers la tour carrée. Grace suppose depuis le début que le cœur de la maison se trouve là, que Thomas y a installé ses quartiers. Elle est consciente d'être indiscrète, ce qui n'est pas vraiment dans sa nature. Et pourtant, elle ne peut résister à la curiosité. Une porte ancienne s'encadre au bout du couloir. Par acquit de conscience et par prudence aussi, Grace frappe. Sans réponse, elle tourne la poignée et pousse... En vain. La porte est fermée à clef. De dépit, elle recommence, cette fois sans souci de discrétion. L'entrée de la tour est condamnée.

Intriguée, Grace considère le corridor. Elle a repéré la pièce occupée par Louise. C'est une chambre de dimensions modestes dans laquelle brûle une cheminée équipée d'un pare-feu. À côté, la salle de bains. Plus loin, une autre porte, là encore verrouillée. Il reste, au fond, une autre chambre assez semblable à celle de Grace et visiblement inoccupée.

La jeune femme redescend. Ces pièces interdites la déconcertent. Elle aimerait ne pas s'en soucier, ne pas même s'être mis en tête de les visiter. Mais il est trop tard. Ce ne sont pas tant les lieux qui l'intéressent que la manière dont Thomas les a aménagés. Cette idée l'exaspère. Cet homme est imprévisible. Il laisse sa ferme ouverte à tous vents. Et, à l'intérieur, il barricade certaines portes.

Grace chausse ses bottes et enfile le trench-coat avec l'intention de rejoindre Louise. Avant de partir, elle ajoute une bûche dans la cuisinière, amusée que de telles habitudes lui soient venues si rapidement. L'air piquant du matin la calme. Dehors, le froid est vif. C'est un matin d'hiver sec. De minces plaques de neige brillent dans les talus exposés au nord. Grace s'arrête sur le petit pont et regarde l'eau transparente filer sur son lit de sable. Le murmure l'apaise, évoquant des souvenirs flous teintés d'enfance.

Devant la chapelle, la mémoire de ce qu'elle a accompli cette nuit avec Thomas lui revient avec la précision des moments d'une grande intensité. La porte est entrouverte, elle entre. Sur le cercueil improvisé, un drap a été jeté. La bougie placée au pied du catafalque est éteinte. Tout au fond, les fresques sont couvertes d'une pénombre qui noie leurs ocres percées de verts et de bleus profonds.

Dix minutes plus tard, elle arrive à la maison de Louise et à la ferme des Jouaneau. Le spectacle des toitures arrachées, des lambeaux de charpente couverts de tuiles en équilibre, est saisissant. Grace imagine la désolation d'Éva et de Robert, de leurs enfants. Pour la première fois, la détresse que suggère la catastrophe s'incarne en des êtres qu'elle connaît. De la tristesse l'atteint, qui ne passe pas par son propre désarroi.

— Grace !

Louise, un balai à la main, est sur le pas de sa porte. Grace s'avance.

— Je vous embrasse, dit-elle en se penchant.

— Je ne suis pas débarbouillée !

— Moi non plus.

Elles rient.

— Quel désastre tout de même !

Grace acquiesce. Dans un potager attenant à la maisonnette gît la toiture.

— Il y a les assurances, Louise. On va vous refaire une maison toute neuve.

— Les assurances !

Quelques larmes coulent sur les joues hâlées de la vieille femme qui les essuie d'un coup de mouchoir rapide.

— Il y a plus à plaindre que nous, n'est-ce pas ?

— Oui, Louise. Beaucoup plus à plaindre.

— Vous allez repartir. Tout va rentrer dans l'ordre, pour vous.

— Je vais partir, Louise. Dès que la route est ouverte.

— Vous avez un mari, que les médecins doivent avoir remis debout. Des enfants...

— Non, Louise. Pas d'enfants.

La vieille femme jette un coup d'œil à Grace.

— Ma pauvre petite ! Mais vous êtes encore jeunette, il ne faut pas vous désespérer.

Grace se sent prise au piège à un moment où elle ne s'y attendait pas. Louise est passée de sa propre détresse à une souffrance intime de la jeune femme, avec une vivacité déconcertante.

— Je travaille beaucoup. Christopher aussi. Nos vies sont compliquées.

— Et à quoi ça sert donc de travailler si c'est pour personne ?

Grace aimerait ne pas avoir entendu. Pourquoi donc cette femme, qui ne la connaît pas, lui dit-elle des choses si terribles à entendre ?

— On travaille toujours pour quelqu'un, Louise.

Louise hausse les épaules.

— Mon défunt mari et moi, nous n'avons pas pu avoir de marmousets, ma petite Grace. Est-ce que ça venait de moi, de lui ? On n'a jamais su ni trop voulu savoir. Et pourquoi croyez-vous donc que je ne m'écroule pas en voyant ce désastre ? Hein ? Pourquoi ?

Grace ne répond pas.

— Parce que notre vie a été un bien plus grand désastre. Et que de nous, il ne va rien survivre. Pourtant nous nous aimions. Un vrai mariage de sentiment, vu qu'on n'avait rien ni l'un ni l'autre. Cette petite maison, ce jardin, c'est tout ce que nous avons pu acquérir en quarante-cinq ans de travail. Et pour qui pour quoi, mon Dieu ?

Grace lève les yeux vers le grenier à ciel ouvert. Une immense bâche noire, semblable à celle qui capitonne le cercueil d'Albert, protège les deux pièces du rez-de-chaussée.

— Dites-moi, Louise. C'était quoi le bruit, cette nuit, dans le couloir ? On aurait dit quelqu'un qui était tombé contre ma porte.

— Chacun porte sa croix, ma petite. Chacun de nous. Et seul, c'est parfois plus lourd.

Elles restent silencieuses à regarder vers la ferme.

— Ils sont là-haut ? demande Grace.

— Oui. C'est la traite. Thomas leur prête la main.

— Il sait traire ? demande Grace.

— Çà ! On voit qu'il n'a pas été élevé à la campagne. Mais enfin, il s'y est mis. Il est plein de bonne volonté, cet homme.

— Il n'a pas toujours vécu là ?

— Non, répond Louise sur la défensive.

— Hier au soir, il m'a dit qu'Albert faisait partie de ceux qui l'avaient bien accueilli, lorsqu'il est arrivé au pays. Cela fait longtemps ?

Louise marque un signe d'impatience.

— Ici, le temps... Pour nous, Thomas il est des nôtres. Qu'est-ce que le temps a à voir ?

Elle n'en dira pas plus. La curiosité de Grace n'en est que davantage piquée.

— Montez donc les voir, cela leur fera plaisir, ajoute Louise. Moi, je rassemble quelques affaires et je retourne préparer le repas.

— Dites, Louise...

La vieille femme dévisage Grace.

— Non. Rien...

Éva vient à sa rencontre.

— Bonjour. Je suis contente de vous voir. J'allais chez Thomas. J'ai des nouvelles pour vous.

— Bonjour, Éva. Quelles nouvelles ?

— Ce matin, nous écoutions la radio départementale. Nous l'écoutons beaucoup, vous savez. Tant que les piles fonctionnent. Ils donnent des nouvelles de l'avancée des réparations électriques et de la disponibilité des groupes électrogènes.

— Et vous, pourquoi n'en avez-vous pas un ?

— Il faudrait que la route soit dégagée. C'est très lourd. Dès que le chemin sera praticable, nous en aurons un qui tourne de ferme en ferme. En attendant...

Un air de tristesse passe sur le visage d'Éva. Grace se sent poussée vers cette jeune femme. Il y a en elle une sérénité, une force qui ne reposent pas sur le désir d'être la meilleure ou de devancer les autres. Éva cherche simplement à être, conformément à ses valeurs, dignement. Avec honneur, songe Grace, en employant un mot oublié de son vocabulaire qui la projette vers l'enfance, un mot que son père utilisait quelquefois.

— Les nouvelles ?

Éva sourit.

— Elles sont bonnes. Le journaliste a parlé de Christopher Dempsey. C'est votre mari, n'est-ce pas ?

Grace hoche la tête.

— Il va bien. Sa fracture à la cheville a été réduite. Il n'aura pas de séquelles et il est en convalescence au Centre hospitalier universitaire de Limoges, où il vous attend.

— Merveilleux ! s'exclame Grace, qui prend Éva dans ses bras.

— Attention, dit Éva. Je sens la bouse. On est en pleine traite.

Grace suit Éva dans les étables anciennes du XIXe, les seules à avoir résisté à la tempête. Sur le seuil, Éva pose la main sur l'avant-bras de Grace, tend l'index devant sa bouche et lui montre Thomas, assis sur un tabouret, en train de traire. Le gaillard lutte pied à pied contre la bête peu coopérante. Tantôt Thomas reçoit la queue en pleine figure, et alors il peste. Mais sans brutalité dans les mots, simplement pour montrer que, s'il n'apprécie pas, il n'en fait pas pour autant un cas de belligérance. Tantôt la vache relève la patte arrière et tente de renverser le seau. Sans jamais cesser de pousser son persécuteur. Mais là, Thomas connaît la parade. Il cale son épaule de deuxième ligne contre le ventre chaud de la vache et pousse à pleine nuque, comme à la mêlée, sans céder un pouce de terrain. Éva pouffe de rire.

— Alors, Thomas ? Tu as bientôt fini avec celle-là ? Il en reste trois qui t'attendent.

— Elle n'est pas facile. Je crois que je ne lui plais pas, répond Thomas sans se retourner.

Grace est frappée par le ton de Thomas. Détendu, presque juvénile. Elle ne l'a jamais entendu s'exprimer ainsi. Entre eux, depuis leur rencontre sur le toit de l'église, il y a toujours eu une tension. Ce n'est pas le même homme qui a répondu à Éva. C'est un homme pour quelques instants oublieux de son chagrin.

— Tu as une visite, reprend Éva.

Thomas pivote sur le tabouret. Ses yeux courent sur la silhouette en contre-jour de Grace. Dans la pénombre, il est éclairé de face. Le lumière durcit ses traits affûtés d'homme de guerre qui ne s'est pas rasé depuis quatre jours. La fatigue blanchit la peau, noircit le poil et les cheveux, fait ressortir le creux des pommettes. Une cicatrice, que Grace n'avait pas remarquée jusqu'alors, barre son arcade gauche. Ses yeux bleus s'offrent tout en cherchant à percer leur éblouissement.

— Vous nous avez trouvés, dit-il simplement.

— Bonjour, Thomas.

— Bonjour, Grace.

L'importance de l'instant n'a pas échappé à Éva qui se tait. Thomas n'a pas quitté le regard gris posé sur lui, un regard de louve qui brille dans l'encadrement de la porte. C'est alors que, d'un coup du postérieur droit, la vache renverse le seau. Une tache blanche se répand sur la paille entre les jambes de Thomas.

Grace et Thomas ont quitté Éva vers onze heures. Ils n'ont pas vu Robert, qui bat la campagne pour réparer les dégâts occasionnés à ses clôtures. Des centaines de piquets, des kilomètres de grillage seront à remplacer, brisés par les chutes d'arbres. Pour Robert, c'est un drame qui s'ajoute aux autres.

Devant l'insistance d'Éva, Thomas a donné sa première leçon de traite à Grace. Ils ont choisi une vache docile qui ne retient pas son lait et qui ne fait pas de mouvements brusques. Grace s'est assise sur un tabouret et a calé un seau entre les chevilles. Impressionnée, elle a saisi le pis et a pressé. Il ne s'est rien produit. Les doigts de Thomas ont rejoint les siens. Ils ont ri pour dissimuler leur trouble.

— Nous avons fait des progrès, dit Grace en marchant.

— Des progrès ?

— Oui. Ce matin. Je vous ai fait rire. Avouez que cela ne s'était jamais produit.

Comme Thomas ne répond pas, elle poursuit :

— J'ai plutôt eu le don de vous exaspérer depuis notre première rencontre, n'est-ce pas ?

Elle a dit *première rencontre* en détachant les mots. Elle ne voulait pas nécessairement employer cette expression mais elle lui est venue. Elle pense tout à coup s'être trop avancée. Elle est sur la défensive, Grace, car elle a acquis la conviction que Thomas n'est pas cette brute sournoise qu'elle avait vue en lui au départ. Au fond, elle n'est pas très à l'aise dans ces situations décalées, ces dialogues improbables qui cherchent leur sens en même temps qu'ils s'établissent. Cela sort de son champ de compétence. Il ne s'agit ni de lois ni de business, ni même d'un rapport intime mais routinier comme avec Christopher. Elle hésite. Elle prend conscience de sa maladresse. De son inexpérience. Elle rajeunit.

Mais elle reste sur ses gardes. Thomas se tait. Ils vont, sans précipiter l'allure. Ils ont conscience que cette marche anodine est capitale. D'un moment à l'autre, tout peut basculer. Vers quoi ? Ils ne sauraient le dire. Ils sont trop loin de leurs désirs, trop séparés d'eux-mêmes encore. Trop bruyants d'une rumeur intérieure dont ils ne peuvent se débarrasser et qui les empêche d'entendre leur propre histoire.

— Vous savez, depuis la nuit de l'accident, j'entends le grondement de la tempête. C'est un bruit que je n'oublierai pas.

Elle a parlé sans chercher à accrocher son attention, simplement pour dire, sans désir d'intéresser ou de séduire. C'est important de pouvoir énoncer des choses sans intention. Cela fait si longtemps qu'elle assigne un objet à chacune de ses phrases. Et là, avec cet homme, elle peut partager une banalité, sans souci de le savoir déjà réfléchir sur les sens cachés qu'elle dissimulerait.

— Moi aussi.

Elle sourit.

— Au début... Je dis au début, mais cela ne fait que trois jours, j'avais l'impression d'être sur une île déserte.

Entourée d'un océan de forêts brisées qui m'interdisait de fuir. Maintenant, c'est différent.

— Nous sommes pourtant séparés du monde, dit Thomas. Pour quelques heures encore.

Elle lui jette un coup d'œil. Il marche à côté d'elle sur le chemin que borde le muret de pierres sèches, à peu près à l'endroit d'où, la veille, il lui a montré le chevreuil en lisière. Mais il paraît abîmé dans des pensées sur lesquelles elle n'a pas prise. Elle ne lui pose pas de questions. Elle a compris ce qu'il voulait lui dire, hier au soir, chez Albert, même si la manière qu'il a eu de lui signifier sa colère était blessante. Elle ne recommencera pas. Il avait raison, elle a été arrogante et impérieuse dans son désir de violer l'intimité de son histoire. Souvent son père lui disait qu'il fallait respecter les autres. Il n'était que simple sergent dans les *Marines*, mais personne ne se serait avisé de le mépriser, pour la simple raison qu'il savait écouter et s'efforçait toujours de comprendre les autres. Il y avait de la compassion chez cet homme. Une véritable affection sincère pour le genre humain. Comment est-elle devenue cette femme, Grace ?

— Je vais vous dire, Thomas. Au début, cet isolement m'était odieux. Maintenant, c'est comme s'il me protégeait.

Il s'arrête et elle aussi. Ses paroles le pénètrent. Elle sent l'émotion qu'a fait naître sa phrase. C'est un moment où il ne se passe rien. Un homme et une femme vont dans un chemin râpeux qui borde une tourbière, quelque part sur le plateau. Mais c'est un moment plein, un instant en accord avec ce qu'ils pressentent que devrait être la vie.

Là-bas, au sommet de l'éboulis rocheux, ils distinguent l'éperon sur lequel se dresse la chapelle. Leurs pensées vont à Albert dans sa maie, attendant d'être béni avant qu'enterré. Il n'y a pas de tristesse en eux. Simplement de l'acceptation, qui n'est en rien de l'indifférence.

— Vous entendez ? demande Thomas.

— Non. Qu'est-ce que je devrais entendre ?

— Alors venez, dit Thomas.

Ils sont au pied de l'échelle qui est demeurée adossée au mur de l'église.

— Je monte ? demande Grace.

Il opine.

Grace escalade les barreaux avec une vivacité qu'elle n'avait pas trois jours plus tôt. Derrière elle, pour la protéger en cas de chute, l'immense présence de Thomas. Parvenu sur la toiture, il passe devant, lui tend la main.

— N'ayez pas peur. Nous allons grimper jusqu'au faîtage.

Grace saisit la main de Thomas et se laisse guider.

— Asseyez-vous à cheval sur la bâche.

— C'est beau, vu d'ici.

Ils demeurent silencieux. Un pelage roux d'herbes rêches, tacheté de plaques de neige, percé de rochers gris-bleu, leur apparaît dans toute son étendue. Loin là-bas, les eaux d'un petit étang miroitent comme un à-plat posé sur la terre. Et tout autour, déferlant de l'horizon, un océan de conifères d'un vert presque noir.

— Vous entendez à présent ?

Grace secoue la tête.

— Écoutez bien encore...

Elle les entend enfin. Elle les a tant espérées qu'à présent, elle doute. Pourtant la rumeur est aisément identifiable, ces sanglots rageurs, ces hurlements mécaniques, cette violence des chaînes qui entament le bois comme des chairs.

— Des tronçonneuses ?

Thomas hoche la tête.

— Loin ?

— Plus très loin, Grace.

Elle se mord les lèvres. La tristesse de Thomas vient de passer sur elle comme l'ombre d'un nuage.

— Je veux descendre.

11.

Ils rentrent en silence. Une des cheminées de la ferme à la tour carrée, celle de la cuisine, fume à pleine gueule dans le ciel d'hiver. Grace ne peut chasser de son esprit le souvenir des stridulations des tronçonneuses. Thomas a dit que demain soir vendredi, au plus tard samedi 1er janvier, la route sera dégagée. Elle sera libre, Grace. Elle n'a pas répondu. Après tant d'efforts pour fuir ces lieux, la tristesse qui l'assaille à l'idée de partir a quelque chose d'obscène. Et pourtant cette obscénité est devenue réalité.

Ils contournent le grand tilleul affalé sur le 4×4 de Thomas. En passant, Grace découvre une balançoire accrochée dans les branches, aux cordes emmêlées et dont le siège en bois peint repose sur le capot de la voiture. L'image s'enfouit en elle.

Quand Thomas pousse la porte de la cuisine, une odeur de fricassée arrive à plein nez.

— Je vous ai fait du veau ! dit Louise. Avec des pommes de terre rôties et des oignons.

D'un coup d'œil, Louise comprend. Elle se retire dans l'ombre des fourneaux, dispose sans bruit trois assiettes sur la table, surveille sa viande sans cogner le couvercle de fonte. Elle s'escamote. Ils lui sont reconnaissants de cette douceur. Ils auraient besoin d'être seuls, tout épouvantés devant ce qui leur arrive et qu'ils ne parviennent pas encore à nommer.

Transie, Grace s'approche de la cuisinière. Thomas saisit un trousseau de clefs suspendu derrière le vaisselier et s'éclipse à l'étage. Cela, Grace le voit.

Le déjeuner est morne. Pourtant, Louise a fait des merveilles. C'est alors que Grace dit :

— La route va être ouverte.

Sa voix est solennelle. Louise, debout près de l'évier, reste figée. Thomas regarde la table en triturant des mies de pain auxquelles il donne la forme de cubes minuscules.

— Je suis ici depuis mardi matin, poursuit Grace. Trois jours entiers, vous m'avez acceptée, supportée. Demain soir, c'est le basculement dans un autre millénaire.

Elle fait une pause et, changeant de ton, elle précise :

— Je me suis résignée à l'admettre puisque tout le monde autour de moi le croit.

Thomas sourit sans lever les yeux.

— Je vous propose de fêter ce passage mémorable, ici. Ensemble. Avec Éva, Robert et leurs enfants.

— Çà, c'est une bonne idée ! s'exclame Louise avant de se reprendre et d'ajouter : Si Thomas est d'accord. Moi, je me charge de tout. Je vais vous gâter, mes enfants !

Elles attendent, épiant Thomas. L'homme lève enfin le visage.

— C'est une excellente idée.

Après le déjeuner, Thomas repart. Il a promis à Robert de l'aider à relever ses clôtures. Grace le voit s'en aller, une tronçonneuse à l'épaule, de sa démarche vaguement chaloupée qui la trouble. Louise fait la vaisselle. La perspective de fêter le changement d'année dans la grande salle à manger, envers et contre tout, à la bougie, parmi la poignée d'êtres qui lui sont les plus chers, a éveillé en elle une gaieté simple et communicative. Grace propose de l'aider, mais Louise la repousse avec fermeté et gentillesse.

— Allez donc vous reposer. Vous êtes toute pâlichonne.

— Il fait trop froid dans ma chambre, Louise. Cette nuit, j'ai laissé mourir le feu.

Louise la regarde avec une commisération amusée. Cela lui plaît, cette idée du feu qui s'est éteint dans la grande chambre.

— Ne vous en faites pas. Dans la mienne, la cheminée brûle jour et nuit depuis que je suis là. Montez vous reposer sur mon lit.

Grace hésite.

— Faites-moi plaisir, insiste Louise.

— C'est d'accord.

Louise est penchée sur l'évier. Grace s'éloigne et, en passant devant le vaisselier, d'un geste furtif, elle se saisit du trousseau que Thomas a remis en place.

Grace marche à pas feutrés vers l'extrémité du couloir. Après s'être assurée que Louise ne monte pas, elle introduit une clef dans la serrure et pousse la porte.

La pièce occupe tout un niveau de la tour carrée et communique par un escalier en bois à un second étage aménagé dans la charpente apparente. En entrant, le regard bute sur une bibliothèque. Grace s'approche, la tête inclinée pour lire des titres. Au milieu des classiques de la littérature européenne, Miller, Steinbeck,

Fitzgerald, Truman Capote, Dos Passos, dans le texte original. À côté des rayonnages, dans la faible lumière d'une fenêtre à petits carreaux, un grand bureau, sur lequel traîne une correspondance. Près du lit, une série de masques dogon. Dans une vitrine, des harpons inuits et une coupe de France de rugby du Racing Club de Paris. Grace est totalement déconcertée. En franchissant cette porte, elle a changé de monde, basculé dans une autre époque. Aux murs, quelques photographies, pour la plupart en noir et blanc. Sur certaines, Thomas plus jeune de quelques années, heureux, souriant, en compagnie d'une femme, là sur le pont d'un navire, ici devant un gratte-ciel, probablement la Sears Tower de Chicago, ou encore dans le souk d'une ville orientale.

Le cœur battant, Grace monte dans la mezzanine. C'est un espace réduit presque entièrement occupé par deux bureaux, sur lesquels sont installés ordinateurs, imprimante, scanner... Une autre bibliothèque rassemble des titres scientifiques qui n'évoquent rien à Grace sinon qu'il s'agit pour l'essentiel d'ouvrages d'informatique, de mathématiques et de chimie, presque exclusivement en anglais.

Grace referme la porte. Jamais elle n'avait songé que Thomas pouvait à ce point avancer masqué. Elle lui en veut d'avoir dissimulé sa culture, ses voyages, sa vie, sa réalité. De s'être présenté sous un jour si peu flatteur, si grossier, sans même le souci élémentaire de séduire. Elle juge qu'une telle indifférence relève du mépris. Ce secret la bouleverse quand elle songe que Thomas n'a jamais fait l'effort, dans les moments difficiles, de s'adresser à Christopher dans une langue qu'il doit, pour la lire parfaitement, parler avec aisance.

Une fois dans le couloir, elle se dirige vers l'autre

porte également condamnée. Elle agit à présent sans culpabiliser. Il en va pour elle d'une question essentielle. Thomas a trop caché son jeu, trop agi avec duplicité, pour qu'être loyale lui soit une obligation. Elle veut savoir. À tout prix.

Dans la pénombre des rideaux tirés, une chambre d'enfant. Une chambre comme en possèdent tous les gosses choyés. Un lit, des jouets, un coin dînette, des mobiles accrochés au plafond et qui tournent doucement au moindre souffle, un amoncellement d'ours en peluche, de poupées, un petit bureau avec des feutres rangés dans des gobelets. Aux murs, des images colorées, des dessins naïfs, la photographie d'un petit cheval attelé à sa carriole, avec Miranda qui pose à côté. Sur la table de nuit, le portrait d'une fillette, une dizaine d'années, brune, espiègle, vivante...

— Elle s'appclait Marie.

Grace se retourne. Dans l'encadrement, Louise la regarde. Grace n'a pas envie de s'excuser, de dire qu'elle regrette. Elle a déjà tellement donné d'elle-même, de sa dignité, pour en arriver là, elle est allée si loin pour en être réduite à faire cela. Elle assume totalement son geste.

Louise s'avance dans la pièce froide et sombre.

— C'était sa fille.

— La balançoire dans le tilleul ?

Louise hoche la tête.

— Je pensais que vous m'en parleriez plus tôt.

— Je ne l'ai vue que tout à l'heure.

— La carriole, Fandango, Miranda, tout cela c'était à elle. Ici, le monde entier tournait autour d'elle. Elle avait dix ans, elle était son soleil.

— Elle était...

Louise hoche la tête.

Les deux femmes se retirent. Louise a refermé la porte et mis le trousseau dans sa poche.

— Je ne peux pas en dire plus, Grace. C'est à lui à présent de parler. S'il accepte. Moi, j'en ai déjà trop dit.

La vieille femme redescend dans sa cuisine.

— Mais c'est pour son bien. Votre bien, ajoute-t-elle à voix contenue.

La cheminée maintient dans la chambre de Louise une température de onze degrés. La jeune femme s'étend sur le lit. Elle rabat sur elle l'édredon, le remonte jusqu'au menton, enfourne ses mains dans ses poches et ferme les yeux. La lassitude la gagne. Elle est dans un état intermédiaire entre veille et repos, ses idées vont librement. Que t'arrive-t-il, Grace ?

Elle n'est pourtant pas une femme inconstante, sensible à l'exotisme, attirée par la nouveauté. Elle serait même tout le contraire de cela, Grace. Jusqu'à aujourd'hui, elle n'a vécu que dans la lumière de Christopher, se fermant aux autres, détournant son regard de tout ce qui pouvait l'éloigner de lui, s'abîmant dans le travail pour mieux lui appartenir. Et puis, voilà qu'elle doute. Non pas un doute qui se circonscrirait à sa relation avec Christopher. Mais une indétermination plus large, qui englobe toute sa vie. Comme si tous les efforts déployés pour devenir ce qu'elle est n'avaient fait que l'écarter de son chemin. Grace souffre. L'irrésolution et l'ambiguïté ne sont pas dans sa nature. Elle refuse toujours d'accepter ses incertitudes.

L'angoisse l'étouffe. Elle balance la tête sur l'oreiller. Ses mains se portent à sa bouche comme si elle voulait briser un cri. Pour avoir vécu la plus douloureuse qui soit, tout enfant, Grace sait mieux que personne la cruauté des séparations. La petitesse des fins l'a toujours dégoûtée. Au nom de quoi, d'ailleurs, bouleverserait-elle un équilibre établi ? Et pourquoi, mon Dieu, pour qui ? Elle cherche. Elle trouve d'autant moins que la réponse est en elle. Grace déraille, Grace s'affole. Elle a perdu son légendaire coup d'œil, sa lucidité qui lui fait trancher les affaires des autres avec sûreté. Le désordre l'humanise mais elle l'ignore. Elle ne veut pas l'admettre.

Peut-être s'est-elle assoupie. Là-bas, dans la cheminée, la bûche s'est affaissée entre les chenets, tel un marqueur implacable du temps qui passe. Grace reprend le fil de ses pensées comme s'il ne s'était jamais interrompu. Elle a conscience d'être parvenue à l'un de ces moments imprévus de l'existence où se présente une épreuve redoutable. Au fond, n'a-t-elle pas eu, dès le départ, l'intuition qu'elle ne sortirait pas indemne de cette histoire ? Elle se souvient parfaitement que, dans les minutes qui ont précédé l'accident, lorsqu'elle a compris que le système de guidage par satellite avait perdu le contact avec leur voiture, la certitude d'être en danger lui était clairement apparue. Tout comme à Christopher, elle en est certaine.

Grace résiste. Son corps lui fait mal. Sa raison proteste. Il ne s'est rien passé, il ne peut rien advenir. Elle va retrouver son mari à Limoges. Ils s'envoleront tous les deux pour Genève. Elle le voit déjà descendre de l'avion, encombré de béquilles qu'il maîtrise mal, une hôtesse attentive à son côté. Grace est là, qui veille sur lui, un attaché-case à la main. Elle est émue, satisfaite d'avoir surmonté une épreuve que le souvenir ramène aux proportions d'un contretemps. Elle est seulement fatiguée. L'extravagance dans laquelle elle a été plongée ces derniers jours l'a déstabilisée, mais elle va mieux. C'est normal. Elle a été victime d'un désordre mental dans le genre du syndrome de Stockholm. Mais les dogmes qui fondent sa vie sont intacts. Cela n'existe pas, les destins établis qui basculent sur une rencontre, sur rien, sur un mensonge.

Pour comble, comment pourrait-elle être attirée par un homme qui lui a tant dissimulé ? Grace déteste ce genre de type, ces centaures aux deux personnalités. D'un côté, un être en rupture, marginal, indifférent à ses apparences, asocial, écorché vif... Sur l'autre versant, un scientifique, peut-être ingénieur, universitaire, voyageur, ou quelque chose dans le genre. D'ailleurs, comment aimer un centaure ? Personne ne lui a appris. Paniquée, elle détourne les yeux vers la fenêtre. Pour la première fois, Grace vient d'utiliser le verbe maudit et divin. Le verbe redoutable.

Quatre heures, la lumière du jour décline. Grace se lève. Elle alimente le feu dans la cheminée puis rejoint Louise à la cuisine.

— Vous vous êtes reposée, ma petite Grace ? Vous étiez épuisée. Venez donc vous asseoir à côté de moi.

Grace obéit.

— Que faites-vous ? demande-t-elle intriguée, au bout d'un moment.

— C'est pour le réveillon de demain soir. Nous allons manquer de bougies. Il n'en reste plus qu'un paquet de six et deux cierges que j'ai trouvés dans la chapelle. Alors, j'en fabrique.

Louise a garni le fond d'un verre de gros sel, placé une cordelette et verse de l'huile.

— Ça fait une jolie lumière. Vous verrez.

Louise s'interrompt. Une idée vient de lui traverser l'esprit.

— J'ai pensé à une dinde. Vous aimez la dinde ?

— *Thanksgiving*, répond Grace.

Comme Louise ne comprend pas, elle précise :

— Tante Jude nous en faisait toujours, une fois par an.

— Tante Jude ?

— C'est elle qui m'a élevée à New York. Ma mère a quitté mon père, je n'avais que cinq ans. Mon père est mort, trois ans après. Tante Jude m'a recueillie.

Elles restent au bord des mots. Louise n'est pas étrangère au désordre que ressent Grace. Et pourtant la jeune femme ne lui en veut pas. Son regard qui lit les évidences, sa manière de croire que tout peut advenir, elle à qui tant de choses ont été refusées, lui sont une forme de réconfort.

— Je ne sais plus où j'en suis, Louise.

Grace a parlé en avalant les mots. C'est nouveau pour elle, un aveu à ce point d'impudeur. Elle fixe le verre dans lequel Louise fabrique une autre bougie de fortune.

— Où vous êtes-vous perdue, ma petite Grace ?

Grace entend bien les paroles de Louise. Mais elle est incapable de répondre. Un sortilège l'a certainement frappée lorsqu'elle a aperçu un énergumène se démener sur le toit d'une église avec une bâche qui claquait au vent, tel le skipper d'un voilier de granit. Un enchantement l'a ensorcelée dès son arrivée dans le village fantôme et l'a conduite jusqu'ici comme dans une nasse pour l'y retenir prisonnière. Elle n'a plus que ce genre d'explication, Grace. Des idées d'enfant, puériles, puisque ses pensées d'adulte n'ont plus prise sur ce qui arrive.

— Je ne sais pas, Louise. Je ne sais pas...

La vieille femme continue à verser le sel.

Grace se lève. Elle a besoin de quitter cette maison trop froide, ténébreuse, où jamais elle ne s'est sentie chez elle. Elle désire aller vers des êtres de son âge, moins perspicaces, davantage déroutés par leur propre existence, des êtres qui lui ressemblent.

— Je vais chez les Jouaneau.

— Vous y trouverez sûrement Thomas, dit Louise. Prenez cette lampe pour le retour. Il fait nuit tôt.

Un quart d'heure plus tard, Grace est en vue des bâtiments de ferme. Les façades grises font face à la nuit qui gagne. Au rez-de-chaussée, une lueur. Les portes des étables sont ouvertes sur des béances noires. Si ce n'était cette lumière incertaine derrière des carreaux sales, on croirait une maison abandonnée après un bombardement.

Grace cogne à la porte. Une cavalcade, des cris, une voix de femme qui surmonte ce tapage familier.

— Taisez-vous les enfants ! Quelqu'un a frappé.

Éva apparaît dans l'encadrement, manifestement épuisée, vêtue comme lorsqu'elle sort chercher du bois ou court dans les étables. Dans la grande ferme, il fait six degrés. Il ne reste aux Jouaneau que la vaste cuisine où brûle jour et nuit la cuisinière à bois et une chambre dans laquelle toute la famille s'est repliée autour d'un poêle.

— Entrez ! Thomas est avec Robert. Ils sont après les clôtures. Mais avec la nuit, ils ne vont pas tarder.

Grace s'avance. C'est un incroyable désordre, avec des jouets d'enfants qui traînent sur le carrelage, des ustensiles de cuisine sur la table, des seaux un peu partout, une réserve de bois près du foyer. Dans un sac-poubelle un amoncellement de produits décongelés. Une lampe à pétrole brûle près de la plaque de cuisson électrique. Dans l'évier, s'entasse de la vaisselle. Cette impression d'abandon la frappe, tant elle ressemble peu à l'image qu'elle se fait d'Éva.

— Je n'y arrive plus, dit la jeune femme qui a lu dans les pensées de Grace. On n'y voit rien. Le désordre renaît dès que j'ai le dos tourné. On dirait qu'il profite de la nuit. Et puis les enfants ! Vous savez ce que c'est, les gosses qui tournent en rond toute la sainte journée et qui s'ennuient. On critique la télévision, mais ça n'a pas que des mauvais côtés.

Dans la cuisine flotte une odeur de résine qui renvoie Grace à la nuit de l'accident. Un sapin de Noël, de la hauteur du plafond, occupe le fond de la pièce. C'est curieux de voir un sapin debout.

— Le Père Noël a-t-il trouvé le chemin de votre cheminée ? demande-t-elle, histoire de gagner du temps, de combler un silence oppressant.

Les gosses, trop heureux d'avoir une visite, l'entraînent voir leurs cadeaux. Grace s'agenouille pour admirer le circuit automobile de Michel. *Indianapolis* est inscrit sur le stand où s'arrêtent les bolides.

— Quand j'étais petite fille, un jour mon père m'a conduite à Indianapolis, dit Grace.

Michel, blond comme sa mère, les dix ans énergiques, deux yeux pétillants derrière des lunettes d'enfant, la regarde bouche bée. Mais Grace ne profite pas longtemps de son triomphe. Amélie la tire par la manche et l'entraîne pour admirer un étal de marchande de fleurs et une poupée dans sa poussette. Grace écoute les enfants, leurs babillages, jamais complètement déraisonnables.

— Laissez Grace tranquille ! intervient Éva au bout d'un moment.

Michel et Amélie se retirent en chahutant. Grace est soudain touchée par l'impression qu'il fait moins froid ici que dans la cuisine de Louise. Sur un buffet, une radio distille de la musique. Grace écoute avec bonheur. La musique comble le silence qui se creuse en elle.

Éva s'inquiète du retard des hommes. Une bête doit vêler cette nuit et la jeune femme n'aimerait pas être seule.

— Robert, ça ne va pas. Il n'est plus le même, confie-t-elle. Ça le blesse, cette forêt sans visage.

Grace écoute. En même temps, elle pense à Thomas, à sa vie dissimulée, aux doutes qui la tourmentent, à la honte qu'elle éprouve de se trouver si faible devant cet homme. Grace est tout à la fois loin des soucis d'Éva et très proche. C'est un sentiment un peu irréel.

Comme si sa présence dénouait la détresse qui l'étreint, Éva se raconte. Étudiante en BTS de gestion à Lille, elle a rencontré Robert un jour de vacances, sur un marché de la région. Elle a décidé de tout abandonner pour vivre avec lui.

— Un paysan... Vous imaginez la tête de mes parents ? Encore, s'il s'était agi d'un gros céréalier ! plaisante Éva.

Elle ajoute :

— Je ne regrette pas. C'est dur. Mais nous sommes bien. Nous sommes nos maîtres. À cause de l'ouragan, je vais peut-être être obligée de chercher du travail. On verra...

Grace aime cette forme de transparence. Non qu'Éva soit une femme diaphane. Ses secrets ne sont pas davantage concevables que ceux de n'importe qui. Mais elle est une femme intelligible. En cela, elles sont très différentes. Éva est en harmonie avec ses aspirations, qui ne sont pas essentiellement matérielles. Son âme affleure ses gestes, ses apparences, ses mots. Pour elle, l'argent n'est pas un but. Quant au goût du pouvoir sur les autres, qui compte tant aux yeux de Grace, elle y est insensible. Elle croit en l'exemplarité, Éva. Pas vraiment en la contrainte.

Soudain :

— Je suppose que vos enfants ont bien connu la petite Marie ?

Grace n'a marqué aucune émotion en prononçant

cette énormité. C'est le métier qui parle en elle. Elle est déloyale. Mais elle n'en éprouve pas de honte. C'est trop important pour elle, de savoir. Sur le coup, Éva pâlit. Elle se lève de sa chaise et s'approche de la fenêtre.

— Vous savez pour la petite ?

Grace opine. Ce n'est pas la vérité, mais elle s'en moque. Si elle ment, c'est justement pour atteindre à la lumière.

— Elle avait cinq ans lorsqu'ils sont arrivés. L'âge de Michel. Amélie avait deux ans de moins. Les mercredis et les dimanches, ils se retrouvaient souvent. Les seuls enfants dans un rayon de dix kilomètres.

Elle se tait.

— Je la revois arriver à bicyclette, ou même à cheval, par le chemin de la chapelle.

Le silence attentif de Grace est un piège. Éva poursuit :

— Trois ans déjà... Et je peux à peine en parler.

Sa voix n'est plus qu'un filet.

— Comment c'est arrivé ? demande Grace.

Les deux enfants se chamaillent au pied du sapin. Leurs cris, comme la voix de leur mère, baissent légèrement.

— La petite était montée sur une meule qui surplombait une haie de sureau fraîchement taillée à la serpe, les branches en biseaux. De vraies lances. Elle est tombée dessus.

Grace a deviné la fin de la phrase plus qu'elle ne l'a entendue. Le regard d'Éva se noie d'effroi et d'incompréhension.

— Il se trouve bien des médecins aux alentours ?

Éva regarde la fenêtre. Elle est blême. Elle pose ses lunettes embuées.

— C'est Thomas et moi qui l'avons trouvée. C'était épouvantable. Il a couru téléphoner mais le médecin faisait ses consultations à domicile à l'autre bout de la commune. Le temps qu'il arrive, elle a perdu beaucoup de sang. Il a bien tenté de la transporter à l'hôpital le plus proche. Mais trente kilomètres avec tous ces virages. La petite est morte avant d'atteindre...

Un silence. Et Éva qui dit :

— Parfois j'y pense pour mes enfants, pour Robert qui est toujours une tronçonneuse à la main ou juché sur des machines dangereuses, sans oublier les accidents avec les bêtes. S'il leur arrivait quelque chose, ce serait pareil. Aucun secours ne parviendrait assez vite.

Les deux femmes se taisent. Grace vient de comprendre. Elle réalise l'obscénité de ses imprécations à mobiliser ciel et terre pour soigner Christopher. La seule fois où elle a eu l'impression que Thomas était sur le point de la frapper, elle lui avait justement jeté en plein visage son impuissance à faire venir un médecin.

— Et la mère de Marie ?

Éva dévisage Grace. Elle a trop parlé, Grace l'a piégée. En fait, elle ignorait presque tout de l'histoire de Marie. Qu'importe. Instinctivement, Éva pense que Grace est la première femme depuis très longtemps, depuis la mort de la petite, à intéresser Thomas. Cette vérité lui est apparue dans la cour de la ferme, lorsque Robert et Thomas tiraient les cadavres des vaches. Quand il l'a aperçue, Thomas a marché vers elle d'une manière qu'Éva ne lui avait pas vue depuis des années. Un empressement contenu, une légèreté que les femmes savent reconnaître dans l'attitude des hommes troublés. C'était exactement cela. À cet instant, Éva a compris que Thomas était troublé par Grace. Ils en ont parlé un soir, Robert et elle. Robert lui a dit : « Tu regardes trop la télévision et tous ces feuilletons américains. Ça ne se passe que dans les films, ce que tu dis. Elle va repartir. Elle n'est pas de son monde. » Éva a failli lui répondre qu'eux non plus ils n'étaient pas du même monde, elle la fille d'ouvriers du Nord qui avait fait des études et lui le paysan du plateau. Mais elle n'a rien dit. D'ailleurs, elle pense justement que le monde de Thomas n'est pas si éloigné de celui de Grace. Avant de venir s'enterrer ici, Thomas a parcouru la planète. Il était ingénieur dans les pétroles ; un jour aux États-Unis, un autre au Koweit ou au Venezuela. Il gagnait beaucoup d'argent. Éva le tient de Robert, car les deux hommes parlent entre eux. Et puis, il n'y a pas que cela qui les rapproche ces deux-là. Éva ne pourrait pas le dire précisément, mais elle sent chez Grace une blessure, comme chez Thomas. Sous l'assurance et la sûreté, au premier coup d'œil, Éva a repéré une détresse. Cela ne peut s'expliquer par des observations précises. Mais elle devine que Grace vacille, qu'elle est sur le point de rejoindre le monde de ceux qui ont perdu le goût de semer. Pour tout dire, depuis trois jours, Éva ne peut penser à l'un sans songer à l'autre. C'est un signe, ça.

— La mère de Marie ? Oui, eh bien ?

Éva s'amuse. Elle veut bien être dupe, parce que cela les arrange toutes les deux. Mais elle ne veut pas passer pour une partenaire trop naïve.

Grace hésite. Éva attend qu'elle se dévoile un peu, non pas jusqu'à l'aveu d'avoir extorqué ses confidences, mais qu'elle prononce simplement quelques mots qui l'engagent.

— J'imagine que ça a dû être terrible pour elle...

Ce n'est pas assez, Grace. Il faut te dénuder un peu plus. Éva attend. Un silence qui ne renvoie rien.

— Elle est partie ?

Éva hoche la tête.

— Ils... Ils se revoient ?

Éva sourit. Il y a de la compassion dans ce sourire-là. Une fraternité. Et le secret plaisir d'avoir eu raison.

— Non. Thomas est seul. Il n'a que nous.

Elles ont d'autres choses à se dire mais elles temporisent. C'est allé si vite pour l'une comme pour l'autre. Les enfants jouent au pied du sapin. Ils ont posé sur le carrelage une lampe à pétrole. Dans la pénombre des pieds de table, Michel fait vrombir ses bolides dans les virages d'*Indianapolis* et Amélie, à genoux, berce sa poupée avec des gestes tendres. Par moments, le regard d'Éva glisse sur eux, presque triste. C'est un regard de mère inquiète. Grace se sent rejetée de leur échange muet. L'attention d'Éva pour ses enfants refait d'elle une étrangère.

La lumière du jour décline vite. Là-bas, au fond de la cour détrempée, des bâtiments agricoles paraissent à l'abandon à côté d'un silo recouvert de bâches noires. Une mélancolie pesante se dégage de cette vision, renforcée par l'ombre portée des crêtes aux versants glacés qui ne dégèlent pas de la journée. Grace n'aime pas ce pays. Elle peut concevoir l'attraction de l'océan, la fascination vertigineuse pour la montagne, et même la beauté baroque d'une friche industrielle. Mais cette campagne ne l'attire pas. Peut-être lui faudrait-il attendre l'été.

— Les voilà ! dit Éva en se levant brusquement.

Il y a du soulagement dans le timbre de sa voix.

— Je n'ai rien entendu, avoue Grace.

— Nos chiens ont aboyé.

Grace n'a pas vu de chiens ici. Ils sont probablement à l'attache ou dans un enclos. Elle n'entend rien. Des pieds tapent dans le couloir. Éva remet une bûche dans la cuisinière. La porte s'ouvre. Robert, suivi de Thomas, rentre dans la salle commune. Les deux hommes restent un instant à prendre la mesure de cette pièce chaude dans laquelle deux femmes et deux enfants les attendent. Car ils ne doutent pas qu'elles les attendent.

— Il gèle, dit Robert.

Le mari d'Éva repose sa lampe électrique sur la table, près de la lampe à pétrole. Amélie s'est élancée vers son père qui la prend dans ses bras.

— Tu piques ! crie la petite en frottant la joue de Robert.

Grace voit Michel rester en retrait, réprobateur, le regard levé vers Thomas qui ne dit rien.

Ils cherchent leur place. Grace se tient près de la fenêtre, Robert et Thomas se sont approchés de la cuisinière. Éva est debout contre l'évier.

— C'est pas beau à voir, dit Robert.

Éva croise le regard de Grace.

— La plantation de mon père pour les études des enfants, là-haut au puy du Noncelier... Par terre.

Il regarde en direction du sapin de Noël.

— Il ne reste pas dix douglas encore debout. Avec tout le mal qu'il s'est donné, le pauvre vieux, s'il voyait cela...

— Et les clôtures ? demande Éva d'une voix nouée.

— Tout cassé. On n'a plus de piquets, plus de grillage.

Il est sur le point d'ajouter : « Plus rien. » Il se tait.

— Je vous aiderai, dit Thomas. On y arrivera.

C'est la première fois que Grace perçoit dans des propos de Thomas une note d'espoir. Et pourtant la phrase l'attriste. Peut-être l'usage du futur. L'idée que tout va reprendre sa place ici, sans elle.

— Voulez-vous boire quelque chose de chaud ? demande Éva. Un café ?

Robert interroge Thomas du regard. Il acquiesce.

En présence de Grace, Robert ne veut pas paraître trop abattu. Par dignité, il contient son désespoir. À côté de Thomas, il a l'air d'un petit homme tout en nerfs, opiniâtre et courageux. Sa seule richesse, c'est Éva. Il le sait. Et puis il y a les gosses.

— La route sera dégagée samedi matin, reprend Robert. Nous pourrons avoir un groupe.

— Il y en a pour tout le monde ? demande Grace.

— On les fait tourner. Il en vient de toute la France et même d'Europe.

Ils se taisent. Ils pensent à l'Europe. Aujourd'hui, un journaliste a dit : « L'Europe est au chevet du Limousin. » Cette expression est allée droit au cœur de Robert bien qu'il ne pense pas que le Limousin soit malade. Il est blessé, tout simplement. C'est différent.

— Il en vient d'Allemagne, d'Irlande, d'Italie. Et des hommes aussi, des électriciens, des militaires.

Robert n'en dira pas davantage. Il boit le café brûlant, penché sur son bol. Thomas trempe à peine les lèvres dans le liquide fumant. Deux couples sont réunis dans la cuisine. Car c'est une certitude pour chacun, ils constituent bien deux couples.

— Alors, demain soir, nous réveillonnons ensemble ? lance Éva.

Les têtes des deux gosses émergent du bord de la toile cirée. L'idée leur plaît. Réveillonner à la ferme à la tour carrée. Cela ne s'est pas produit depuis quatre ans.

— C'est une idée de Grace, lâche Thomas.

Le cœur de Grace s'affole. Elle ne s'attendait certainement pas à ce qu'il dise cela. Les Jouaneau la regardent. Thomas a parlé comme si Grace était maîtresse en sa maison. C'est elle qui lance l'invitation. Elle est troublée. Il a marqué un point, par surprise.

— Que faut-il apporter ? demande Éva que la situation amuse.

Grace jette un coup d'œil à Thomas. Les yeux gris plongent dans le regard bleu. C'est un duel qui ne dure qu'une fraction de seconde mais qui dit beaucoup de choses.

— Rien, je suppose. Nous avons tout ce qu'il faut là-bas.

Elle s'est piquée au jeu. Puisqu'il lui accorde de régner un soir sur la ferme à la tour carrée, elle s'exécutera. Régner ne lui fait pas peur.

Robert hoche la tête. Il songe à ses clôtures, au vêlage qui va le tenir éveillé encore une partie de la nuit, à Éva qui sait si bien deviner le cœur des autres et sans laquelle il n'aurait pas la force de tout recommencer.

L'ombre a gagné la pièce commune. Ils sont là, engoncés dans leurs vêtements et leurs silences. Les enfants jouent sous la table. C'est une nouvelle nuit d'hiver sur le Plateau.

— Que faut-il apporter ? demande Eva que la situation amuse.

Grace jette un coup d'œil à Thomas. Les yeux qui plongent dans le regard bleu. C'est un duel qui ne dure qu'une fraction de seconde mais qui dit beaucoup de choses.

— Rien, je suppose. Nous avons tout ce qu'il faut là-bas.

Elle s'est piquée au jeu. Puisqu'il lui a accordé de régner en solo sur la ferme et la tour carrée, elle s'exécutera. Kramer ne lui fait pas peur.

Robert hoche la tête. Il songe à ses clôtures, au vêlage qui va le tenir éveillé encore une partie de la nuit, à Eva qui sait si bien deviner le cœur des autres et sans laquelle il n'aurait pas la force de tout recommencer.

L'ombre a gagné la pièce commune. Ils sont là, engoncés dans leurs vêtements et leurs silences. Les enfants jouent sous la table. C'est une nouvelle nuit d'hiver sur le Plateau.

12.

Grace est en retrait, debout près d'une mangeoire, le visage tiré, les mains recroquevillées au fond des poches, les ongles rentrés dans les paumes. Des choses qu'elle pensait connaître d'elle se révèlent fausses. Elle ne se croyait pas si faible, Grace. Elle qui n'a jamais arpenté qu'une géologie d'asphalte et de béton, elle a le cœur au bord des lèvres. Devant elle, Thomas et Robert s'affairent autour de la bête dont le vêlage est difficile. Éva les aide, les dirige, avec ses connaissances plus intimes des choses de la chair et du sang, plus habile à apprivoiser la vie, et son opiniâtreté à repousser la mort. Les hommes obéissent en silence. Deux lanternes posées à même la paille éclairent la scène d'une lumière biblique. Voilà Grace projetée de nouveau quelque part aux antipodes.

Les pattes de la vache se sont mises à trembler. Grace ne peut détacher son regard de la vibration des muscles et des nerfs qui trahit la douleur et peut-être le début d'une résignation. Une odeur fade de sang et de foin imprègne l'étable. Il est onze heures. Derrière la porte mal fermée, la nuit est une béance avide. Sur le plafond maculé de nids d'hirondelles, on devine les barges et, par-dessus, les étoiles dans un ciel de gel. Le temps ralentit. Ici-bas, autour d'une misérable créature, se joue le drame du franchissement des ténèbres. Grace, elle aussi tremble. Vraiment, elle ne se savait pas si faible.

Elle ne cesse de réfléchir aux confidences d'Éva. Un moment, elle espère que percer le mystère de Thomas brisera son attirance. Elle est ainsi, Grace. Malheur à ceux qui se dévoilent. Il lui suffit de connaître l'histoire de quelqu'un pour qu'il perde à ses yeux l'essentiel de son intérêt. C'est probablement le talent de Christopher que de garder des zones de sa vie hors de portée de son épouse. Par exemple, Christopher n'a jamais évoqué sa longue liaison de près de dix ans avec Morgan Hartford, une amie d'enfance à ce qu'a cru comprendre Grace. Il sortait de cette relation lorsqu'ils se sont connus. Grace pense qu'elle a bénéficié de la faiblesse passagère de Christopher qui ne peut vivre longtemps sans une femme pour l'aduler. Il n'empêche. Elle ne sait rien de Morgan que par des allusions dérisoires, de fausses pistes, ni d'où venait son argent, ni les raisons de son départ précipité sur la côte ouest, dans quel registre de la mémoire de Christopher elle a sombré et si elle y vit encore. Paradoxalement, cette ignorance l'attache à Christopher comme l'amarre à lui l'énigme de ce qu'il fit entre les années 1984 et 1987, alors qu'il avait quitté l'université et vivait dans une capitale d'Europe centrale. Grace a même envisagé l'hypothèse farfelue et plutôt flatteuse qu'à cette époque Christopher avait été recruté par la CIA ou quelque autre service secret, bien que l'image colle mal au personnage. Ce mystère, malgré leur intimité réelle, il n'a jamais voulu l'évoquer avec elle. Aussi, a-t-elle cessé de le questionner au moment où elle a compris qu'il était sur le point de lui mentir pour échapper à ses interrogations. Grace préfère l'ignorance au mensonge.

À présent qu'elle comprend mieux qui est Thomas, elle guette des signes qui trahiraient que sa fascination est moins forte. Grace est prompte à changer radicalement de point de vue sur les gens, à brûler des icônes après les avoir encensées. C'est un moyen à elle de se protéger. Elle aimerait qu'il se passe quelque chose dans l'autre sens, un mouvement de répulsion qui la détacherait de lui, une déception qui ne la mettrait plus en alerte telle une femme amoureuse. Elle souhaite hardiment guérir. Mais comme un malade abusé qui s'est cru sauvé, elle découvre qu'il n'en est rien. Entrevoir le passé de Thomas, connaître une part de sa face cachée, ne l'a pas libérée. Elle reste captive.

Elle le regarde se démener autour de la bête enfin délivrée. À ses pieds, un paquet sanglant et gluant, désarmant comme tous les mammifères à la naissance. Thomas est heureux d'avoir, avec Éva et Robert, triomphé de la malédiction de la mort et Grace se sent de nouveau exclue de leur bonheur. Il arbore un visage apaisé et doux que Grace ne lui connaît pas, comme s'il s'agissait pour lui d'une revanche, comme si ce qu'il venait d'accomplir était une réparation dérisoire. Il est beau Thomas, fort et toujours ténébreux. Libre. Grace comprend alors qu'elle n'est pas guérie. Ses prières ont été vaines parce qu'elles ne partaient pas du cœur et n'étaient dictées que par le souci de son confort. Elle l'aime. Lui, ne dit rien mais il le sait aussi.

Thomas dépose le veau pantelant sur de la paille propre près de sa mère qui le lèche. Éva, livide, bouleversée par l'épuisement et ce mince triomphe au milieu d'une nature détruite, s'approche de l'animal, une bouteille de gnôle à la main pour le frictionner. Robert est tel qu'en lui-même, le visage fermé, impénétrable, secrètement soulagé d'avoir sauvé sa bête.

Après s'être assurés que tout était en ordre, ils reviennent dans la salle commune. Éva monte à l'étage dans la chambre où les enfants dorment déjà. Elle invite Grace à la suivre. Une lampe électrique à la main, les deux femmes ouvrent la porte. Une bougie finit de se consumer au chevet d'un lit où dorment Amélie et Michel. Elles les contemplent en silence, attendries, songeant, pour l'une, à la tendresse qui construit les enfants, pour l'autre, à la dureté du monde qui les attend.

— Ils se couchent tout habillés, dit Éva à voix basse. Ce sera difficile lorsque la lumière sera revenue de leur faire prendre la douche du soir et enfiler un pyjama.

Grace hoche la tête. Elle regarde le bras de Michel passé autour de l'épaule de sa sœur. Elle se tait.

Lorsqu'elles redescendent, les hommes sont en train de boire de la gnôle. Éva jette un coup d'œil à Grace. Gêné, Robert baisse la tête. Il n'ose croiser le regard de sa femme tandis que Thomas avale d'un trait un plein verre d'eau-de-vie.

— Nous allons rentrer, dit Grace. Louise doit nous attendre.

Elle a dit *nous*. Elle espère tout à la fois redire une intimité qu'ils se sont complu à jouer au cours de la soirée et entraîner Thomas. Mais il ne bronche pas et se sert une nouvelle rasade d'alcool.

— Tu vas me la finir ! proteste Robert d'une voix pâle.

Thomas le dévisage sans rien dire. Robert se tait.

— Je pars, Thomas, reprend Grace. Voulez-vous m'accompagner ? Il fait nuit noire.

Jamais Grace n'aurait pensé s'humilier ainsi. Non, la nuit ne lui fait pas peur. Ce qui la bouleverse, c'est de voir Thomas boire une nouvelle fois, avec l'application des désespérés. Ses grandes mains enserrent le verre dans lequel Grace sait que plonge son regard bleu. Elle le scrute de trois quarts, son profil de dieu du stade déchu, ses pommettes saillantes, cette balafre dans ses mèches brunes, ses dents comme des crocs. Si les deux autres n'étaient pas là, elle le prendrait dans ses bras, cet homme, elle l'embrasserait sur les tempes, le front, les lèvres, elle lui dirait ce qu'une femme peut inventer pour sauver de lui-même un être à la dérive. Elle presserait contre sa poitrine sa grosse tête d'enfant perdu. Elle s'en sent capable, Grace. Elle se trouve devant cet homme acharné à se détruire comme jamais elle ne fut devant personne.

— Passez devant, partez sans moi, dit Thomas. Je vous rejoindrai. Il y a une lampe électrique sur la table.

Éva s'interpose.

— Thomas, ce n'est pas très galant de laisser Grace rentrer toute seule. Tu devrais l'accompagner dans le noir.

Il la regarde, boit une nouvelle gorgée et répond :

— J'ai à parler à Robert. Grace connaît le chemin. Elle l'a déjà trouvé seule, une fois.

— Thomas ! s'écrie Éva.

Il ne répond pas.

Éva prend son mari à témoin.

— Dis quelque chose, toi ! Tu ne vas pas le laisser écluser toute cette gnôle.

— Allons, sois raisonnable, Thomas, dit Robert d'une voix ténue.

Thomas se lève brutalement. Son immense stature emplit l'espace. Grace songe à son père lorsqu'il n'était plus lui-même.

— Rentrez seule, dit-il à Grace. Cela vaut mieux.

Il a prononcé la dernière phrase en la regardant droit dans les yeux.

Grace acquiesce.

— Je vous accompagne, dit Éva.

La femme de Robert se saisit de la lampe, prend une des lanternes qui brûle au bout de la table et quitte la cuisine en claquant la porte.

Dehors, il gèle. Les deux femmes marchent côte à côte. Éva a pris le bras de Grace et tient le fanal de sa main libre.

— Il est malheureux, vous savez, dit-elle doucement. Il ne faut pas lui en vouloir.

— Je ne lui en veux pas, répond Grace.

Un vent léger apporte une odeur de poussière depuis le grenier éventré de la maison de Louise.

— Il est ainsi depuis la mort de la petite. J'ai mis du temps à comprendre et puis, un soir qu'il avait bu, il a tout lâché à Robert.

Éva se reprend. Elle sait qu'elle trahit un peu plus le secret de Thomas mais elle est certaine, à présent, que cette étrangère jetée par la tempête sur le rivage de cet homme est son unique chance.

— C'est lui qui avait décidé de venir s'enterrer ici, sur le Plateau. Au début, sa femme ne voulait pas. Et même la petite, qui était habituée aux voyages, à la ville, au mouvement... Marie parlait plusieurs langues. Vous savez comme on apprend vite à son âge. Au début, elle s'est ennuyée. Après, elle s'est adaptée et elle était heureuse. Mais, au départ, c'est Thomas qui a imposé à sa famille de vivre ici.

— Pourquoi ?

— Allez savoir... La lassitude, sûrement. Il en avait assez de courir après quelque chose qu'il ne discernait plus. Il a dit à Robert avoir récupéré un bon lot de stock-options. Il a spéculé, revendu au meilleur moment de la bulle Internet, et en a tiré suffisamment pour vivre ici pendant des années.

— Il se sent totalement responsable de la mort de Marie, c'est ça ? intervient Grace.

— Oui. S'il n'avait pas tant insisté pour venir ici, s'il les avait écoutées, Marie serait encore en vie. Il pense qu'il aurait dû comprendre que l'isolement, c'est dangereux. Il croit l'avoir tuée par inconscience.

— Mais c'est faux !

Éva ne répond pas. Le souffle froid du ruisseau leur arrive en plein visage. À l'entrée du vallon qui mène à la chapelle, Grace s'arrête. Elles sont serrées l'une contre l'autre et regardent la lande bordée par deux flancs de forêt dévastée.

— Vous devez mal me juger, dit enfin Grace d'une voix retenue.

— Non, Grace. Au contraire.

— Mon mari est blessé, il est à l'hôpital. Et moi, je suis là, à errer entre des sentiments contradictoires. À résister, devrais-je dire, contre mes sentiments. Vous l'avez compris, n'est-ce pas ?

Éva presse le bras de Grace, qui poursuit :

— Je ne me reconnais plus, Éva. Je ne suis pas comme ça d'habitude, vous savez.

— Je sais.

— J'aime Christopher... Je croyais l'aimer. J'adore ma vie, là-bas à New York. Je ne pourrais pas un seul instant envisager de vivre ici. Je ne le pourrais pas.

Après une hésitation :

— Je vous admire, Éva. Je vous admire sincèrement. Être telle que vous êtes devant cette rudesse.

— Je n'ai pas le choix.

Grace poursuit :

— Lorsque je suis arrivée ici, tout me paraissait minuscule, dérisoire. Je suis une femme de la puissance, de l'immensité, du déraisonnablement grand. Vous ai-je dit que mon bureau était au quatre-vingt-troisième étage d'une des plus hautes tours de New York, le World Trade Center ? Eh bien, depuis trois jours que je vis parmi vous, j'ai compris que tout cela...

Elle tend son bras libre vers la nuit.

— Tout cela est insondable. Aussi inaccessible qu'une nouvelle frontière.

Les deux femmes se taisent. Elles sont deux points de chaleur dans un abîme de froid. La lumière hésitante de la lampe tempête jette à leurs pieds une tache ocrée. Elles savent l'une et l'autre qu'elles ne seront plus jamais aussi proches qu'en cet instant. Cette nuit, leurs pensées convergent.

— Je vais continuer, dit Grace.

— Je vous accompagne...

— Non, s'il vous plaît. J'ai besoin d'être seule. C'est difficile.

Elles se font face.

— Essayez de le ramener à la raison, dit Grace. Peut-être vous écoutera-t-il.

— Il me craint un peu, c'est vrai. Et puis il a honte devant une femme. Bien davantage qu'avec Robert. Vous avez vu comme il peut être faible, mon homme ? Un mari si courageux qui se ferait hacher vivant pour les siens. Pour des choses comme celles-là, je ne le reconnais plus. Ça me fait mal, vous savez.

— Ce n'est pas facile pour lui.

Éva regarde brusquement par-dessus l'épaule de Grace en direction de sa ferme.

— Toutes ces choses à reconstruire.

Elles s'embrassent.

— À demain soir, quand même, dit Éva.

— Ah ! oui. Avec ça, j'avais oublié...

— Prenez la lampe à pétrole, insiste Éva.

— Non. J'ai la lampe. Ça suffit. Mes yeux s'habituent.

L'ombre de la ferme apparaît à Grace. Le regard de la jeune femme s'attarde sur la tour carrée, là où se dissimule une part des secrets de Thomas. La torche électrique ne fournit plus qu'un faisceau pâlissant. Qu'importe, Grace connaît le chemin qui passe par le petit pont et mène jusqu'au vieux tilleul abattu. Après avoir quitté Éva, ses pensées sont allées vers Christopher, vers sa vie à New York, comme pour y chercher d'ultimes raisons de fuir. Elle pourrait encore partir, Grace. Il en est toujours temps.

Miranda est derrière la porte et semble l'attendre. Grace se penche pour la caresser, mais ses doigts ne font qu'effleurer le poil rêche du chien qui file dans la nuit. Louise a laissé une lampe à pétrole brûler faiblement sur la table de la cuisine. Une chaleur finissante règne dans la pièce. Grace soulève les plaques de la cuisinière, constate que des braises rougeoient encore, et glisse une bûche dans le foyer.

— Vous m'avez devancée. Je me levais pour faire la même chose, dit Louise dans l'encadrement de la porte.

— C'est vous ? dit Grace sur la défensive.

— J'ai l'habitude de faire ma tournée des feux vers une heure du matin. À mon âge, on ne dort guère. Et puis, j'ai entendu Miranda venir à votre rencontre. Ses griffes sur le parquet du couloir...

Elles se taisent. Les épaules de Louise sont recouvertes d'un gros châle noir jeté sur une chemise de nuit rose qui descend jusqu'aux chevilles. Elle a l'air d'une grand-mère. Tout en rondeurs, le chignon défait, l'air paisible de ces vieilles gens qui peuvent sans ronchonner se lever la nuit pour réconforter les enfants fiévreux ou les malades apeurés par un cauchemar.

— Il n'est pas là ? dit-elle.

— Non.

— Il est resté chez Éva et Robert ?

— Oui.

Louise se tait. Elle contourne la table, s'approche de la cuisinière et soulève le rond.

— Vous avez ajouté du cœur de chêne. C'est bien.

Cela ne l'empêche pas de donner quelques vigoureux coups de pique-feu dans la bûche qui affleure trop à son goût.

— Vous allez venir dormir avec moi, dit Louise. Nous ne nous gênerons pas.

— Non, répond Grace. Je vais aller dans ma chambre.

— N'y pensez pas ! La température est tombée à trois degrés. Je ne ronfle pas, vous savez.
— D'accord, Louise. Merci.

Louise laisse à Grace le côté du lit qui donne sur la cheminée. La jeune femme se retourne vers les braises et ses yeux plongent dans leur rougeoiement. Elle n'a pas quitté ses vêtements. Malgré le souffle du foyer comme une caresse sur ses yeux, le froid gagne en elle. Ses pensées vont plus lentement, son cerveau s'ankylose. Elle est au bord de la folie. Son rendez-vous à Genève lui semble aussi improbable qu'une audience sur la Lune.

— Comment faites-vous, Louise ?
Grace a parlé dans la nuit. Elle sait que la vieille femme a les yeux grands ouverts.
— Comment je fais quoi, ma petite ?
— Pour résister ainsi au froid, à la nuit, au manque de tout...
— Le froid, c'est facile. Mon défunt mari et moi, nous n'avons jamais eu qu'une cheminée pour nous chauffer dans la pièce commune et un poêle à bois dans notre chambre. Cela ne nous empêchait pas d'être heureux.
— Et pour la nuit ?
— Pour la nuit, c'est un peu pareil, Grace. J'avais trente ans lorsque l'électricité a été installée chez nous. Quand il y a eu une ampoule dans chaque pièce, je me suis dit : « Ah ! tout ce désordre. Il va falloir que je fasse le ménage plus souvent. » Mais j'étais contente. Il y a tellement de gens plus malheureux qui ne connaissent jamais la lumière.
Elle rit, Louise. Elle ajoute :
— L'eau, je suis allée la chercher au puits presque toute ma vie.

Grace dort lorsqu'un bruit sourd l'éveille. À côté, Louise s'est déjà redressée.

— Qu'est-ce que c'est ? demande Grace.

— C'est lui.

— Ce bruit ?

— Il est tombé.

Leurs voix inquiètes dans la nuit. Penchée sur la table de nuit, Louise a retrouvé à tâtons la boîte d'allumettes. Un éclair dans l'obscurité profonde et une flamme qui glisse vers la mèche de la lampe à pétrole. D'une main sûre, la vieille femme replace le verre. Un halo de lumière éclaire faiblement la chambre.

— Il est tombé ? s'inquiète Grace.

Louise est assise au bord du lit lorsque Grace pose une main sur son épaule.

— Louise... Je vous en prie. Laissez-moi y aller.

Louise considère Grace.

— Vous êtes certaine de le vouloir, Grace ?

— Oui.

Louise hoche la tête. Elle tend la lampe.

— Alors, c'est bien, murmure-t-elle en se recouchant. Allez-y, mon petit.

Le premier jour, à cet instant où elle a surpris Thomas près de la fenêtre de la salle à manger, un verre à la main, le regard perdu vers la combe où coule le ruisseau, Grace l'a cru à sa merci. Elle pensait avoir trouvé une faille en cet homme à qui elle en voulait tant de se mettre en travers de son chemin, de si peu lui venir en aide et surtout de la troubler. Elle cherchait alors une prise pour le blesser, le faire plier devant sa volonté. Elle ignorait, ou le feignait-elle déjà, que l'intempérance de Thomas lui serait une épreuve supplémentaire.

Grace éprouve de la répulsion pour les hommes pris par l'ivresse. Dans la rue, les vagabonds avinés qui titubent sur les trottoirs la révulsent et lui ôtent toute compassion. Il n'est de scène d'ivrognerie au music-hall ou au cinéma qui ne l'oblige à détourner la tête. Elle a beau savoir que tout cela est interprété, elle n'y peut rien. Elle ferme les yeux, voudrait ne rien entendre, change de chaîne de télévision, sort de la salle si c'est nécessaire. Christopher lui a conseillé d'entreprendre une analyse. Grace a toujours repoussé cette idée. Elle n'a pas besoin de dépenser deux cents dollars par semaine pour savoir que le spectacle de l'ivresse la renvoie au souvenir de son père.

Sa lampe à pétrole à la main, elle avance dans le couloir. Tout d'abord, elle ne voit rien. Puis elle entend un souffle rauque, une respiration d'animal tapi par terre. Elle éloigne la flamme de son visage et abaisse le bras. Une masse gît au milieu du couloir. Malgré la peur, Grace s'approche. Thomas est de dos, un genou au sol, appuyé d'un bras contre le mur, la tête dans le vide tel un boxeur sonné agrippé aux cordes et cherchant à se relever. C'est bien Thomas, elle en est certaine. Mais cette image est si exactement semblable à un souvenir qui hante sa mémoire que Grace en reste épouvantée.

C'était un soir, tard. Sa mère avait déjà abandonné le domicile. Grace avait six ans et dormait seule dans l'appartement lorsque, ayant entendu du bruit dans l'entrée, elle s'était levée. En chemise de nuit, son ours Bernie sous un bras, les yeux chiffonnés de sommeil, elle était sortie pieds nus de sa chambre. Son père était là, de dos, affalé contre un mur dans la même attitude que Thomas. Elle revoit cette image avec la précision des souvenirs qui ne s'effacent pas et auxquels chaque réminiscence apporte de nouveaux détails.

La gamine était restée figée, incapable d'avancer, terrorisée par les paroles incohérentes que proférait cet homme qu'elle identifiait sans le reconnaître vraiment.

Et malgré le profond désir de le secourir, elle n'avait pas pu aller vers lui, se faufiler sous un de ses bras pour l'encourager à se relever. Grace est certaine, vingt-quatre ans plus tard, qu'il lui aurait suffi de sa force d'enfant pour soulever ce géant à la dérive. Mais elle ne l'a pas fait. Tant de fois elle a repassé la scène devant ses yeux, l'interrompant au moment où elle s'était enfuie dans sa chambre. Modifiant la fin de son cauchemar en faisant aller vers l'homme brisé une gamine qui lui ressemble, et qui, par le simple pouvoir de l'amour, opérait ce miracle de remettre son père debout. Mais le miracle n'a pas eu lieu. Devant ce qui la terrorisait le plus au monde, la déchéance de son père, elle avait fui. Toute la nuit, elle avait sangloté. Le remords l'étreignait déjà. Elle venait de comprendre l'horreur de toucher si concrètement à ses limites humaines. Elle sut alors que se battre toute sa vie, sur tous les fronts, n'effacerait pas cette fois unique où elle avait abandonné l'être qu'elle chérissait par-dessus tout. Cette fois où elle avait renoncé.

Grace s'approche de Thomas. Il l'a entendue venir et marmonne des paroles qu'elle ne comprend pas.

— C'est moi, Thomas, dit-elle d'une voix mal assurée.

Il fait un geste du bras pour la repousser. Mais il fléchit et doit se raccrocher au mur qui tangue devant ses yeux. Grace pose la lampe sur le parquet. Elle est toute proche de cette carcasse d'homme d'où émane une odeur âcre. Elle éprouve une horreur indicible. Thomas représente tout ce qu'elle déteste. Pourtant, elle ne veut pas laisser passer sa chance une seconde fois. Si elle n'a pas su relever son père, elle remettra celui-là sur ses jambes, quoi qu'il lui en coûte. Et malgré la répulsion qu'il lui inspire, elle pose la main sur son épaule.

Thomas secoue la tête.

— Laissez-moi, dit-il.

— Non, je ne vous laisserai pas !

Il essaie de se dégager mais ses gestes immenses sont maladroits.

— Je veux vous aider ! crie-t-elle au bord de la crise de nerfs.

— Je ne veux pas !

— Moi, je le veux !

Elle se baisse et passe une épaule sous le bras de Thomas. Elle commence à se relever. Mais l'homme ne bouge pas davantage que si elle tentait de soulever un arbre en s'arc-boutant sous une de ses branches maîtresses.

— Thomas ! Il faut vous relever.

Il grogne.

— Laissez-moi, dit-il. Je sais que vous n'attendez que ça depuis le début.

Elle aussi est à genoux. Ses efforts pour soulever l'ancien deuxième ligne du Racing restent vains. Elle reprend des forces, pliée comme lui, respirant profondément, la nuque courbée, les cheveux emmêlées telle une folle magnifique.

— Vous avez raison. C'est vrai, je vous guettais. Je voulais vous faire du mal, dit-elle, comme si elle confessait des paroles dont il lui fallait absolument se débarrasser.

— Vous voyez bien !

— Mais c'est différent, maintenant. Je ne veux plus vous humilier.

La tête de Thomas vacille comme s'il venait de recevoir un coup sur le front. Son bras s'est enroulé sur les épaules de Grace. Il l'entraîne dans ses propres déséquilibres. Elle résiste. Elle ne peut rien faire contre sa force.

— Ça vous plaît de sauver les autres ! Ça vous plaît

de jouer les bonnes sœurs. Je n'aime pas les bonnes sœurs ! Laissez-moi !

Grace résiste au tournis que Thomas imprime à son corps.

— Ce n'est pas vous que je veux sauver ! crie-t-elle à son tour. C'est moi ! Vous ne le comprenez pas, espèce d'imbécile ?

Ils restent silencieux, à genoux, sonnés par leurs éclats de voix.

— C'est nous ! ajoute-t-elle dans un sanglot.

Un hoquet secoue Thomas et de la bile souille son menton. De sa main libre, Grace fouille dans sa poche, attrape un mouchoir.

— Nous allons nous relever, Thomas, dit-elle d'une voix calme. Tous les deux. Ensemble.

Il ne réagit pas.

— Tous les deux en même temps. Nous allons nous remettre sur nos pieds et aller jusqu'au bout de ce foutu couloir. Et là-bas, nous trouverons une porte. Nous l'ouvrirons et...

La tête de Thomas retombe sur l'épaule de Grace. Elle saisit sa chevelure à pleine main et la redresse. Cela fait longtemps qu'elle désirait passer les doigts dans ses cheveux.

— Allons, ne nous endormons pas. Vous m'entendez ?

Un grognement.

— Nous allons nous relever. Vous êtes prêt ?

Grace sent vibrer ce corps immense, tout en muscles et en os, si différent de celui de Christopher. Voilà près de dix ans qu'elle n'a pas été en contact avec le corps d'un autre homme. C'est une nouveauté qui la déconcerte.

— Allons-y, Thomas. Debout ! Aidez-moi, nom de Dieu !

Grace est à demi fléchie et Thomas encore à genoux.

— Allons ! Debout !

Les jambes de la jeune femme tremblent. Elle doute d'avoir la force de relever cette masse inerte.

— Encore un effort, Thomas. Je vous en supplie. C'est notre dernière chance !

En vacillant, ils se relèvent. Grace ne sait pas qui des deux a soutenu l'autre. Ils sont debout au milieu du corridor.

— En avant ! s'écrie-t-elle. Tout droit.

Ils se mettent en marche, lui d'un pas glissant, elle avec des écarts de femme accablée par un trop lourd fardeau. Les voici enfin devant la porte.

— La clef ? demande Grace. Où avez-vous mis la clef ?

Thomas s'appuie à plein dos contre le mur. Il n'entend pas. Grace le fouille. Elle, si distante, si craintive, qui n'accepte que d'être frôlée par les autres, dont les lèvres ne se posent jamais sur les joues de ceux qu'elle consent à embrasser, la voilà qui enfonce les mains dans les poches d'un ivrogne puant et éructant. Elle cherche avec cet entêtement et cette habileté de femme à trouver les secrets des plis. Mais elle ne trouve pas la clef.

— Où les avez-vous donc mises, ces clefs ?

Elle hésite à redescendre les chercher dans la cuisine. C'est alors que Thomas se redresse, pivote et d'un coup d'épaule enfonce la porte. Cela n'a duré que quelques secondes. Grace n'a pas eu le temps de réagir. Le déchirement du bois éclaté au niveau de la serrure. Une joie intense qui la traverse.

Elle s'approche de Thomas et glisse un bras autour de ses reins. Ainsi accrochés l'un à l'autre, ils parviennent jusqu'au lit sur lequel ils tombent comme des masses, lui déjà inconscient. Là-bas, au fond du couloir, une ombre s'avance pieds nus, prend la lampe à pétrole posée sur le plancher et retourne dans sa chambre, aussi silencieuse qu'un fantôme.

13.

Une nouvelle fois, c'est le froid qui éveille Grace. Un froid insidieux, poisseux, entêté, plaqué sur ses reins, contre son dos et ses épaules malgré les épaisseurs de gilets, acharné à conquérir chaque pouce du corps. Une bête se nourrissant de la chaleur des vivants, hommes comme animaux. L'exact ennemi de la vie. Grace est sur le lit de Thomas. Les couvertures n'ont pas été défaites et la délimitation précise des deux empreintes sur l'édredon suggère un long abandon immobile et précautionneux. Thomas est absent. Son absence est à l'origine du frisson qui a tiré la jeune femme de son sommeil. Elle sourit en songeant à l'insaisissable d'un homme si encombrant et qui s'est laissé conduire jusque-là pour dormir comme un enfant. Il n'y a rien eu d'autre. Ils ont dormi tout habillés comme si c'était la guerre. C'est la guerre. Thomas n'a eu aucun de ces gestes déplacés qu'ont souvent les hommes pris de boisson. Elle sait seulement qu'il l'a regardée dormir.

La porte défoncée ouvre sur le couloir, pris dans les rais d'une lumière terne tombée des fenêtres sans rideaux. Les souvenirs reviennent à Grace, ces heures passées, blotties dans les bras de Thomas, un peu comme les gosses d'Éva serrés l'un contre l'autre. Elle est touchée par l'idée que tous les pas accomplis l'ont été pour arriver là. Grace se lève. Elle est la première femme, depuis que la mère de Marie est partie, à avoir franchi le seuil de la chambre de la tour carrée.

Au rez-de-chaussée, des bruits de cuisine. Louise s'affaire pour le dîner du nouvel an. Grace s'amuse de l'obstination des choses à se réaliser.

Le désir de faire sa toilette la conduit vers la salle de bains où elle trouve une grande bassine d'eau tiède. Grace ôte les deux pulls en laine qu'elle n'a pas quittés depuis mardi. Elle défait les boutons de sa chemise, arrache par le col son tee-shirt. Il ne fait guère plus de cinq degrés dans la pièce carrelée. Les yeux de Grace s'accrochent à son image renvoyée par le miroir. La glace ne lui retourne pas exactement les traits de la jeune femme arrivée là au matin du 28 décembre. En quatre jours, quelque chose d'imperceptible mais de bien réel a changé en elle. Elle se penche sur les vasques, troublée de ne pas se reconnaître tout à fait.

Après sa toilette, Grace descend. Dans l'entrée, elle croise Louise, les bras chargés d'une nappe blanche surmontée d'une pile de serviettes. La porte de la salle à manger est ouverte. Un grand feu brûle dans l'immense cheminée.

— Bonjour, ma petite Grace ! s'exclame Louise d'un ton joyeux. Il y a du café sur la cuisinière.

— Bonjour, Louise. Déjà au travail.

— Je n'ai jamais rien su faire d'autre. Je ne vais pas changer à mon âge.

Louise dépose le linge sur la grande table. Le brasier dans la cheminée réchauffe peu à peu l'air.

— Thomas a fait la corvée de bois ce matin, dit-elle

en indiquant un énorme tas de bûches rangées près de l'âtre.

Grace s'approche du feu et tend les mains vers les flammes. Dans son dos, les pas de Louise qui range les chaises autour de la table.

— Vous me jugez mal, Louise ? demande-t-elle sans se retourner.

— Comment pouvez-vous penser ça, ma petite ?

Deux mains la saisissent par les épaules. Deux mains dont elle sent la chaleur malgré l'épaisseur de ses pulls.

— C'est si nouveau pour moi, si inconcevable.

Elle cherche les mots.

— Pour lui aussi, vous savez, répond tranquillement Louise.

— Passer par hasard à deux kilomètres d'ici, se retrouver englouti sous une forêt, arriver là et voir sa vie basculer...

— L'essentiel, ce n'est jamais nous qui en décidons.

— Vous saviez ce qui se passait, n'est-ce pas ? Pourquoi j'étais aussi déconcertée ?

Elle n'a pas trouvé d'autre mot. Louise a compris. Elle précise :

— Vous aviez peur. Vous ne vous reconnaissiez pas. On a toujours peur quand c'est important. Je connais ça.

Grace presse Louise contre elle.

— C'est ça, Louise. J'étais effrayée.

— Votre histoire à tous les deux, je l'ai comprise dès le premier instant. Vous étiez descendue du ciel pour cet homme. Même si vous sortiez de la forêt. Mais c'est pareil. Avec quelques jours de retard, un miracle de Noël.

Bouleversée, Grace ferme les yeux.

— Et lui aussi, le pauvre, il en disait des choses à sa manière, poursuit Louise. Tenez, je vais vous apprendre un secret : l'horloge sur le palier...

— Celle qui sonne les heures, les demi-heures, deux fois et même la nuit ?

— C'est bien pratique pour savoir l'heure quand on dort ! L'horloge était arrêtée depuis la disparition de la petite et le départ de sa mère. Il l'a remontée le matin même de votre arrivée. Après trois ans de silence. Le matin même. Mais ça, vous ne pouviez pas le savoir.

Près de la cuisinière, Grace avale un bol de café fumant. Miranda est à ses pieds, la tête appuyée sur ses genoux, le regard clos. La jeune femme entortille distraitement les doigts dans les poils hirsutes. L'animal soupire d'aise.

— Où est-il ? demande Grace.

Louise, qui plume une dinde, s'interrompt. Elle passe le revers de sa main sur son front ruisselant des vapeurs montées de la bassine d'eau bouillante sur laquelle elle est penchée.

— Il est parti faire un tour dans la maison d'Albert. Voir si tout est en ordre.

Grace acquiesce. Elle songe à Albert, à sa dépouille dans la chapelle glacée qui attend des obsèques.

— Il vous a laissé Miranda.

— Pourquoi ?

— Pour le retrouver s'il a poussé plus loin. Le chien vous conduira.

À son nom, le griffon lève la tête et se dirige vers la porte.

— Ça comprend tout, ces bêtes, dit Louise. Des fois plus que nous.

Grace enfile son duffle-coat, noue un cache-nez autour de son col.

— Avant de partir, je vais chercher de l'eau au puits, dit-elle.

— Je veux bien, dit Louise. Il ne m'en reste guère.

Une demi-heure plus tard, Grace traverse le petit pont. Miranda trotte devant, allant et revenant vers elle, reniflant les talus, curieuse de tout. Le ciel est d'une pureté des premiers jours. Le regard porte loin, rien ne semble pouvoir l'arrêter.

Ne pas raisonner, ne pas anticiper, ne pas se questionner. Se concentrer seulement sur cet instant miraculeux, hors du monde, hors des logiques qui encerclent la vie. Accepter une si grande certitude au milieu de tant de hasards. La sensation d'être libre traverse Grace d'une manière fulgurante qui la ramène aux intuitions fondatrices de l'enfance. Elle frissonne et sourit. C'est un sourire qui ne s'adresse à personne, comme l'apparition d'une fleur enracinée en elle et qui a trouvé des lèvres pour éclore. À cet instant, la stridulation lointaine des tronçonneuses écorche son bonheur.

Là-bas, au fond de la trouée, la silhouette de la croix et Miranda qui revient en trottant du village fantôme. Grace arrive devant le théâtre de façades abandonnées. La porte d'Albert est close. Sous les planches ajourées d'un portail de grange, des chatons à moitié sauvages répriment leur envie de venir au-devant de la visiteuse.

— Thomas !

L'écho retourne la voix de Grace.

— Miranda. Cherche Thomas, cherche !

Le chien prend la direction par où Grace est arrivée mardi matin. Un quart d'heure plus tard, la jeune femme arrive au sommet du puy qui domine la forêt des Grandes Combes au fond de laquelle gît la voiture accidentée. Le chemin qui mène au village est toujours encombré de troncs et de poteaux électriques brisés. Rien n'a changé depuis quatre jours.

Elle est là, immobile, à contempler la lisière en

contrebas d'où elle est sortie meurtrie, inquiète, furieuse. Elle pourrait avec précision repérer la faille d'où elle s'est extirpée de cet immense naufrage d'arbres. Miranda est assise à ses pieds, le nez en l'air, la truffe palpitant aux odeurs âcres montées de la lande. Venu de la forêt, le cri lointain des tronçonneuses opiniâtres tranche à même le cœur.

— Je ne veux pas, moi ! s'écrie Grace. Laissez-moi encore un peu de temps !

Elle aimerait disparaître, Grace. Elle rêve que la route reste à jamais impraticable, qu'on ne la dégage pas. Qu'on l'oublie. Personne ne la regrettera là-bas, ni ses amis ni ses ennemis. Ni même Christopher, une fois la déception passée. Elle voudrait ne laisser derrière elle aucune trace, pas même ses escarpins ruinés par la neige ou son manteau à deux mille dollars. Elle rêve de se volatiliser, de se perdre avec Thomas dans un pays d'où personne ne revient, ou alors si différent qu'on est méconnaissable. Comment concevoir une suite à sa vie ?

Jusqu'à ce matin, jusqu'à ce qu'elle entende ces maudites tronçonneuses, elle s'est crue capable de croire en deux vérités inconciliables, sans percevoir combien elles étaient contradictoires. D'un côté, il y a ce qu'elle vit ici, la force irrésistible qui la pousse vers Thomas. Sur l'autre versant, Christopher l'attend, on compte sur elle à Genève, à New York... Jusqu'à ce qu'elle entende les hurlements des scies, le don lui était donné, sans qu'elle s'en émeuve, de contempler simultanément les deux faces de son existence. Voilà que ce pouvoir lui est ôté. Elle voudrait recoller les deux morceaux. C'est impossible et elle le sait.

Miranda jappe et s'élance dans la pente vers une silhouette encore loin. Le cœur de Grace se met à battre comme jamais il n'a battu, ou alors elle ne s'en souvient pas. Thomas marche vers elle.

Grace, qui imaginait se jeter dans ses bras, se retrouve embarrassée. Thomas garde les yeux baissés.

— Je reviens du col des Bouffanges, dit-il en tendant le bras vers une immensité de landes.

Elle hoche la tête.

Parle-lui, Thomas. Dis-lui ce qu'elle désire entendre. Le temps vous est compté, tu sais. Là-bas, les bûcherons s'activent. Il doit y en avoir partout, avec des agents de l'EDF, des soldats du génie, des spécialistes des travaux publics, sait-on ce qu'un État organisé peut imaginer pour se mettre en travers de l'amour ? Dis-lui ce qu'elle mérite d'entendre. Elle a fait tant de chemin pour ça, brisé tant de chaînes. Elle est revenue sur tant de ses convictions. Dis-lui ce que tu rêves de lui dire depuis cet instant où tes yeux se sont posés sur son visage arrogant, sur sa beauté véhémente et triomphatrice terrorisée par le vide de sa propre sophistication. Lorsque tu lui as demandé de te donner des clous, toi qui passais ta vie à te crucifier aux poutres de tes souvenirs. Puisque c'est à l'homme de parler en premier, fais-lui comprendre que ses yeux gris t'ont foudroyé. Et son air invraisemblable en manteau et escarpins Gucci dans la bouillasse de ce désastre. Des talons hauts sur le Plateau ! Dis-lui qu'elle était la plus belle apparition qu'il t'avait été donné de voir depuis le fond de ta nuit, cette orchidée, prête à tuer et qui, par le miracle d'un ouragan invraisemblable, te tendait en tremblant une boîte de pointes à chevrons.

— Vous entendez ?

— C'est le vent dans la lande. Cela fait penser à un frottement.

Un ami sibérien de Grace, réfugié à New York, lui a dit qu'à Irkoutsk, sur les immensités gelées, on entend le bruit de la Terre qui tourne. En cet instant, elle ne doute pas de percevoir ce feulement rythmé par le battement de son cœur. Elle pense aussi qu'ils devraient se jeter l'un contre l'autre, boire l'un à l'autre, fouiller tous leurs secrets, vite, sans chercher à penser, sans parler. Se prendre, avant qu'on ne les prenne.

Thomas baisse les yeux. Les mots restent noués, pressés au fond de sa gorge, incapables de franchir ses lèvres. Cela fait si longtemps qu'il se tait. Cette nuit, il a tenu cette femme dans ses bras comme un être précieux dont il ne serait que la carapace. Il se souvient l'avoir regardée dormir. Mais il se souvient aussi de sa violence et de son désespoir.

— Marchons, si vous voulez.

C'est Grace qui parle. Elle sait ce qu'il voudrait lui dire. Elle comprend qu'il ne puisse parler. Il est en contrebas et lui, le colosse, il lève les yeux vers elle. Jamais on ne l'a regardée ainsi, Grace.

— Par là, ajoute-t-elle.

Elle ignore pourquoi elle a tendu le bras vers l'ouest. Peut-être pour échapper au râle des tronçonneuses, au village fantôme et même à la ferme à la tour carrée. Peut-être parce que le ciel dans cette direction est d'un éclat qui appelle à fuir.

Ils vont côte à côte. Miranda les encercle de ses courses inépuisables et vaines. Ils se taisent, intimidés. Une lande désertique s'étend en pente douce, hérissée çà et là de genévriers, guetteurs immobiles d'un désert de tourbe. Ils dominent la lisière d'un massif forestier à perte de vue. Soudain, Grace se rapproche de Thomas et lui prend le bras. Elle s'y accroche. Leurs pas se règlent l'un sur l'autre.

— J'étais bien cette nuit, dit-elle en appuyant la tête contre Thomas.

— Moi aussi.

Ils n'en disent pas plus. Ils n'en sont pas encore

capables. Surtout lui. Ce « moi aussi » lui a coûté plus que sa première phrase à elle. Elle était davantage préparée à ces mots, d'ailleurs ce sont les siens. Ils ont la force d'un premier aveu. Et puis, elle est plus réaliste. Le temps coule devant ses yeux. Lui, il est encore le regard vague devant le sablier. Il ne réalise pas ce qui arrive. Il croit avoir l'éternité, puisqu'il en vient. L'insensé !

Ils marchent longtemps, silencieux, rassasiés de leur mutisme. Que pourraient-ils dire qui ne les ramènerait sur terre ? Ils ne cherchent pas. Leurs esprits ne sont pas en quête d'idées. Le silence les amarre l'un à l'autre plus sûrement que des paroles qui pourraient se glisser à coup sûr entre eux. C'est un moment qu'ils savent unique. Ils ont vécu toute leur vie jusqu'alors pour cette lente déambulation dans de l'herbe à moutons. Ils éprouvent ce genre de certitude qu'on ne ressent qu'une fois. Quelle certitude ? Rien n'est assuré pour eux que l'instant. Mais ce qu'ils ressentent ressemble à la brutale apparition de la foi, à ce qu'en disent ceux qui l'ont vécue. Et c'est encore au-delà, puisqu'ils ne se confient pas à quelque être suprême, sévère et protecteur, mais à un semblable aussi vacillant que chacun d'entre eux deux a conscience de l'être, aussi fragile, aussi nu, aussi désarmé qu'ils le sont l'un et l'autre. Ils acceptent leur chute dans le vide, pourvu que ce soit ensemble.

— Vous vous souvenez, sur le toit de la chapelle ?

Elle a encore pris l'initiative. Femme, elle devine que cette grande masse douloureuse est plus lente à réagir, moins agile, plus craintive aussi. Elle a choisi finement d'évoquer le passé. Car c'est le passé pour eux. C'était il y a quatre millions d'années. Quatre jours ? Ils ne s'en souviennent pas.

— Vous arriviez mal.

Elle lève le nez vers lui. À présent, elle aimerait

capter ses yeux, s'assurer qu'ils sont toujours bleus, qu'après ces premiers pas leur couleur n'a pas changé. Mais lui, il continue à observer l'horizon. Il ne peut encore soutenir la vue de ce qui est trop proche. Cela lui ferait mal. Il lui faut de l'espace. Peut-être même que ce goût pour l'inexploré ne l'abandonnera plus jamais. Elle comprend et baisse la tête en regardant la pointe de ses bottes vertes. En même temps, elle se serre davantage contre son bras. Lui, la soutient sans broncher. À son poing, elle est aussi légère qu'une ombrelle.

— Cela en valait la peine.

Pourquoi a-t-elle dit cela ? Il y a trop de sous-entendus dans cette phrase dont le ton était vaguement interrogatif mais pas complètement. Pour elle, c'est une certitude. Il n'empêche, tu es compliquée, Grace. Espiègle aussi. Et puis tant pis, c'est dit. Elle se blottit contre lui. Elle guette. La perche est tendue, il ne lui reste plus qu'à la saisir. Il peut le faire, il est assez lucide pour cela. Si jamais il ne réagit pas, alors elle recommencera. Voilà ce qu'elle se dit. Là-bas, parvenue à hauteur du genévrier penché par des années de vent d'ouest, elle fera une autre tentative. Comment ? elle ne sait pas encore. Mais c'est inutile, car il dit :

— Oui, ça en valait la peine.

Elle sourit. Elle a gagné. Il apprend vite. Il a saisi le ton juste, ce ton qui est la marque des quelques phrases essentielles échangées dans toute une existence. Ce genre de phrase dont on peut dire : de toute ma vie, je n'ai ressenti le ton juste que dans deux ou trois conversations. Pas davantage. En amour, c'est encore plus rare qu'en amitié. Grace est heureuse. Et Thomas aussi, mais il ne le montre pas. Il n'est pas démonstratif. Il est encore plus mal en point que la femme qui le guide vers elle. Rassurée, elle tente alors quelque chose de périlleux. Aux échecs, cette manœuvre savante porterait certainement un nom. En rhétorique aussi, mais Grace a oublié et d'ailleurs ce n'est pas là le problème.

— Cela valait la peine de sauver cette toiture.

Le piège est tendu. Elle attend. D'un seul coup, en cas d'erreur, ils reculent de plusieurs cases. Miranda, à vingt mètres, creuse le sol. Grace imagine un gage, songe que l'artifice est trop gros pour qu'il daigne y tomber. Elle ne s'en rend pas compte, mais ses mains serrent le bras de Thomas comme pour l'encourager.

— La toiture et aussi...

Il n'a pas pu en dire davantage. Mais le principal est fait. Grace sourit. Elle a triomphé. Provisoirement. Elle a gagné du temps, c'est cela qui l'obsède à présent, le temps. Ce dernier adversaire implacable, qu'on ne peut amadouer avec des paroles, que l'on ne saurait vaincre que d'une seule et définitive manière. Ils sont à hauteur du chien qui gratte le sol. Miranda lève la tête, les regarde comme si leur proximité était la plus naturelle du monde. Sa truffe est couverte de terre noire. Elle jappe et fourre le nez dans l'excavation. Bientôt, de la pierraille gicle entre ses pattes arrière.

— Aussi ?

Grace ne lâche pas. Elle sait qu'il faut être impitoyable, même s'il est à peine rétabli, si fragile. Elle est la première pour lui. Rien de ce qu'il a vécu avant ne compte. Il a tout oublié pour ne conserver que l'idée du malheur.

— Aussi, nous.

C'est dit ! Grace s'arrête. Il allait continuer à marcher de son pas de convalescent, lui si fort. Elle le retient. Sa main a quitté l'anse de son bras et ses doigts se sont crispés sur le col de la canadienne. Elle tire et, miracle, il s'arrête. Grace se plaque contre lui. Elle veut retrouver le socle de cette poitrine vers laquelle

elle désire se presser. Des bras l'enveloppent et la serrent, lui font la marque de deux ailes dans le dos. Un vent léger et glacé les entoure, faisant voler les mèches brunes qui s'échappent de son bonnet. Elle ferme les yeux, la joue contre la laine de son vêtement. Et lui, il regarde l'horizon, les yeux mi-clos, une pâleur sur son visage couvert d'une barbe en friche. Ils se taisent. Il sait qu'elle écoute battre son cœur et il respire à plein visage son parfum de femme. Ils cicatrisent. Ils sont l'élixir l'un de l'autre, le baume qu'ils attendaient sans l'espérer. Et puis, Grace se redresse et lève le visage vers Thomas. Leurs lèvres se touchent, glacées. Brûlantes.

Ils marchent, l'un contre l'autre. Elle porte un sourire qui lui fait une beauté nouvelle. Il demeure toujours en elle de la sophistication, de l'artifice, une finesse un peu inhumaine tant elle est épurée, mais cela fait partie de ce qu'elle est et il l'aime aussi pour ça. Seulement, il y a quelque chose en plus. Une sérénité. Elle a basculé de la beauté à la sensualité. C'est plus émouvant, plus captivant. Plus durable.

Ce baiser change tout. Maintenant, elle désire le connaître plus à fond. Elle veut un peu du temps qui leur reste pour accumuler des souvenirs réels, le grain de sa peau, la douceur de sa toison, l'odeur de ses cheveux, la force de ses doigts. Elle est pragmatique, Grace. Lui, c'est encore un enfant qui ne sait pas compter, qui ignore l'arithmétique des minutes et des heures. Mais pas elle. Elle veut l'apprendre jusqu'au bout.

Elle veut parler, aussi. Babiller serait plus juste. Elle voudrait que des mots nouveaux qui ne sont jamais sortis de sa bouche franchissent ses lèvres, que des pensées lui viennent qu'elle pourrait traduire sans les trahir. Elle est pleine d'images qui s'envolent de ses yeux, qu'elle ne peut retenir, qui n'ont pas encore besoin des mots pour exister. Quand il y en a trop, elle s'arrête, l'agrippe par le col avec une violence qu'elle ne se connaissait pas et l'embrasse. Et alors les images l'emplissent, lui. Elle le féconde d'espérance. Et elle sent son grand corps d'homme qui n'a jamais eu peur de personne, sauf de lui, se durcir, redevenir un corps réel, existant, à la dimension de ce pays où rien ne dure qui ne soit trempé de la volonté de survivre.

C'est une terre où renaître, ici. Grace, le souffle coupé, redescend de cette grande carcasse qu'elle a escaladée comme une adolescente audacieuse, et ils reprennent leur marche aussi sages que s'ils n'étaient pas fous. Miranda a abandonné ses recherches et les dépasse à la course. Leur bonheur touche tout ce qu'ils approchent. En ce moment, ils pourraient guérir les écrouelles. Par prudence, ils commencent par se guérir eux-mêmes. Leur regard dit la stupeur d'exister encore. C'est un moment déchirant.

À présent, ils voudraient être protégés. Ils voudraient des branches autour d'eux, un nid. Un éboulis ou une grotte leur suffirait, ils ne sont pas exigeants. Grace, la conquérante, désire finir de coloniser ce continent qu'elle sent à sa merci. Tant qu'elle n'aura pas laissé la trace de ses ongles sur le sable de sa peau, tant qu'elle n'aura pas goûté à ses sources, bu ses fruits, tant qu'elle ne se sera pas gorgée de leur suc, il ne lui appartiendra pas complètement. D'autres pourraient venir et s'en emparer, maintenant que la voie est ouverte. En ce sens, elle est infiniment plus concrète que lui. Elle sait qu'aimer c'est toucher, c'est prendre. Que les mots sont souvent moins forts que les caresses, les idées parfois moins précises que les gestes. Elle sait que les corps doivent à un moment se dénuder et qu'en dehors de cela il n'y a rien qui existe à la face de ce monde. Et d'ailleurs, très longtemps après, il ne reste de souvenirs que sur ces cendres-là.

Ils sont arrivés à une lisière. Ici, comme ailleurs, seule demeure intacte une ligne de résineux en bordure de forêt. À l'intérieur de cette barrière d'arbres épargnés, c'est un enchevêtrement prodigieux. Ils restent immobiles devant cette apocalypse. Le désir de franchir ce rideau les tenaille. C'est Grace, une fois encore, qui fait le premier pas.

— Viens, dit-elle en se glissant entre les branches basses.

Elle réalise qu'elle l'a tutoyé. Elle aurait aimé le vouvoyer encore, comme s'ils avaient la vie pour prendre possession l'un de l'autre. La lande qu'ils viennent de traverser est une immensité à découvert. Ils sont soulagés d'être devenus invisibles. Ils ont besoin d'intimité. Miranda les a suivis, mais Miranda n'est pas indiscrète. C'est un animal qui peut comprendre ces choses-là. D'ailleurs, elle file entre les branches sur des voies invisibles. Thomas paraît s'éveiller. Il accomplit les gestes que Grace attend. Ce sont des instants des premiers temps. Il faut trouver une couche dans cet amoncellement de troncs et de branches. Faire un nid comme des adolescents amoureux sans lieu pour se retrouver. Cette précarité les rajeunit. L'inconfort est une valeur ajoutée à leur désir. Grace se laisse guider.

Elle n'a jamais connu ce genre de situation et ses amours n'ont jamais rien eu de bucolique. Thomas déboutonne sa canadienne et la dispose sous un tronc, réalisant ainsi une sorte de bauge séparée du sol par un enchevêtrement de jeunes pousses. Il saisit la main de Grace et ils s'étendent sur cette nacelle improvisée. Ils sont bien, tels des enfants dissimulés aux yeux du monde dans le repli d'un parc. Un gros arbre couché fait un plafond à leur alcôve. Plus aucun bruit de tronçonneuse ne les atteint. Quelques craquements comme dans une charpente, une odeur de résine et d'humus. Miranda passe de temps en temps la tête entre les branches pour s'assurer de leur présence et de leurs progrès. Et puis Grace bascule sur Thomas, avec cette sensualité qui fait céder le grand corps intimidé de cet homme en friche. Grace qui glisse les mains sous les lainages, à la recherche de la peau, à la recherche de sa chaleur. Grace qui, pour la première fois depuis que le monde s'est écroulé sur le capot de sa voiture, n'a pas froid. Grace, engloutie dans son propre feu et qui veut incendier cette carcasse vaste comme une île. Grace qui prend possession de cette *terra incognita*, place ses marques avec la bouche, plante un peu partout des drapeaux à la pointe de ses ongles, rédige ses titres de propriété dans une langue de caresses. Grace qui s'ouvre pour engloutir ce continent neuf qu'elle vient de conquérir aux antipodes des terres connues. Grace et Thomas. Ils sont une incandescence de chair jetée dans un hallier.

L'après-midi est avancé lorsqu'ils arrivent à la ferme à la tour carrée. Jusque-là, ils ont marché en se tenant l'un à l'autre. Leurs corps sont apaisés et douloureux, roués de caresses et de tensions extravagantes. Ils ne croyaient pas un jour connaître des moments si forts. Maintenant, ils s'écartent un peu. Leur histoire est trop neuve pour paraître aux yeux du monde.

Louise s'active dans la cuisine.

— Mes enfants ? Vous avez mangé ?

Elle a l'art, Louise, de reprendre les choses à leur commencement.

Grace et Thomas ont faim. Un appétit de jeunes gens. Louise, qui s'amuse, ajoute :

— Je vous ai préparé un petit quelque chose. Asseyez-vous. Vous devez avoir faim.

Ils se regardent. Les deux femmes ont envie de rire. Des trois, c'est naturellement Thomas le plus gêné. Il n'est pas encore habitué à paraître heureux. Louise se reprend :

— Regardez, il est trois heures ! Et le temps qui passe. Je ne vais jamais être prête pour ce soir.

— On va vous aider, dit Grace dans un élan.

— Oh ! non. J'ai l'habitude. Et puis, vous avez...

Elle voulait dire : « Vous avez bien d'autres choses à faire. » C'est cela que Grace devine. Et Thomas aussi, qui réalise soudain que le temps leur est compté.

Ils s'assoient de part et d'autre de la grande table de cuisine, où Louise a disposé deux couverts. Une chaleur douce régne dans la pièce. Grace n'a pas éprouvé dans l'entrée cette impression d'humidité que l'on ressent en retournant dans une maison fermée pendant tout un hiver. Le brasier, qui élève peu à peu la température de la salle à manger, y est peut-être pour quelque chose.

Après le déjeuner, ils se mettent aux ordres de Louise. Thomas se charge des corvées de bois et d'eau, et des soins au cheval. Tout ce qui nécessite de ressortir. Grace, malgré sa maladresse qui amuse Louise tout en la révoltant un peu, joue l'apprentie. Louise l'observe. Jamais elle ne lui est apparue aussi belle qu'en cet instant, dans cet éclairage finissant du jour.

Les Jouaneau doivent arriver vers neuf heures. Grace a laissé une lampe à pétrole brûler, accrochée en façade pour guider leurs pas. Elle se prend au jeu de cette soirée si décalée. Ce soir, ils vont faire front à cette tempête qui les écrase depuis lundi. Ce soir, ils vont recouvrer leur dignité puisqu'ils vont s'amuser au milieu du désastre. Le pays est par terre, champagne !

C'est comme cela que Grace voit la fête. Et même Thomas qui peu à peu revient à la vie, lentement comme un noyé.

Dès que la maison devient plus sombre, leurs mains se touchent dans les replis d'obscurité. Ils ne veulent pas abandonner Louise à la préparation du dîner, mais ils ne veulent pas se perdre non plus. Un moment, ils se sont éclipsés dans la chambre de la tour carrée. Lorsqu'ils sont redescendus, Grace est partie de son côté, dans la salle à manger, changer les couteaux et les fourchettes de place, et Thomas est sorti dans la nuit tirer deux derniers seaux au puits.

Neuf heures. Dehors, des pas qui tapent sur les pierres du seuil. Des voix d'enfants, et les dernières recommandations des parents, des *soyez sages, ne touchez à rien !* lancés dans un souffle et dont on sait qu'ils sont inutiles. Grace ouvre la porte. Éva apparaît dans l'encadrement de la nuit glacée, poussant devant elle Michel et Amélie. Robert est en retrait. Ils se sont changés, eux aussi. Non qu'ils soient moins couverts que d'habitude, car ils devinent que la température ambiante ne dépassera pas les dix degrés. Mais ils ont mis des vêtements propres. Robert s'est rasé. Grace s'avance vers les deux gosses, pose les mains sur leurs têtes couvertes de bonnets et serre Éva dans ses bras.

— Entrez vite ! Il fait tout de même meilleur à la maison.

La maison. Sa maison. Non, la ferme à la tour carrée ne sera jamais sa maison. Mais, ce soir, c'est elle qui reçoit, au côté de Thomas. Et même Robert, qui tape une dernière fois des pieds sur le seuil, un peu intimidé, le comprend au premier coup d'œil. D'ailleurs, s'il ne l'avait deviné, la manière dont Grace le prend par les épaules et l'embrasse sur les deux joues lui aurait permis de se faire une opinion. Cela finit de l'impressionner, Robert, cette Américaine plus grande que lui, qui ressemble à ces femmes qu'on voit dans les feuilletons, et qui l'embrasse comme s'ils se connaissaient depuis toujours. Il rougit un peu. Dans l'ombre, personne ne le voit.

— Passez dans la salle à manger. Thomas a fait un grand feu, ajoute Grace, pressée de dissiper un moment de flottement.

Thomas a ouvert la porte et tout le monde s'engouffre dans la pièce.

— Çà, par hasard ! dit Robert à voix contenue. C'est un vrai réveillon.

Grace triomphe. Et Louise aussi.

— C'est Louise qui a tout fait, dit Grace.

— J'ai suivi les ordres, précise Louise, soucieuse de redire une nouvelle fois les choses.

Thomas se tient à l'écart, près de la cheminée. Il n'ose pas trop parler devant ses amis qui, trois années de suite, se sont demandé presque chaque matin s'ils n'allaient pas le trouver pendu à une poutre de la grange, et qui le découvrent ce soir, un air de bonheur sur le visage. Le bonheur, c'est impossible à cacher.

Un émerveillement passe dans le regard des enfants. La belle table, couverte d'une nappe blanche, étincelle. Des chandelles, des bougies, celles confectionnées par Louise, l'éclat du grand feu dans la cheminée, accrochent des reflets dans les verres disposés devant les larges assiettes en bleu de four. Trois verres par convive, et même pour les enfants. Des supports d'argent pour poser les couteaux, des serviettes savamment pliées par Grace. Des étiquettes, avec le prénom de chaque invité, disposées au pied du plus grand verre, *Grace* et *Thomas* aux deux extrémités de la longue table.

— C'est fou, dit Éva. Comment avez-vous eu le temps ?

Elle a évoqué le temps, mais elle pensait la force. C'est de la force qu'il faut pour se permettre d'être aussi dispendieux en gestes. Elle, une heure plus tôt, achevait à peine la traite.

— Ne restez pas là, dit Grace. Prenez place.

Elle rit. Et son rire soulage les autres.

— Robert, viens t'asseoir, dit Thomas.

Thomas est sorti de l'ombre et désigne un fauteuil près de la cheminée. Robert s'exécute avec les gestes maladroits d'un homme qui ne veut pas froisser l'espace où il se glisse. Robert, ça l'intimide, tout ce jeu-là. Dans le fond de sa cervelle, il y a encore des clôtures abattues, des cadavres de vaches à enterrer, une forêt anéantie. Mais ce soir, il veut bien essayer quand même, se laisser faire. D'autant qu'il voit du coin de l'œil qu'Éva est heureuse. Et cela n'a pas de prix pour lui.

— Champagne ? demande Thomas.

— Naturellement, dit Grace, qui a pris le bras d'Éva et la conduit vers un autre fauteuil près de l'âtre.

Louise est retournée dans la cuisine en disant de lui mettre une coupe de côté.

— Vous reviendrez la boire avec nous, Louise ? s'inquiète Grace, sur le ton d'une familiarité que seules donnent des années de vie commune.

Ils entendent Louise qui peste en secouant le cendrier de la cuisinière. Ils sourient. Parce que cela ressemble à un moment où chacun a trouvé un rôle à jouer, spontanément et très vite. Même les gosses, intimidés, n'écorchent pas la douceur des silences. Ils ont découvert sur un guéridon un livre d'images qu'ils feuillettent. Michel commente les passages difficiles des légendes qu'Amélie peine à déchiffrer.

— À vous tous, dit Grace en levant son verre. À nous réunis, ce soir. Avec l'espérance que toutes les blessures cicatriseront un jour.

Ils restent tous un moment leur coupe en l'air, imitant le geste un peu grandiloquent de Grace. Les blessures qui cicatrisent, ils y croient mais sans plus. Robert sait qu'il faudra des années pour que la forêt redevienne celle qu'il a connue et aimée. Il n'est pas sûr d'ailleurs de la voir guérie. Ses enfants... Mais où seront donc ses enfants dans tant d'années ? Au pays ? Robert en doute. C'est si dur, ici. Éva, elle, pense aux blessures intimes, celles qu'elle a vues fleurir sur Thomas depuis le drame, qu'elle aurait aimé guérir, peut-être, si sa vie n'était pas auprès de Robert, si les choses n'étaient pas compliquées. Elle a le cœur assez grand, Éva, pour consoler tous ceux qu'elle aime.

Grace porte les lèvres à la coupe. Ils la regardent. Elle est rayonnante, si sûre d'elle. Le passé douloureux s'efface derrière ses pas. On dirait qu'elle règne sur la ferme à la tour carrée depuis toujours. Alors ils boivent une première gorgée, les yeux baissés pour ne pas voir le regard que Grace et Thomas s'échangent par-dessus leurs têtes.

14.

Le sommeil et l'amour font aux yeux de Grace des cernes bleus. Il est huit heures. Le jour va se lever. Depuis longtemps, la lampe à pétrole qui brûlait près de leur lit s'est éteinte, obligeant leurs mains à se chercher à tâtons. Thomas vient à peine de s'endormir, un de ses grands bras étendu sur la poitrine nue de Grace. La maison est d'un calme étrange, prise dans sa gangue de froid qui rend la surface des meubles glacée et poisseuse au toucher. Grace ne dormira pas, cette nuit. Elle ne veut pas céder une minute à un repos qui l'éloignerait de Thomas. Elle est une femme qui veille au côté d'un homme apaisé. Sa conscience va librement et sans peur vers des réalités effrayantes. Ce matin, c'est certain, elle ne recollera pas les deux morceaux de sa vie.

Des images du réveillon reviennent, lui laissant le souvenir d'un théâtre d'ombres et de spectres. Thomas et elle, à chaque extrémité de la table, recevant de vieux amis devant une flambée. Les conversations étrangement décalées. Les bougies qui meurent, le désordre qui s'installe sur la nappe maculée. Les enfants qui s'endorment avant minuit et qu'il faut allonger sur un sofa poussé près du feu.

C'est par Robert que le monde réel s'est engouffré. Parce qu'il est le moins apte de tous à faire la part des choses, le moins habile à s'illusionner, le moins joueur, le plus tragique aussi. Malgré le talent de Grace à le distraire de ses soucis, Robert évoque inlassablement le travail de la dizaine de bûcherons turcs débitant les derniers troncs qui rendent encore impraticable la route menant à sa ferme. Il revient, sempiternel, avec cette ténacité des timides et des silencieux, sur la certitude de les voir arriver dans sa cour dès le matin, avant-garde de libérateurs annonçant les services de l'EDF, du génie civil, de l'armée – le 126e RI, précise-t-il. Il insiste sur le dévouement de ces étrangers, leur solidarité, comme s'il en avait secrètement douté. Robert qui, croyant tenir des propos d'espoir, ajoute à la détresse de ses hôtes.

Minuit à peine sonné, ils se sont embrassés. À présent, Grace et Thomas sont pressés de les voir partir. Chaque bouchée, chaque gorgée, chaque phrase retarde les retrouvailles des deux amants, dilapide le seul trésor qu'ils possèdent. Vers une heure du matin, les Jouaneau prennent congé. On s'embrasse de nouveau, on se dit qu'on a bien fêté le changement de millénaire, que l'année prochaine sera nécessairement meilleure si on a la santé. On met des *si* partout, par précaution, pour conjurer le sort. Sauf Grace.

Robert prend dans ses bras Amélie endormie, enroulée dans une couverture. Michel, muni d'une lampe électrique, marche devant comme le petit homme qu'il se fait un devoir d'être. La lanterne danse un temps dans la nuit à hauteur de la main d'Éva, jusqu'au petit pont, puis se fond dans le néant.

Le bras de Thomas presse la poitrine de Grace. Elle attend, elle guette. On va venir la chercher et la conduire loin de la tour carrée. Une lactescence grise filtre par les rideaux tirés. Grace aurait tant aimé que la lumière ne revienne plus sur Terre et finir contre cet homme. Cette nuit, elle aurait sacrifié le monde entier à son amour. Elle est une femme amoureuse.

Dehors, le bruit d'un moteur. Grace ferme les yeux, son cœur s'emballe. Thomas s'est éveillé. Elle se serre dans ses bras.

— Je vais voir, dit-il.

— N'y va pas !

La chevelure noire de Grace coule sur la poitrine de Thomas qui se tait. Elle lui sait gré de son silence, proche de l'abandon, qui rendra les choses plus faciles. Il ne le voit pas, mais ses yeux miroitent.

Elle guette sa respiration, inquiète à l'idée qu'il lui prenne l'envie de lui demander de rester. Elle le laisserait parler comme un pêcheur fatigue sa prise. Elle le laisserait divaguer, le pauvre, se mentir à lui-même, user son espoir à la pierre des mots. Elle saurait bien lui donner l'estocade quand ses paroles ne couvriraient plus ses doutes. Mais il ne dit rien. Il est retombé au fond de son mutisme comme dans la gueule d'un puits. Depuis le début, il sait. Jamais Grace n'a laissé entrevoir un possible renoncement à son existence. Pour eux, c'est une évidence, elle retournera à New York. L'arrivée des secours, c'est la fin de leur histoire.

Le visage tourné vers la fenêtre, elle est blême. Dehors, le silence est écorché par le bruit des moteurs qui tournent, de grosses cylindrées comme en possèdent les 4×4 ou les camions. Des portières claquent, des éclats de voix, Louise répond sur un timbre chantant, remerciant pour le pain frais, les piles neuves et les chandelles. Des pas dans l'entrée.

On ne construit rien sur de telles ruines. Grace en est convaincue et Thomas aussi pour avoir déjà éprouvé cette vérité dans sa chair. Ce qu'elle voudrait, Grace, c'est que leur histoire ne soit pas bancale. Elle est persuadée que, malgré les ruptures, on ne refait pas sa vie. On continue tout au plus. Elle se frotte doucement contre lui. Leurs peaux sont miraculeusement appareillées. Ils ont la gorge nouée. Ils songent à tout ce qu'ils n'ont pas eu le temps de livrer d'eux-mêmes. D'en bas, montent des rires. Louise fête les libérateurs. Elle leur offre un casse-croûte. Elle sait ce que représente cette joie pour Thomas et Grace, mais elle n'a pas le choix. Elle est du côté du réel, Louise. Elle s'adapte. Elle respecte les efforts qu'ont déployés ces hommes pour venir la secourir. A-t-on jamais vu des prisonniers repousser leurs sauveurs ?

Le jour gris ourle les tentures. Les deux amants sont là, silencieux, assiégés dans la pénombre glacée de la tour carrée. Ils ne voudraient pour rien au monde se déchirer dans ces derniers instants d'intimité. Cela les rend précautionneux. Ils ne veulent pas fêler leurs souvenirs.

— Il faut se lever, dit-elle.

Il la regarde avancer nue vers la fenêtre. Le froid dépose sur ses reins l'ondée d'une chair tremblée. Loin de lui, elle a déjà froid. Elle tire les rideaux d'un grand geste large, les jambes légèrement écartées sur la pointe des pieds. Des véhicules tout-terrain sont stationnés dans la côte qui mène au tilleul cassé. Deux appartiennent à l'armée, les autres aux services de l'EDF. Là-bas, sortant de l'allée de chênes, un groupe de bûcherons avance en colonne, la tronçonneuse à l'épaule. C'est une invasion. Grace est délogée de son île déserte.

— Il faut avertir les autorités pour Albert, dit-elle machinalement.

— Qu'est-ce que je suis pour toi, si tu envisages de partir ainsi ? demande Thomas brusquement.

Grace le dévisage. Elle savait qu'arriverait cet instant où ils seraient frôlés par la tentation de la révolte.

— Une passade, un indigène, un brin d'exotisme pour une touriste déboussolée en mal d'aventure, lâche-t-elle.

Elle s'approche du lit et se serre contre Thomas. Il ne leur reste que quelques minutes avant que la troupe qui piétine dans la cuisine ne les évince tout à fait. Elle voudrait qu'ils se taisent définitivement, qu'ils ne cherchent plus qu'à engranger dans leurs mémoires des milliards de souvenirs. Qu'ils se quittent sur ces mots dérisoires. Il doit le comprendre, car il ne dit plus rien. Hier, au cours du réveillon, il n'a pas bu plus de deux verres et, pourtant, il a la gueule de bois. Devant eux, s'ouvre une nuit sans aube.

Un quart d'heure plus tard, Thomas descend. Ils sont là, une dizaine à se réchauffer dans la cuisine, des militaires, des français, mais aussi des électriciens italiens parlant un piémontais que comprend Louise, tous assis autour de la table. Quand ils voient arriver le maître de maison, ils se lèvent. Thomas, en les saluant, est frappé par la grande lassitude de leurs visages. Lui-même est sombre, et les autres sont surpris de ne pas l'entendre se lancer dans ce bavardage joyeux que tiennent d'habitude les naufragés restés longtemps coupés du monde.

— Je te sers un café ? demande Louise à Thomas.

Il acquiesce. Louise a eu la présence d'esprit de

fermer la porte de la salle à manger. Thomas n'aurait pas aimé que ces étrangers voient la table du réveillon.

Les agents de l'EDF préviennent que la ferme étant en fin de ligne, l'électricité ne sera pas rétablie avant plusieurs jours. Ils craignent des récriminations.

— Tout est par terre, dit un homme aux tempes grisonnantes, qui doit être chef de chantier. Un désastre.

Thomas l'écoute. Que lui importe une semaine, un mois, un an de plus d'obscurité ?

— Nous sommes obligés de faire venir du câble du Mali, poursuit l'autre. Par camions militaires dans la brousse, et puis par gros porteurs jusqu'à Bordeaux. L'Afrique, vous imaginez...

L'homme éprouve le besoin de dire. Il y a chez lui le désir de se justifier, alors que non seulement il n'est pour rien dans cette catastrophe mais que c'est tout le contraire. Savoir ces milliers de maisons plongées dès cinq heures du soir dans l'obscurité, ça le rend fou.

— Nous avons eu un homme tué par sa tronçonneuse, lâche un sous-lieutenant.

Sa voix se perd dans la tristesse. Ils baissent les yeux. Le monde et ses malheurs s'engouffrent en Thomas, le lestant pour de bon, lui subtilisant son chagrin.

Le bruit d'un moteur tire leur regard vers la fenêtre. Décidément, c'est une invasion. Thomas n'a pas bronché. Louise, qui s'est avancée, discute avec un homme descendu de la voiture. Elle revient dans la cuisine et s'approche de Thomas.

— C'est un monsieur, pour Grace...

Thomas lève les yeux vers la vieille femme.

— Un homme de la Croix-Rouge. Le consulat américain lui a demandé de s'occuper de Grace. Il doit la reconduire à Limoges auprès de son mari.

Thomas se lève.
— Dis-lui qu'elle va descendre.

Thomas frappe à la porte de la salle de bains.
— Entre !
Elle est habillée d'un gros pull de laine et d'un pantalon de velours, chaussée de bottes, penchée vers le miroir. Grace passe la main dans ses cheveux, se retourne et enfile un bonnet de laine.
— Ils sont là ?
— Il y a un représentant de la Croix-Rouge qui est venu spécialement pour toi.
— Spécialement ?
— Oui.
Ils sont écrasés de douleur.
— Je ne t'ai jamais rien promis, tu es d'accord ? dit Grace.
Il secoue la tête.
— Jamais.
Les yeux de Grace brillent. Sans Rimmel.

Ils descendent tous les deux. Un homme d'une soixantaine d'années, les cheveux gris, l'air d'un professeur à la retraite, les attend près de sa voiture. Dès qu'il les voit arriver, il s'avance.
— Madame Grace Dempsey ?
Grace tend la main.
— Je suis le représentant local de la Croix-Rouge. Le consulat américain de Limoges nous a demandé de prendre contact avec vous pour vous aider à rejoindre votre mari dans les meilleures conditions.
En même temps qu'il parle, l'homme scrute le couple. Car une chose l'a frappé dès qu'il les a vus tous les deux, ces deux-là forment un couple. La fusion de deux êtres ne passe jamais inaperçue.
— Je vais vous conduire à Faux-la-Montagne. Si

vous le désirez, vous pourrez consulter un médecin. Ensuite, un taxi vous transportera auprès de votre mari.

Chaque fois qu'il prononce ce mot, il ne peut s'empêcher de baisser le regard. Il n'y a pas de reproche dans son attitude. Seulement une certitude.

— Je vous remercie, dit Grace d'une voix affreusement pâle.

— Avez-vous des affaires, une valise ?

— Je pars sans rien. Nos bagages sont restés dans la voiture de location accidentée dans un ravin, non loin d'ici.

Elle s'est tournée vers le village fantôme.

— Nous savons ce qui vous est arrivé. Vous avez eu beaucoup de chance. Votre mari et vous-même auriez pu vous retrouver broyés sous les arbres. C'est un miracle.

Elle sourit.

— C'en est un, monsieur.

Il perçoit une allusion qu'il ne désire pas approfondir et poursuit :

— Il est encore impossible de remonter la voiture dans la pente. Les bagages ont été récupérés. Ils vous seront remis à la mairie de Faux.

— Alors, je peux partir, dit Grace.

À cet instant, les hommes qui s'y réchauffaient sortent de la cuisine. Ils jettent un regard sur le 4×4 écrasé sous le tilleul et passent à côté de Grace. Ils ont entendu parler de cette Américaine, bloquée quatre jours ici, dont le mari a été évacué par hélicoptère. Leurs regards la découvrent. Eux aussi, ils lisent les évidences. Tout le monde est gêné.

Grace repart dans la cuisine. Des piles d'assiettes s'entassent dans l'évier. C'est un lendemain de fête.

— Il reste de quoi nourrir un régiment, dit Louise pour masquer son émotion.

— Vous en aviez trop fait, Louise. Que c'était bon, mon Dieu !

— Il est venu vous chercher ?

Grace hoche la tête.

Elles se font face. Louise s'essuie les mains rougies par l'eau froide. Elle est une vieille femme qui ne s'est toujours pas habituée aux adieux.

— On vous reverra, Grace ?

Grace pince les lèvres.

— Je comprends, dit Louise.

Elle s'approche et prend Grace dans ses bras. Elle ne voudrait pas pleurer, Louise, mais c'est difficile.

— Vous nous avez fait beaucoup de bien, à nous tous, dit Louise.

— C'est parce que vous me guérissiez aussi, répond Grace.

Elles s'étreignent puis reculent, dérangées à l'idée qu'on les attend dehors. Grace jette un dernier regard à la cuisine.

— Qui va aller chercher l'eau au puits ? demande-t-elle.

— Thomas, pour sûr ! Il va bien falloir que j'en fasse quelque chose à présent.

Elles sourient.

— Au revoir, Grace.

— Adieu, Louise.

Dehors, Thomas et le représentant de la Croix-Rouge attendent en silence. L'homme regarde le tilleul déraciné. Lorsqu'il voit Grace, il salue Thomas et monte dans sa voiture. Malgré sa discrétion, sa présence vole leurs adieux. Grace s'avance vers Thomas, hésite, tend la main. Il la saisit, conserve cette main plus longtemps qu'il n'est d'usage. Ils ne parlent pas.

Ils ne savent plus s'ils se sont tout dit ou si, au contraire, ils ont oublié l'essentiel.

Grace s'écarte de Thomas et, comme une somnambule, marche vers la voiture. Elle doute avoir la force de faire ces derniers pas que tout son être refuse. Ses doigts se posent sur la portière. Le sang cogne à ses tempes. Ses yeux sont ouverts et ne voient pas.

— Grace...

Le souffle coupé, Grace se fige. Elle lâche la portière qui se referme doucement et se retourne. Thomas lui apparaît, livide, les bras ballants. À la dérive. C'est l'image insupportable de sa propre déchirure qu'elle contemple.

Dans un mouvement irrépressible, elle s'élance vers lui, se jette contre sa poitrine et s'y blottit.

— C'est impossible, murmure-t-il en caressant sa chevelure.

Grace acquiesce. Elle se redresse.

— Laisse-moi le temps, Thomas. Laisse-moi partir et je te promets...

Il a perdu l'habitude d'espérer, elle le sait. Elle le voit penché sur elle, scrutant son visage, essayant de deviner, n'osant pas comprendre. Grace s'offre à son regard. Et soudain, Thomas trouve la réponse qu'il cherchait au fond de ses yeux gris.

Je remercie France Bleu Creuse pour m'avoir donné accès à ses archives sonores éditées sous la forme d'un CD intitulé *L'album de la tempête*, ainsi que France 3 Limousin-Poitou-Charentes, qui m'a permis de consulter les deux cassettes vidéo : *Tempête en Limousin-Poitou-Charentes*.

Femmes de tête

Un feu brûlait en elles

Jean-Guy Soumy

Hiver 1709. En France le froid sévit, emportant sur son passage les plus démunis. On dit même qu'à Versailles, le vin a gelé à la table du Roi.
À quelques lieues de là c'est la petite commune de Sardent qui souffre : autour des brasiers entretenus sur la place centrale, les âmes se ruent, luttant péniblement contre la mort. Parmi elles, Marie, jeune vagabonde autour de laquelle règne une aura de mystère. Recueillie, protégée puis aimée, la jeune fille va rapidement se révéler aussi ardente que le feu. D'elle naîtront onze générations de femmes : femmes artistes, femmes stratèges ou femmes galantes. Elles ont toutes un point commun : la volonté de vivre leur vie avec passion.

(Pocket n° 11993)

Un amour plus fort que tout

Julie de bonne espérance

Jean-Guy Soumy

Alors que la révolution de 1848 se prépare, Maxime rentre enfin chez lui, à Limoges, après sept ans de guerre en Algérie. Julie ne l'attend plus. Elle a été enlevée par Térence, le chef d'une bande de « naveteaux », ces mariniers des bois flottés qui dévalent la Vienne jusqu'à Limoges. Convaincu qu'elle ne l'a pas oublié, Maxime part à sa recherche sans craindre les obstacles qui se dressent sur son chemin…

(Pocket n° 10931)

Achevé d'imprimer sur les presses de

BUSSIÈRE
GROUPE CPI

à Saint-Amand-Montrond (Cher)
en mars 2006

POCKET - 12, avenue d'Italie - 75627 Paris Cedex 13
Tél. : 01-44-16-05-00

— N° d'imp. : 60379. —
Dépôt légal : mars 2006.

Imprimé en France